FLÜCHTLINGSKIND

EIN JUNGE ZWISCHEN ZWEI MÜTTERN

MARION KUMMEROW

Übersetzt von
TORA VON COLLANI

Flüchtlingskind: Ein Junge zwischen zwei Müttern

ISBN der Printausgabe: 978-3-948865-61-0

© 2023 Marion Kummerow

Herstellung und Verlag:

Marion Kummerow
c/o WirFinden.Es
Naß und Hellie GbR
Kirchgasse 19
65817 Eppstein

Übersetzung: Tora von Collani

Titelbildgestaltung: JD Smith Design

Bildnachweis: Shutterstock

Für alle, die sich um ein Kind kümmern und es lieb haben.

„Ich komme schon." Sophie folgte ihrem Bruder in einem dunkelblauen knöchellangen Kleid und Wollstrümpfen die Treppe herab. Sie war drei Jahre älter als Jakob und Emmas Stütze in diesen schweren Zeiten. Mit ihrer fleißigen, ernsthaften und gehorsamen Art war sie sehr reif für ihr Alter.

„Deckst du bitte den Tisch?"

Pflichtbewusst ging Sophie in die Küche. Emma beobachtete, wie ihre Tochter sich an die Arbeit machte, während sie selbst Holz in den Ofen schichtete. Irgendetwas musste geschehen, denn die Situation wurde von Tag zu Tag beunruhigender. Gerüchte über die abscheulichen Verbrechen der russischen Soldaten machten die Runde. Emma hatte nicht nur um sich selbst Angst, sondern vor allem um Sophie, ein hübsches blondes Mädchen, das viel zu jung und unschuldig für das war, was sie womöglich erwartete. Während Emma das Feuer entfachte, dachte sie über ihre Optionen nach. Viele gab es nicht.

„Mutti, wo sind meine Strümpfe?", meldete sich Jakob von oben.

Wenn ihr Sohn doch nur genauso ordentlich wäre wie ihre Tochter. „Schau mal unter deinem Bett nach", rief sie und bat Sophie: „Gehst du bitte nach oben und hilfst deinem Bruder?"

„Er sollte langsam lernen, aufzuräumen, er ist doch kein Baby mehr." Wenn Jakob eine Miniaturkopie seines Vaters war, so kam Sophie nach ihrer Mutter, der sie nicht nur im Aussehen glich; Sophie imitierte auch Emmas Redeweise und ihr Verhalten bis hin zum Stirnrunzeln.

„Ich weiß, aber er ist doch noch so klein. Bitte kümmere dich um ihn, ich muss das Frühstück machen."

Kaum trottete Sophie nach oben, klopfte es an der Tür. Emma wunderte sich, wer zu so früher Stunde zu Besuch kam.

„Emma, bist du da?"

Sie erkannte die Stimme und öffnete ihrer hochschwangeren Freundin. „Luise, komm rein. Wo ist denn Hans?" Luises Sohn Hans war Jakobs bester Freund.

„Der ist zu Hause bei meiner Schwiegermutter geblieben. Ich

Für alle, die sich um ein Kind kümmern und es lieb haben.

KAPITEL 1

Lodz/Litzmannstadt, November 1944

Emma nahm ein weiteres Holzscheit und legte es auf die acht, die sie bereits in den Armen hielt. Dann richtete sie sich auf und ging zurück zu dem Häuschen, das sie und ihre Familie ihr Eigen nannten.

Sie schob die angelehnte Tür mit dem Fuß auf und trat in die gemütliche Stube mit dem großen gusseisernen Ofen an der Wand zur Küche. Es war der kälteste Winter, an den sie sich erinnern konnte, und es wurde immer schwieriger, Brennholz zu kaufen. Zum Glück hatte ihr Mann in weiser Voraussicht bei seinem letzten Fronturlaub besonders viel Holz gehackt. Wie jedes Mal, wenn sie an Herbert dachte, zog sich ihr Herz zusammen. Irgendwo da draußen kämpfte er in diesen arktischen Temperaturen gegen die Russen.

„Mutti, komm und spiel mit uns", rief ihr Sohn Jakob. Sein Haar war vom Schlaf zerzaust, als er die Treppe herabkam. Ihr Jüngster war vier und das Ebenbild seines Vaters: blondes Haar, blaue Augen und diese entzückenden Grübchen in den Wangen.

„Geh dich anziehen, das Frühstück ist fast fertig", antwortete Emma. „Wo ist deine Schwester?"

1

„Ich komme schon." Sophie folgte ihrem Bruder in einem dunkelblauen knöchellangen Kleid und Wollstrümpfen die Treppe herab. Sie war drei Jahre älter als Jakob und Emmas Stütze in diesen schweren Zeiten. Mit ihrer fleißigen, ernsthaften und gehorsamen Art war sie sehr reif für ihr Alter.

„Deckst du bitte den Tisch?"

Pflichtbewusst ging Sophie in die Küche. Emma beobachtete, wie ihre Tochter sich an die Arbeit machte, während sie selbst Holz in den Ofen schichtete. Irgendetwas musste geschehen, denn die Situation wurde von Tag zu Tag beunruhigender. Gerüchte über die abscheulichen Verbrechen der russischen Soldaten machten die Runde. Emma hatte nicht nur um sich selbst Angst, sondern vor allem um Sophie, ein hübsches blondes Mädchen, das viel zu jung und unschuldig für das war, was sie womöglich erwartete. Während Emma das Feuer entfachte, dachte sie über ihre Optionen nach. Viele gab es nicht.

„Mutti, wo sind meine Strümpfe?", meldete sich Jakob von oben.

Wenn ihr Sohn doch nur genauso ordentlich wäre wie ihre Tochter. „Schau mal unter deinem Bett nach", rief sie und bat Sophie: „Gehst du bitte nach oben und hilfst deinem Bruder?"

„Er sollte langsam lernen, aufzuräumen, er ist doch kein Baby mehr." Wenn Jakob eine Miniaturkopie seines Vaters war, so kam Sophie nach ihrer Mutter, der sie nicht nur im Aussehen glich; Sophie imitierte auch Emmas Redeweise und ihr Verhalten bis hin zum Stirnrunzeln.

„Ich weiß, aber er ist doch noch so klein. Bitte kümmere dich um ihn, ich muss das Frühstück machen."

Kaum trottete Sophie nach oben, klopfte es an der Tür. Emma wunderte sich, wer zu so früher Stunde zu Besuch kam.

„Emma, bist du da?"

Sie erkannte die Stimme und öffnete ihrer hochschwangeren Freundin. „Luise, komm rein. Wo ist denn Hans?" Luises Sohn Hans war Jakobs bester Freund.

„Der ist zu Hause bei meiner Schwiegermutter geblieben. Ich

muss kurz mit dir reden." Der dringliche Unterton in Luises Stimme ließ bei Emma die Alarmglocken schrillen.

„Was ist denn so wichtig, dass du schon vor dem Frühstück bei diesem scheußlichen Wetter vorbeikommst?" Es hatte über Nacht geschneit. Ein steifer Nordwind blies durch die offene Tür und stach auf Emmas Wangen.

„Hast du schon das Neueste über die Russen gehört?", fragte Luise, während Emma das Feuer schürte.

„Heute noch nicht. Wo stehen sie inzwischen?" Die Frontlinie rückte schnell näher und trotz des strikten Fluchtverbots hatten viele ihrer Freunde und Nachbarn bereits ihre Häuser verlassen, um im Altreich ihr Glück zu suchen. Alle waren sich darin einig, dass es besser war, den Amerikanern, Briten oder sogar den Franzosen in die Hände zu fallen als den Russen. Sie und Luise hatten unzählige Male darüber gesprochen, ihre Sachen zu packen und gen Westen zu ziehen. Doch da keine von ihnen dort nahe Verwandte hatte, die sie aufnehmen konnten, hatten sie den Plan bisher nicht in die Tat umgesetzt.

„Sie kommen schnell näher. Es scheint nur noch eine Frage von Tagen zu sein, bis sie hier sind."

„Oje. Komm und erzähl mir alles in der Küche." Emma warf ihrer Freundin einen warnenden Blick zu, damit diese nicht ins Detail ging, solange Sophie sie hören konnte. Sobald sie die Küchentür hinter sich geschlossen hatte, berichtete Luise von den Neuigkeiten, während Emma den Haferbrei anrührte.

„Es klingt nicht gut. Angeblich ist die Rote Armee keine fünfzig Kilometer entfernt, und die Wehrmacht zieht sich schnell zurück. Obwohl unsere Männer tapfer kämpfen, können sie den Iwan nicht mehr lange aufhalten. Es scheint, als würden für jeden getöteten Russen zehn neue auftauchen. Ich weiß beim besten Willen nicht, wo sie die alle hernehmen."

„Na ja, die Sowjetunion ist ungeheuer groß. Das Land reicht bis weit hinter den Ural, sogar bis zur Pazifikküste. Ich schätze, sie können jederzeit neue Soldaten aus diesen abgelegenen Regionen rekrutieren."

Luise seufzte. „Auf jeden Fall ist es so, dass meine Schwiegermutter eine Cousine zweiten Grades ausgegraben hat, die in Aachen lebt. Wir wissen nicht einmal, ob sie noch lebt, aber Agatha besteht darauf, dass wir zumindest versuchen, diese Cousine ausfindig zu machen.

„Dann wollt ihr Lodz wirklich verlassen?" Emma spürte einen heftigen Stich im Herzen. Lodz war ihre Heimat sowie die ihrer Eltern und Großeltern zuvor. Sie hatte nie an einem anderen Ort gelebt.

In dieser Stadt, von der keiner mehr wusste, wie oft sie im Laufe ihrer bewegten Geschichte den Besitzer gewechselt hatte, hatten Polen und Deutsche über Jahrhunderte mehr oder weniger friedlich miteinander gelebt und gearbeitet. Im sogenannten Manchester Polens hatte die blühende Textilindustrie für den Reichtum der meist jüdischen Industriellen sowie für Arbeitsplätze der Stadtbevölkerung gesorgt.

Die guten Zeiten hatten bis zum Ende des Weltkrieges angedauert, als ihre geliebte Heimatstadt mit dem Vertrag von Versailles der neugegründeten Republik Polen, auch Zweite Polnische Republik genannt, zugesprochen worden war.

Fortan hatten die Polen Vergeltung geübt und das Leben der damals erst fünfjährigen Emma hatte sich für immer verändert. Vorbei waren die sorglosen Zeiten mit hübschen Kleidchen und ausgelassenen Geburtstagsfeiern. Stattdessen konnte sie sich nur noch an die trübselige Stimmung erinnern sowie an die ständigen Probleme, die in der Hyperinflation von 1923 gipfelten und den Niedergang der einst blühenden Textilindustrie nach sich zogen. Eine wahrlich schwere Zeit.

Sie hatte geheiratet und gerade ihr erstes Kind zur Welt gebracht, als sich das Blatt erneut wendete. Es schien, als wäre das Schicksal Lodz endlich wieder freundlich gesonnen. 1939 holte Hitler den Reichsgau Wartheland, zu dem Lodz gehörte, heim ins Reich. Die jüdischen Blutsauger wurden vertrieben und alle wichtigen Stellen mit anständigen Deutschen besetzt.

Emma lächelte bei der Erinnerung an die fröhlichen Feiern. Die halbe Stadt hatte auf der Straße getanzt und gesungen, nachdem die Wehrmacht sie vom polnischen Joch befreit hatte. Ihr Mann Herbert hatte sie ausgeführt und herumgewirbelt, bis sie atemlos in seine Arme gefallen war.

„Jetzt wird alles besser für uns", hatte er ihr versprochen und recht behalten.

Lodz wurde in Litzmannstadt umbenannt und entwickelte sich zum Zentrum der Kriegsproduktion von Textilien für Hitlers Drittes Reich. Die Menschen hatten wieder Arbeit und konnten sich – anders als in den harten Zwischenkriegsjahren – einen bescheidenen Luxus leisten.

So seltsam es klingen mochte, für Emmas Familie war der Krieg ein Segen gewesen, zumindest zu Beginn. Ihr Blick fiel durchs Fenster auf das baufällige Häuschen ihrer Nachbarn, das einem polnischen Ehepaar gehörte. Sie hatten nicht getanzt, als die Stadt befreit worden war.

Für sie war es kein Segen, und deshalb verabscheuten sie die Deutschen. Kein Wunder, denn unter der Naziherrschaft wurden sie unterdrückt; jetzt erwarteten sie freudig die Befreiung durch die Rote Armee. So vieles hatte sich in den vergangenen fünf Jahren verändert. Würden ihre Nachbarn bald diejenigen sein, die ausgelassen feierten?

Luises Stimme unterbrach Emmas Gedankengänge. „Es wird nicht einfacher werden, je länger wir warten. Nach dem Krieg, wenn sich alles beruhigt hat, können wir zurückkommen."

Tief in ihrem Herzen zweifelte Emma daran, dass diejenigen, die gingen, jemals zurückkehrten. „Vielleicht hast du recht. Aber wie sollen wir es anstellen? Und wie sollen unsere Männer uns finden?" Luises Ehemann Gustav war genauso wie Herbert bei der Wehrmacht. Keine der beiden Frauen wusste, wo genau sie kämpften.

„Wir können ihnen mit der Feldpost schreiben."

„Können wir." Emma zweifelte daran, dass die Feldpost noch zuverlässig arbeitete, nickte jedoch. Was blieb ihnen auch anderes übrig?

MARION KUMMEROW

„Und von wegen, wie wir es anstellen sollen ... Hast du gehört, dass Marianne mit ihren Kindern aufbricht?"

„Nein, wann?"

„Morgen früh."

„Wirklich? Aber wie?" Da der Statthalter es jedem strengstens verboten hatte, die Stadt aus Feigheit vor dem Feind zu verlassen, durften nur Soldaten und gelegentlich hochrangige Zivilisten mit gültiger Reiseerlaubnis die Züge Richtung Westen besteigen.

„Pass auf." Luise senkte ihre Stimme zu einem verschwörerischen Flüstern. „Sie will sich fünfzehn Kilometer außerhalb der Stadt mit einem großen Treck von weiter östlich treffen. Die Leute haben Pferdewagen und sind einverstanden, sie gegen Bezahlung mitzunehmen. Du weißt schon, je größer die Gruppe, desto geringer die Gefahr, überfallen zu werden."

„Ich hätte nie gedacht, dass Marianne fliehen würde." Emma war hin- und hergerissen zwischen dem Wunsch, Mariannes Beispiel zu folgen, und zu Hause zu bleiben, in der Hoffnung, dass die Russen schon nicht so schlimm waren, wie alle sagten.

„Mutti? Der Tisch ist fertig gedeckt." Sophie steckte den Kopf in die Küche und Emma nahm sich die Zeit, ihre Tochter genau zu betrachten. Mit ihren sieben Jahren war sie in diesem Herbst in die zweite Klasse gekommen. Ihr Gesichtchen war schmal, weil sie nicht genug zu essen bekam. Dennoch war sie ein hübsches Mädchen mit ihren großen blauen Augen, den weich geschwungenen Lippen und den zwei blonden Zöpfen.

„Dann ruf deinen Bruder, der Brei ist gleich fertig." Sie warf Luise einen um Entschuldigung heischenden Blick zu und rührte noch einmal um, bevor sie den Topf vom Herd nahm. „Geht ihr auch mit?"

Luise wand sich unbehaglich. „Noch nicht. Aber meine Schwiegermutter ... Lass uns lieber ohne neugierige Ohren darüber sprechen."

„Gut, ich komme später rüber."

„Wir müssen heute Nachmittag Besorgungen erledigen."

„Dann komme ich vor dem Mittag. Bis bald."

Emma umarmte ihre Freundin, bevor sie in die Stube eilte, wo ihre Kinder schon am Tisch saßen und auf das Frühstück warteten. Sie liebte die beiden von ganzem Herzen. Während Sophie ihr eine große Hilfe bei der Hausarbeit war, war Jakob ein kleiner Wirbelwind, der selten tat, was man ihm sagte. Mit seinem niedlichen Aussehen eroberte er jedoch alle Herzen. Sein strahlendes Lächeln gepaart mit einem verschmitzten Blick seiner blauen Augen genügte, dass Emma vor Rührung zerfloss. Sie wusste nur zu gut, dass sie strenger mit ihm sein musste, aber er war ein so süßes Kind und noch so klein.

„Mutti? Können wir jetzt essen? Ich hab Hunger", wollte Jakob wissen.

Emma schob ihre Sorgen beiseite und setzte ein Lächeln auf. „Ich bin schon da." Sie setzte sich zu den beiden und teilte drei gleich kleine Portionen Haferbrei in ihre Schälchen aus, was ihr einen verdrossenen Blick von Sophie einbrachte. Es gab nie genug, um den Hunger ihrer Kinder zu stillen. Zudem machten beide gerade einen Wachstumsschub durch und waren ununterbrochen hungrig wie ein Rudel Wölfe.

Nach dem Frühstück kamen die zwei zu ihr in die Küche. Sophie half beim Abwasch, während Jakob mit seinen Bauklötzen spielte.

„Können wir draußen im Schnee spielen?", fragte er.

„Vielleicht später. Zuerst gehen wir zu Hans und Luise. Hast du Lust?"

„Ja! Ja!" Jakob hopste ausgelassen auf und ab. Dabei warf er seine Klötzchen um, sodass sie sich auf dem Küchenfußboden verteilten. Statt sie aufzusammeln, fing er an, seine Schuhe anzuziehen. Am Abend zuvor hatte Emma sie mit Zeitungspapier ausgestopft und zum Trocknen neben den Ofen gestellt.

„Jakob, räum erst deine Spielsachen weg!" Sie versuchte, streng zu klingen.

„Ich will nicht. Warum muss ich immer aufräumen? Ich will später damit weiterspielen."

Emma musste zugeben, dass seine Worte eine gewisse Logik

enthielten, und konnte nur mit Mühe das Lächeln unterdrücken, das sich auf ihrem Gesicht breitmachen wollte. Jakob war ihr kleiner Sonnenschein. Ohne ihn wären all die Entbehrungen noch schwerer zu ertragen. Nicht einmal Sophie war in der Lage, sie all ihre Sorgen vergessen zu lassen – das konnte nur Jakob.

Bei der Vorstellung, was ihren wunderbaren Kindern zustoßen mochte, schmerzte Emma das Herz. Schnell schob sie die verstörenden Bilder beiseite, um kühl abwägen zu können, was die beste Vorgehensweise war: zu bleiben oder zu gehen.

Was auch immer sie taten, es lagen schwere Zeiten vor ihnen. Deshalb nahm sie jetzt so viel Freude wie möglich in sich auf, um später davon zu zehren, wenn sie ihre Kräfte brauchte, um heil aus dem Schlamassel herauszukommen.

KAPITEL 2

Posen, Januar 1945
2oo Kilometer westlich von Lodz

In der Ecke stand das leere Kinderbettchen. Irena konnte den Anblick nicht länger ertragen und verließ fluchtartig das Zimmer. Als sie in der Küche ihres kleinen Häuschens war, atmete sie zittrig ein, schlang die Arme um sich selbst und sah aus dem Fenster über der Spüle.

Auf der Erde lag Schnee und der graue Himmel versprach für die kommenden Tage mehr davon. Die frostigen Temperaturen draußen standen im Einklang mit den Empfindungen ihrer Seele: Verzweiflung, Kummer und Hoffnungslosigkeit. Ein Jahr war vergangen, seit die schicksalhaften Ereignisse ihre Träume, ihre Zukunft, ja ihr ganzes Glück zerschmettert hatten.

Trotz der Besatzung durch die Nazis hatten sie und ihr Mann, mit dem sie seit vier Jahren verheiratet war, mehr oder weniger unbehelligt am Stadtrand von Posen gelebt. Luka war ein angesehener Arzt am Katholischen Krankenhaus, wo sie als Krankenschwester auf der Kinderstation arbeitete.

Selbst die Nazis brauchten Ärzte und Krankenschwestern, weshalb man sie normalerweise nicht schikanierte oder ihnen das

Leben sonst wie schwermachte. Solange die Krankenhausverwaltung sicherstellte, dass jeder Laune der neuen Herren Rechnung getragen wurde, war Irenas und Lukas Leben erträglich. Natürlich waren in den ersten Jahren der Besatzung sämtliche jüdische Kollegen entlassen worden, aber davon abgesehen war man hinter den dicken Mauern des ehemaligen Nonnenklosters aus dem 17. Jahrhundert wieder zur Tagesordnung übergegangen.

Eine einzelne Träne rann ihr unbeachtet die Wange hinunter, als Irena an die Ereignisse des schicksalhaften Tages vor einem Jahr dachte: Nach einer langen, aber erfüllenden Schicht auf der Kinderstation war sie auf dem Weg zu ihrer Hebamme auf der anderen Seite der Stadt. Wie die meisten Eltern beim ersten Kind waren sie und Luka nicht nur überglücklich, sondern auch unglaublich ängstlich. Sie konnte es kaum erwarten, ihren kleinen Wonneproppen in den Armen zu halten.

Sie war bereits im zweiten Schwangerschaftsdrittel und spürte regelmäßig die Bewegungen des Ungeborenen. Jedes Mal, wenn sie innehielt und die Hand auf ihren Bauch legte, ertappte sie sich dabei, wie sie im Stillen mit dem Baby sprach.

Versunken lächelnd bog sie um eine Straßenecke und lief direkt in einen Tumult hinein. Offenbar hatten ein paar aufständische Jugendliche die *Kotwica*, das Symbol der Polnischen Heimatarmee, das aus den Buchstaben P und W bestand, auf eine Statue geschmiert.

Mehrere Mitglieder der SS liefen umher, offensichtlich auf der Suche nach Vergeltung für diese Missachtung ihrer Autorität. Irena blieb wie angewurzelt stehen, denn es war immer besser, sich von Ärger fernzuhalten. Selbst diejenigen, die nichts damit zu tun hatten, konnten verhaftet werden – oder Schlimmeres. Gerade als sie auf dem Absatz kehrtmachte, verschärfte die SS die Absperrung um den Platz, den sie hatte überqueren wollen. Sie eilte in die Richtung zurück, aus der sie gekommen war, stieß jedoch mit einem Soldaten zusammen, der die verhasste schwarze Uniform mit dem Totenkopf auf den Schulterklappen trug.

„Verzeihen Sie, es tut mir leid", stammelte sie, aber er hatte bereits seinen Schlagstock hochgerissen und fing an, auf sie einzuprügeln. Sie fiel zu Boden, rollte sich zu einem Ball zusammen und wimmerte: „Bitte hören Sie auf, bitte."

Er ließ sich jedoch nicht erweichen, sondern schlug weiter wie wild auf Irenas Beine, Rücken, Kopf und Bauch ein. Verzweifelt hielt sie sich die Arme vor den Bauch, um ihr ungeborenes Kind zu schützen, bis sie irgendwann ohnmächtig wurde.

„Können Sie aufstehen?", flüsterte ihr eine weibliche Stimme ins Ohr.

Es dauerte einen Moment, bis Irena ihre Augen öffnen konnte und in das besorgte Gesicht eines höchstens fünfzehnjährigen Mädchens sah. Sie nickte. „Ich glaube, ja."

„Die haben Sie übel zugerichtet, aber Sie haben Glück gehabt. Weil Sie ohnmächtig geworden sind, wurden Sie nicht auf den Laster geladen und Gott weiß wohin gebracht." Das Mädchen bekreuzigte sich, bevor sie Irena die Hand reichte, um ihr aufzuhelfen.

Ein stechender Schmerz durchfuhr Irenas Unterleib, dann ein zweiter. Sie faltete die Hände über der Rundung und setzte eine tapfere Miene auf. Sie entschied, nach Hause zu gehen, den Kamin einzuheizen und ein warmes Bad zu nehmen; dann wäre bestimmt wieder alles in Ordnung. Luka war immerhin Arzt; er konnte sich um ihre Verletzungen kümmern und der Oberschwester sagen, dass seine Frau ein paar Tage Ruhe brauchte, um sich zu erholen. Ganz gewiss war alles in Ordnung.

Irena rang die Hände und kehrte in die Gegenwart zurück. Nichts war in Ordnung gewesen. Zwei Tage, nachdem sie verprügelt worden war, hatte sie ihr Kind verloren, und seitdem war sie immerzu den Tränen nah. Aufgrund von Komplikationen durch die Fehlgeburt hatte sie wochenlang im Krankenhaus bleiben müssen, und am Ende hatten die Ärzte ihr gesagt, dass sie nie wieder schwanger werden konnte.

In diesem Moment hatte sich ein schwarzes Loch aufgetan und Irenas Seele verschlungen. Nichts schien ihr Leben mehr lebenswert zu machen, nicht einmal ihr geliebter Luka, der sich rührend um sie kümmerte, ihre Wunden versorgte und sie in den Armen wiegte, wenn sie mal wieder stundenlang um den Verlust ihres Babys weinte.

Wie sollte sie sich je von diesem Schicksalsschlag erholen? Nicht einmal die Arbeit auf der Kinderstation entlockte ihr mehr ein Lächeln. Immer, wenn sie ein fremdes Kind ansah, hatte sie nur das Baby vor Augen, das sie verloren hatte. Jeder Tag ihres Lebens war zur Qual geworden, bis sie es nicht länger ertragen konnte.

Sie hatte all ihren Mut zusammengenommen und die Oberschwester um Versetzung auf eine andere Station gebeten, doch die Frau hatte ihr Ansinnen rundweg abgelehnt. Mitten in diesem fürchterlichen Winter, in dem täglich Dutzende unterernährte Kinder ins Krankenhaus eingeliefert wurden, die zudem an schlimmen Atemwegsinfektionen und Lungenentzündungen litten, war eine erfahrene Schwester wie Irena schlicht unentbehrlich.

Gedankenverloren starrte sie nach draußen auf den Schnee. Das Kriegsende nahte, jeder wusste das. Doch Irena konnte keine Freude darüber empfinden. Zu sehr nagte der Kummer an ihrer Seele.

Aus dem Radio ertönte die Stimme des Statthalters, der jedem Deutschen strengstens verbot, sein Dorf oder seine Stadt zu verlassen. Sie schnaubte spöttisch. Viel wert war dieser Befehl nicht, denn die Rote Armee stürmte Polen in Windeseile, um es von den Nazis zu befreien. Tausende deutsche Familien hatten bereits ihre Heimat verlassen, um ins Altreich zu fliehen – Verbot hin oder her.

Die Flüchtlinge verschlimmerten die öffentliche Gesundheitssituation, denn sie brachten einer bereits geschwächten und leidenden polnischen Bevölkerung auch noch ansteckende Krankheiten. Irena schüttelte den Kopf. Sie wollte lieber nicht an die armen hustenden Kinder auf ihrer Station denken.

Kurz darauf wurde sie von ihren Gefühlen überwältigt. Über die Spüle gebeugt schluchzte sie hemmungslos und klammerte sich an den Wasserhahn, als sei er das Einzige, was sie im Hier und Jetzt hielt. Wie oft schon hatte sie sich gewünscht, ihrem süßen Baby – wo auch immer es jetzt war – nachzufolgen. Ein kurzer Blick auf den perfekten kleinen Körper war alles, was ihr geblieben war. Alles, was sie jemals haben würde.

Wellenartig ließen die Schluchzer ihre Schultern erbeben, als sie an ihren und Lukas Traum von der eigenen Familie dachte. Ein süßes kleines Kind, um das sie sich kümmern wollte, das sie hegen und pflegen und zu einem verantwortungsvollen Menschen aufziehen wollte. Sie waren ihrem Traum so nah gekommen ... Ein weiterer Schluchzer schüttelte ihren mageren Körper.

Mühsam richtete sie sich auf, wischte sich mit den Fingern über die Wangen und ging wieder nach oben ins Schlafzimmer, wo Luka noch schlummerte. Wieder fiel ihr Blick auf das leere Kinderbettchen in der Zimmerecke, das sie ständig daran erinnerte, was sie niemals haben würde. Sie wusste, dass sie es schon lange hätte weggeben sollen, aber trotz des Kummers, den sein Anblick verursachte, vermittelte es gleichzeitig ein seltsames Gefühl von Geborgenheit. Von einer besseren Welt in einer Zeit vor den schrecklichen Ereignissen.

Wieder verlor sie die fragile Kontrolle über ihre Gefühle und bittere Tränen rannen über ihre Wangen. Überwältigt sank sie zu Boden und schlug hart mit den Knien auf, ohne den Schmerz zu beachten. Sie hieß ihn sogar willkommen, denn er lenkte sie von dem grenzenlosen Kummer ab, der in ihr wohnte.

Luka, der von ihrem Schluchzen erwacht war, kletterte aus dem Bett, hob sie hoch und drückte sie an seine Brust, während er zum Bett zurückkehrte. Dort angekommen legte er sie hinein und kletterte hinterher. Nachdem er sie beide zugedeckt hatte, schlang er seine Arme fest um sie.

„Schsch, Irena. Ich weiß, es schmerzt."

„Warum?", weinte sie.

„Nicht für alles gibt es einen Grund. Vielleicht hat der liebe Gott andere Pläne für uns."

„Es ist mir egal, wie seine Pläne aussehen, ich hasse sie. Ich hasse Gott!"

„Sch, so etwas darfst du nicht sagen. Wir müssen dankbar dafür sein, dass du überlebt hast."

„Ich wünschte, das hätte ich nicht ..." Sie stieß einen Seufzer der Verzweiflung aus.

„Sprich nicht so. Ich brauche dich doch. Die Kinder auf der Station brauchen dich." Mit langen beruhigenden Bewegungen strich Luka über ihren Rücken.

„Ich ... Ich kann das nicht mehr machen. Ich sehe in diese Kinderaugen und frage mich, wie unser kleiner Junge wohl ausgesehen hätte."

Die Ärzte hatten es ihr nicht einmal erlaubt, ihr totes Baby in den Arm zu nehmen. Es war ein Junge gewesen. Pavel hatte sie ihn genannt. Für alle anderen hatte dieses Baby nie existiert und verdiente deshalb keinen Namen. Doch sie trug es tief in ihrem Herzen. Für immer.

KAPITEL 3

Lodz/Litzmannstadt

„Peng! Du bist tot!" Jakob sprang aus der Deckung hinter einem Busch hervor und formte mit den Fingern eine Waffe, die auf seinen Freund Klaus gerichtet war.

„Stimmt gar nicht, du hast mich nicht erwischt. Ich hab dich zuerst getötet!", protestierte Klaus. Einige andere Kinder kamen herbeigelaufen. Alle sprangen sich gegenseitig an und bildeten ein Knäuel aus Armen und Beinen. Niemand wusste, wer den ersten Schneeball geworfen hatte, doch schon bald waren sie in eine zünftige Schneeballschlacht verwickelt.

„Au! Das war gemein!", schrie Hans, als ihn ein Schneeball mit einem Eisklumpen an der Schläfe traf.

„In der Liebe und im Krieg ist alles erlaubt", antwortete der Täter, ein Junge von etwa acht Jahren.

„Was soll das denn heißen?", murrte Hans und versuchte, die Tränen zurückzuhalten, während sich ein greller roter Fleck an seiner Schläfe bildete.

„Zeig das besser deiner Mutti", meinte Jakob.

„Nee ... Die schimpft nur. Sie sagt immer, ich soll nicht so wild sein. Sie mag deine Schwester, weißt du?"

„Sophie?" Jakob verehrte und verabscheute seine große Schwester gleichermaßen. Sie war so viel erwachsener als er und wusste so viel, aber sie kommandierte ihn auch immerzu herum.

„Ja. Meine Mutti sagt immer: ‚Sophie tut dies, Sophie tut das. Ich wünschte, ich hätte eine so tüchtige Tochter wie Emma', bla, bla, bla."

Jakob kicherte. „Meine Mutti ist auch so. Sie sagt, ich soll mir eine Scheibe von Sophie abschneiden. Pah! Wer will schon ein Mädchen sein? Wir sind dazu da, Kriege zu kämpfen, nicht aufzuräumen!"

„Genau!" Hans hatte die Gelegenheit genutzt, während Jakob redete, um einen weiteren Schneeball zu formen, und stopfte diesem nun das kalte Zeug in den Nacken.

„He! Das ist ungerecht. Dafür wirst du mir büßen."

Jakob stürzte sich auf seinen Freund, der schnell weglief und spottete: „Fang mich doch, wenn du kannst!"

In diesem Moment kam eine der Frauen auf den Hof und rief: „Klaus, Maria, wir müssen gehen."

Klaus rannte zu Jakob und in einer ungewöhnlichen Zurschaustellung seiner Zuneigung umarmte er ihn so fest, dass sie beide in den Schnee plumpsten.

„Warum hast du das gemacht?", fragte Jakob.

„Ich muss weggehen."

Sicher, es war ärgerlich, dass seine Mutter so früh nach Hause wollte, aber das war doch kein Grund für so ein Theater. „Sag ihr, dass du morgen wieder mit uns spielen willst", schlug Jakob vor.

Klaus schüttelte den Kopf und plötzlich strömten ihm Tränen über die Wangen. Da fiel Jakob auf, dass ihre Mütter miteinander sprachen, und als sie sich umarmten, wusste er, dass etwas ganz und gar nicht stimmte. Er fragte: „Was ist denn los?"

„Wir fahren morgen zu meiner Tante. Ich will nicht weg, aber ich musste alle meine Kleider und Lieblingsspielsachen einpacken. Meine Mutti hat gesagt, dass ich brav sein muss und dass es viele Tage dauert, bis wir dort sind."

Jakob gefiel das überhaupt nicht, sodass er die Stirn runzelte. „Wann kommst du zurück?"

„Das hat Mutti nicht gesagt. Ich hab gehört, wie sie mit Omi gesprochen hat. Sie haben beide Angst vor den Russen. Sie denken, dass ich sie nicht hören kann, wenn sie flüstern, aber das kann ich sehr wohl."

Jakob nickte. Als sein Vater auf Fronturlaub war, hatte er jede Nacht die Gespräche seiner Eltern belauscht. Leider war seitdem zu Hause nicht mehr über den Krieg oder die Russen gesprochen worden. Mit wem sollte seine Mutti auch reden, wenn er und Sophie im Bett waren? Manchmal kam Luise vorbei, aber die beiden schlossen immer die Küchentür, sodass er nicht lauschen konnte.

Ein ungeheurer Verdacht regte sich in seiner Brust. Log seine Mutter ihn etwa an, wenn sie sagte, dass alles in Ordnung war?

„Klaus, ich warte!", rief dessen Mutter.

„Tschüss." Klaus erhob sich zögerlich und winkte Jakob traurig zu.

„Tschüss", winkte Jakob zurück, die Stirn noch immer gerunzelt. Er beobachtete, wie sein Freund verschwand. Als er sich umdrehte, sah er, wie seine Mutti sich mit Luise und ein paar anderen Frauen unterhielt.

„Jakob, spielst du jetzt mit oder nicht?", unterbrach Sophie seine Gedanken.

Er wandte sich ihr zu und beobachtete, wie sie den Stock, der ihr als Gewehr diente, herumwirbelte.

„Klar spiel ich." Mit diesen Worten rannte Jakob hinter einen kahlen Baum. Einige andere Kinder auf seiner Seite schlossen sich dem erneuten Spiel an, doch nach weiteren zwanzig Minuten entschieden die Mütter, dass es spät wurde und zu kalt, um draußen zu bleiben.

Beim Abendessen fragte Jakob seine Mutter: „Warum muss Klaus weggehen?"

Sie fuhr ihm mit der Hand über den Kopf. „Er hat eine Tante,

die ein paar Tagesreisen von hier entfernt wohnt. Die hat Klaus'
Familie eingeladen, bei ihr zu leben."

„Wegen der Russen?", wollte Jakob wissen.

„Wie kommst du denn darauf?", fragte seine Mutter
vorsichtig.

„Klaus hat gesagt, dass die Russen kommen. Kommen sie
hierher? Tun sie uns dann weh?" Ein Anflug von Angst schwang
in seinen Worten mit, obwohl er fest entschlossen war, tapfer zu
sein. Seine Mutter umarmte ihn fest, dann zog sie Sophie an ihre
andere Seite. Ohne ihr übliches strahlendes Lächeln sah sie ganz
anders aus. Wieder rührte sich die Angst in seinem kleinen
Herzen.

„Ich weiß nicht, was geschehen wird, aber es kann sein, dass
wir auch irgendwann aufbrechen müssen. Aber darüber solltet ihr
euch jetzt keine Gedanken machen, in Ordnung?"

Jakob sah zu seiner Schwester und beide nickten. Er wusste,
dass seine Mami ihn lieb hatte und es nicht zulassen würde, dass
ihm etwas Schlimmes zustieß. Außerdem hatte er Sophie. Seine
Schwester mochte manchmal eine echte Nervensäge sein, aber
wenn es darauf ankam, konnte er auf sie zählen.

KAPITEL 4

Posen

I rena beugte sich über das kleine Mädchen und deckte es gut zu, damit es in dem großen Saal der Kinderstation nicht fror. Die letzten Tage hatten dem Krankenhaus einen weiteren Zustrom kleiner Patienten gebracht. Eine entsetzliche Kälte hielt die Stadt fest im Griff; viele Kinder hatten schwere Erkältungen, denn den meisten Familien fehlte es sowohl an Brennmaterial als auch an ausreichend Nahrung.

„Irena, wenn du diese Reihe für die Nacht fertig machst, dann fange ich schon mit den Säuglingen an", sagte ihre Kollegin.

„In Ordnung", antwortete Irena dankbar. Der Schatten ihres früheren Lächelns erschien auf ihrem Gesicht, als sie sich daran erinnerte, wie sehr sie die Arbeit mit den Kleinsten vor ihrer Fehlgeburt genossen hatte – etwas, das ihr zusammen mit dem eigenen sehnlichst herbeigewünschten Kind fast gänzlich verloren gegangen war. Zwar hatte mit der Zeit der lähmende Schmerz nachgelassen, den sie jedes Mal beim Anblick eines Säuglings verspürte, trotzdem war sie erleichtert, dass ihre Kollegin sich um die Jüngsten kümmerte.

Sie nickte und ging zum nächsten Bett, in dem ein magerer

kleiner Junge mit einer schweren Lungenentzündung lag. Sie gab ihm eine Thermoskanne, damit er in der Nacht warmes Wasser trinken konnte, und ermahnte ihn, die Flasche nicht zu verlieren. Dann verabreichte sie ihm mit Gewissensbissen einen Löffel der kostbaren Hustenmedizin.

Er würde die Nacht vermutlich nicht überleben, deshalb hätte sie die Medizin lieber für eines der Kinder mit besseren Aussichten aufsparen sollen. Doch seine großen runden, schmerzerfüllten Augen zwangen sie zumindest zu versuchen, seinen Husten zu lindern. Pflichtbewusst schluckte er und verzog das Gesicht ob des scheußlichen Geschmacks, bevor er auf sein Kissen zurücksank. Irena deckte den schmächtigen Körper gut zu, sandte ein Stoßgebet zum Himmel und ging weiter den Rest der Bettenreihe entlang. Jedes Kind erhielt von ihr dieselbe liebevolle Zuwendung, auch wenn es nur für ein oder zwei Minuten war.

Diese armen Menschlein hatten außer ihr niemanden, der ihnen ein freundliches Wort schenkte, denn ihre Eltern durften nur während der Besuchszeiten auf die Station. Obwohl Irena die Gründe dafür verstand, hätten sie und ihre Kollegin die Hilfe von ein paar Müttern gut gebrauchen können, um alle Kinder für die Nacht vorzubereiten.

Sie war schon beinahe an der Tür, als ein verzagter Schluchzer ihr zu Herzen ging und sie zurück in die dritte Reihe führte. Ein winziges Mädchen saß aufrecht im Bett, den Daumen im Mund und die Augen nass vor Tränen.

„Was ist denn los, meine Kleine?", fragte Irena und legte eine Hand auf die Stirn des Kindes, um die Temperatur zu fühlen.

„Ich will zu meiner Mutti." Das Mädchen nahm den Daumen kaum lange genug aus dem Mund, um zu antworten.

„Deine Mutti musste nach Hause gehen, aber sie kommt morgen früh wieder. Du musst jetzt schlafen, damit du ihr dann zeigen kannst, dass es dir schon viel besser geht."

Das Mädchen brach in heftiges Schluchzen aus, was ihren Husten verschlimmerte, sodass sie an ihrem eigenen Schleim würgte. In dem Versuch, das verzweifelte Kind zu beruhigen, zog

Irena es auf ihren Schoß. Prompt schlang die Kleine die Arme um Irenas Hals und legte ihr den Kopf an die Schulter.

Irena wiegte das Kind hin und her, wobei sie ihm sanft in kreisförmigen Bewegungen über den Rücken strich. Erst als das Schluchzen verebbte und der kleine Körper sich im Schlaf entspannte, legte Irena das Mädchen vorsichtig zurück ins Bett und deckte es sorgsam zu.

Es waren die Kinder, die zu jung waren, um zu verstehen, was vor sich ging, die Irena das Herz brachen. Mit Schmerzen, krank, unterernährt und verängstigt kamen sie ins Krankenhaus. Wenn ihre Mütter weggingen, gerieten einige von ihnen in Panik, was ihren Zustand meist zusätzlich verschlimmerte. Die Krankenschwestern taten, was sie konnten, um die Leiden zu lindern und ihnen zu helfen, wieder gesund zu werden. Doch zu viele der Kinder und Babys verbrachten ihre letzten Tage im Krankenhaus unter Fremden.

Die Oberschwester riet Irena immer, das Leiden ihrer Patienten nicht an sich heranzulassen, um nicht eines Tages aufgrund der emotionalen Belastung an einem gebrochenen Herzen zugrunde zu gehen. Doch wie sollte ein Herz, das bereits in Tausende von Stücken zerborsten war, noch einmal brechen?

Nein, Irena steckte alles, was sie noch hatte, in ihre kleinen Patienten. Jedes Lächeln, jeder dankbare Blick als Antwort gab ihr einen Schimmer von Liebe, der ihr Herz wieder ein Stückchen zusammenfügte. Und vielleicht, eines Tages, wäre sie erneut heil und zufrieden.

Ihre Schultern zitterten verräterisch, und sie blickte sich verstohlen um, bevor sie eine Träne wegwischte. Auf keinen Fall sollte irgendwer merken, wie sehr sie immer noch litt. Auf leisen Sohlen verließ sie den Saal, schaltete das Licht aus und schloss die Tür.

„Ich bin hundemüde", seufzte ihre Kollegin.

„Ich auch." Zwölf Stunden auf den Beinen, in denen sie sich um ihre Patienten kümmerten, laugten körperlich und emotional aus; am liebsten wäre Irena an Ort und Stelle zusammengeklappt.

Doch sie raffte ihre letzte Kraft zusammen, winkte der Nachtschwester zum Abschied, und ging hinaus in die klirrende Kälte, um den langen Heimweg durch die dunkle Stadt anzutreten.

Die Nazis hatten eine strenge Ausgangssperre verhängt, aber als Krankenschwester verfügte sie über eine Sondergenehmigung, nachts unterwegs zu sein. Dennoch wollte sie lieber keiner Patrouille begegnen. Allein der Anblick einer schwarzen SS-Uniform versetzte sie immer noch in Panik.

Wenn sich die Rote Armee doch nur beeilte, Posen zu befreien und die verhassten Unterdrücker zu verjagen. Vielleicht würde sich dann auch ihr eigenes Leben zum Besseren wenden. Wie jeden Morgen und Abend, wenn sie den Dom passierte, hielt sie einen Moment inne und schickte ein Gebet zum Himmel: „Bitte, Herr, vollbring ein Wunder und schenk mir ein eigenes Kind."

KAPITEL 5

Lodz/Litzmannstadt

Zwei Tage später traf sich Emma mit Luise, deren Schwiegermutter Agatha und einigen anderen Frauen, während die Kinder draußen spielten.

Agatha war die Älteste der Gruppe und hatte automatisch die Rolle der Anführerin übernommen. „Um unserer Kinder und Enkelkinder willen müssen wir Lodz verlassen, je früher, desto besser."

„Aber das geht nicht. Der Statthalter hat noch nicht –", wandte Elvira ein.

„Dieses verlogene Schwein hat sich selbst und seine Familie schon vor Wochen in Sicherheit gebracht und behauptet, sie hätten über Weihnachten Verwandte in Berlin besucht", erwiderte Karin.

„Das ist ja auch nicht verboten." Luise glich einer verängstigten Maus.

„Und wieso sind sie dann nicht zurückgekommen?", fragte Karin.

Emma war derselben Meinung, hatte aber zu viel Angst, um etwas zu sagen. Diese ganze Versammlung war Landesverrat.

Sollten die Behörden davon Wind bekommen, könnten sie alle wegen Feigheit vor dem Feind gehängt werden.

Agatha blickte auf das halbe Dutzend Frauen und räusperte sich. „Ihr seid alle sehr viel jünger als ich, und keine von euch hat die Erfahrung, wie es nach dem letzten Krieg war, Mutter zu sein. Ihr könnt mir gerne glauben, dass weder ihr noch eure Kinder hier sein wollen, wenn die Russen kommen."

„Ich bin mir nicht sicher, ob sie wirklich Gewalt gegen –", fing Luise an, doch Agatha brachte sie mit einer Handbewegung zum Schweigen.

„Nach allem, was wir von den Orten gehört haben, die bereits an die Russen gefallen sind, gibt es keinen Zweifel an dem, was auch hier passieren wird. Die Polen werden die Gelegenheit nutzen, an sich zu reißen, was uns Deutschen gehört. Und merkt euch meine Worte: Keine von uns wird ihr Zuhause je wiedersehen. Wenn wir allerdings jetzt aufbrechen, kommen wir wenigstens mit dem Leben davon."

„Die Alte ist doch verrückt. Hitler wird es niemals so weit kommen lassen", flüsterte Elvira, doch niemand schenkte ihr Glauben. Sie alle wussten, dass es nur noch eine Frage der Zeit war, bis Deutschland den Krieg verlor.

Der Ansturm der Rotarmisten in ganz Preußen, Pommern und dem Generalgouvernement Polen war so überwältigend, dass nicht einmal Propagandaminister Goebbels die Situation schönreden konnte. Jeder wusste, dass sich hinter der „Frontbegradigung" ein Rückzug verbarg und dass die „strategische Umgruppierung" nichts anderes war, als dass man vor einem überlegenen Feind davonlief.

Tatsache war, dass die geliebte Heimat verloren war. Obwohl niemand wagte, es offen auszusprechen, glaubten nur wenige Frauen immer noch an eine glückliche Wendung des Krieges.

Emma nahm allen Mut zusammen und fragte: „Wie sollen wir von hier wegkommen? Die Züge ins Altreich sind dem Militär vorbehalten."

Agatha schürzte die Lippen. „Ich habe einen Plan, aber erst

muss ich wissen, wer mitkommen will. Wenn ihr lieber bleiben wollt, dann ist das eure Sache. In dem Fall solltet ihr jetzt besser gehen."

Emma war von dem Mut der alten Frau beeindruckt. „Hat sie gar keine Angst, dass jemand sie anschwärzen könnte?", flüsterte sie Luise zu.

„Sie wusste schon immer, was sie will, und ich schätze, dass sie sich inzwischen nichts mehr aus den Drohungen der Behörden macht. Stattdessen hat sie entschieden, das Schicksal der Gemeinschaft selbst in die Hand zu nehmen."

Nachdem Männer in Uniform fast Emmas gesamtes Leben lang das Sagen gehabt hatten, erschien es ihr befremdlich, dass nun plötzlich eine hagere alte Frau ihre Rettung sein sollte. Wie jede andere Mutter wollte auch Emma das Richtige für ihre Kinder tun. Sie trug einen kurzen inneren Kampf aus, ob sie sich den Befehlen des Statthalters widersetzen und aus der Stadt fliehen sollte. Am Ende war es der Gedanke daran, dass ein Rotarmist sich über ihre geliebte Sophie hermachte, der sie sagen ließ: „Ich bin dabei."

Alle Köpfe wandten sich ihr zu, und eine nach der anderen erklärten alle Frauen außer Elvira, dass sie bereit waren, die Heimat ihrer Vorfahren, in der Deutsche und Polen seit Jahrhunderten miteinander gelebt hatten, für eine ungewisse und gefährliche Zukunft zu verlassen.

Nachdem Elvira gegangen war, begann Agatha, ihren Plan darzulegen.

Emma hatte den Großteil der Nacht damit verbracht, die Habseligkeiten der Familie zusammenzupacken. Nie hätte sie gedacht, dass es so schwer war, ihr Leben in zwei Koffern zu verstauen. Vor ihrem Entschluss zu fliehen hatte sie nicht zu schätzen gewusst, wie viel sie besaß. Allein die nötigsten warmen Kleidungsstücke, Decken und ihr Schmuck reichten aus, um die

Koffer zu füllen. Zwei der Federbetten band sie, zu handlichen Paketen verschnürt, daran fest.

Schweren Herzens nahm sie das Familienalbum wieder heraus, um es ins Regal zurückzustellen. Kalter Schweiß lief ihr über den Rücken, als sie das dicke Buch in Händen hielt. Es enthielt ihr Leben, ihre Geschichte, ihre Erinnerungen, einfach alles. Und doch musste es zurückbleiben. Den verbleibenden Platz wollte sie besser für Proviant nutzen, denn niemand konnte sagen, wie lange sie unterwegs sein würden und wann sie etwas zu essen kaufen konnten.

Sie öffnete das Album und lächelte beim Anblick des ersten Bildes: sie und Herbert am Tag ihrer Hochzeit. Wie glücklich und gänzlich sorgenfrei sie aussahen. Bestimmt waren sie das damals auch gewesen. Zumindest hatte es nichts gegeben, was der jetzigen Situation auch nur im Geringsten ähnelte.

Wie ein Schlag in den Magen wurde ihr die Schrecklichkeit dessen bewusst, was sie erwartete. Sie war dabei, aus der einzigen Heimat zu fliehen, die sie je gekannt hatte, einer ungewissen Zukunft an einem unbekannten Ort entgegen. Sie ließ alles und jeden zurück, einschließlich ihres geliebten Mannes, der bleiben und gegen die Rote Armee kämpfen musste.

Eine Träne rann ihr über die Wange, als sie das Hochzeitsfoto und drei weitere Bilder von den Seiten löste: eines ihrer Eltern, eines von Sophies erstem Schultag, wie sie in ihrem dunkelblauen Rock und der gestärkten weißen Bluse mit der riesigen Schultüte im Arm so proper aussah, und ihr Lieblingsbild von dem pausbäckigen Jakob an seinem ersten Geburtstag. Die Bilder legte sie in ihr Notizbuch, in dem sie alles Wichtige aufschrieb.

Noch vor dem Morgengrauen schlich sie ins Kinderzimmer, wo Jakob und Sophie selig schliefen, und betrachtete ihre engelsgleichen Gesichtchen für eine Weile. Während der letzten Tage hatte sie ihre bevorstehende Flucht voller Enthusiasmus vorbereitet, aber nun plagten sie Zweifel. Der Treck nach Westen barg jede Menge Gefahren. Beim Versuch, ihre widersprüchlichen

Gefühle zu verstehen, verspürte sie einen schmerzhaften Stich ins Herz.

Jede der Alternativen barg ihr eigenes Risiko, aber war ihre Entscheidung die beste für ihre zwei geliebten Kinder? Wäre es besser, es Elvira gleichzutun und zu bleiben, in der Hoffnung, dass die Gefahr, die von den russischen Eroberern ausging, nicht so groß war wie befürchtet?

Tief im Herzen wusste sie, dass sie Lodz verlassen mussten, doch sie hatte Angst vor der anstrengenden Reise. Würde ihr süßer kleiner Jakob dem gewachsen sein? Er war zwar ein lebhaftes Kind, das stundenlang wie eine Aufziehpuppe herumrennen konnte, aber er war erst vier.

Sie schluckte schwer. Mit Luise und deren Schwiegermutter im stillen Kämmerlein hatten sie alles haarklein durchgesprochen. Nun war es zu spät, einen Rückzieher zu machen und ihre Freundinnen im Stich zu lassen. Der Flüchtlingstreck nach Westen würde aus sechs Frauen, fünfzehn Kindern und Säuglingen sowie zwei alten Männern bestehen.

Jede Familie hatte Geld beigesteuert, mit dem Agatha nicht nur die Polizei bestochen hatte, damit sie an der Stadtgrenze nicht nach einer Reiseerlaubnis gefragt wurden. Sie hatte auch einen Schreiner dafür bezahlt, aus gebrauchten Möbeln zwei stabile Handwagen zu zimmern, sodass jede Familie zwei Gepäckstücke mitnehmen durfte.

Die Erwachsenen würden die Karren abwechselnd ziehen, aber es war der lange Marsch, der Emma am meisten Sorgen bereitete: 370 Kilometer nach Frankfurt an der Oder, wo man Gerüchten zufolge den Fluss überqueren konnte, um ins Altreich zu gelangen.

Natürlich hofften sie, lange vor Frankfurt eine Zugverbindung zu finden. Doch in jedem Fall wären sie vermutlich mehrere Tage, wenn nicht gar Wochen unterwegs. Die Jahreszeit für ein solches Unterfangen hätte nicht schlechter sein können, denn es war Januar, und die kältesten Wintertage standen erst noch bevor. Zu allem Überfluss war dieser Winter der eisigste seit Langem, aber

Agatha hatte darauf bestanden, dass sie nicht bis Februar oder März warten konnten. – Jedenfalls nicht, wenn sie eine Chance haben wollten, vor der Roten Armee zu bleiben.

Wenn der Wind richtig stand, konnte Emma das Artilleriefeuer hören, das mit jedem Tag lauter wurde. Trotz ihrer Todesangst sagten ihr die Detonationen, dass sie das Richtige tat. Was auch immer auf dieser Reise vor ihnen lag, es war mit Sicherheit besser, als wie gefangene Mäuse darauf zu warten, dass die Russen sie bei lebendigem Leibe verschlangen. Es war an der Zeit, ihre Familie in Sicherheit zu bringen. Sie weckte die Kinder, ignorierte deren Schläfrigkeit und erklärte ihnen, dass sie jetzt ihr Zuhause verlassen mussten.

„Aber ich will hierbleiben", quengelte Jakob, während Sophie den Kopf schüttelte und fragte: „Und was ist mit Papa?"

Emma setzte eine tapfere Miene auf, als sie erklärte: „Er wird zu uns stoßen, sobald er kann. Aber Lodz ist nicht mehr sicher, deshalb müssen wir woanders hin. Nur für ein Weilchen."

„Ich gehe nicht ohne Affi." Jakob hielt sein Stofftier fest umklammert.

„Affi darf natürlich mitkommen, er gehört schließlich zur Familie."

Jakob war beschwichtigt und zog die Kleidungsstücke an, die Emma am Abend zuvor für ihn herausgelegt hatte. Sophie ging zu ihrem Stapel und stieß einen Schrei aus.

„Du erwartest doch nicht, dass ich das anziehe?" Mit spitzen Fingern hob sie eine graue Hose hoch und hielt sie Emma mit entsetzter Miene unter die Nase. „Das sind Jungensachen. Warum kann ich nicht mein Kleid tragen?"

„Ach, Mäuschen, es wird sehr kalt sein, und deine hübschen Kleider sind weder warm noch praktisch", versuchte Emma ihr klarzumachen. Doch sie konnte sehen, wie sich die Stirn ihrer Tochter trotzig zusammenzog. Um jeden weiteren Widerstand ein für alle Mal zu unterbinden, sagte sie streng: „Du trägst die Hose, ob du willst oder nicht. Haben wir uns verstanden?"

Sophie funkelte sie an, wagte es jedoch nicht, ihrer Mutter zu widersprechen. Widerwillig zog sie die gebrauchten Sachen an, die Emma am Vortag gegen einen silbernen Kerzenhalter eingetauscht hatte. Sie erzählte ihrer Tochter nicht, dass die Jungenkleidung nicht nur dazu diente, sie warmzuhalten, sollte es zum Schlimmsten kommen. Sie hatte sogar mit dem Gedanken gespielt, Sophies lange blonde Haare abzuschneiden, um die Verkleidung zu vervollständigen, bevor sie beschlossen hatte, fürs Erste die Zöpfe unter der Wollmütze zu verstecken. Sollten die Russen sie einholen, wobei Emma betete, dass es dazu nicht käme, konnte sie sie immer noch abschneiden.

Nachdem sie zwei Schälchen Haferbrei zubereitet hatte, verstaute sie die restlichen Lebensmittel in einem der Koffer und warf einen letzten Blick auf das Haus, das seit ihrer Hochzeit vor fast einem Jahrzehnt ihr Zuhause gewesen war. Sie und Herbert hatten darin so viele glückliche Momente erlebt; Sophies und Jakobs Geburt waren nur zwei davon. Ein Kloß bildete sich in ihrer Kehle. Lodz für einen unbekannten Ort und eine ungewisse Zukunft zu verlassen, war beängstigend. Außerdem vermisste sie ihren Ehemann so sehr. Seit seinem letzten Heimaturlaub hatte sie nicht mehr von ihm gehört, obwohl sie gewissenhaft jede Woche einen Brief an seine Feldpostadresse schickte.

Solange ich nichts Gegenteiliges höre, ist er am Leben, sagte sie sich und tröstete sich mit dem Gedanken, dass Herbert sie nach dem Krieg gewiss finden würde. Sie hatte ihm geschrieben, dass sie fliehen mussten, natürlich nur zwischen den Zeilen, um die Zensur nicht auf ihre verräterischen Absichten aufmerksam zu machen. Ihre neue Adresse würde sie ihm mitteilen, sobald sie sich irgendwo niedergelassen hatten. Für alle Fälle hatte sie auch eine Nachricht für ihn im Haus hinterlassen, deren Versteck sie sorgfältig ausgewählt hatte. Es durfte nicht zu offensichtlich sein, denn sie erwartete, dass jemand anderes sich das Haus unter den Nagel riss, sobald sie weg waren, aber es durfte auch nicht zu schwer zu finden sein. Schließlich hatte sie sich für den Sims im Brennholzunterstand entschieden, auf dem Herbert seine Axt aufbewahrte. Bestimmt würde er das Werkzeug holen,

MARION KUMMEROW

sollte er hierherkommen, denn er hatte den Stiel selbst
geschnitzt.

„Beeilt euch, Kinder. Luise und Hans warten bestimmt schon
auf uns."

„Hans kommt mit? Hurra!", rief Jakob.

Sophie verdrehte die Augen und tat so, als wäre sie über solche
Kinderproblemchen erhaben. Doch das hielt nur wenige
Sekunden an. „Kommen meine Freundinnen auch mit?"

„Erna und Gretl sind dabei."

„Und Karin?", erkundigte sich Sophie nach ihrer besten
Freundin.

„Es tut mir leid, aber Karins Mutter hat entschieden zu
bleiben." Sophie schaute niedergeschlagen, und Emma streichelte
ihr übers Haar. „Wir können uns leider nicht aussuchen, wer mit
auf die Reise geht."

„Na ja, wenigstens werde ich Gesellschaft haben und Karin
kann ja später nachkommen, oder?"

Emma brachte es nicht übers Herz, ihre Tochter zu
enttäuschen, deshalb log sie: „Natürlich. Sobald wir sicher
angekommen sind, werden vermutlich alle deine Freundinnen zu
uns stoßen."

Sophie sah sie streng an und stemmte die Hände in die Hüften,
eine Haltung, die Emma selbst häufig einnahm, wenn sie die
Kinder schalt. „Mutti, du tust ja gerade so, als würden wir einen
lustigen Sonntagsausflug machen, dabei flüchten wir in Wahrheit
vor den Russen. Ich bin kein kleines Kind mehr, weißt du?"

„Nein, das bist du ganz sicher nicht." Emma musste ein
Lächeln unterdrücken. Ihre Tochter war so ein kluges Mädchen,
manchmal zu klug für ihr eigenes Wohl. Doch sie hatte weder Zeit
noch Lust zuzugeben, dass Sophie recht hatte, schon gar nicht in
Jakobs Gegenwart. Mit einem Seitenblick gab sie ihrer Tochter zu
verstehen, dass das Thema nicht für seine Ohren geeignet war,
und erwiderte: „Es gibt keinen Grund, sich zu sorgen. Und jetzt
zieht bitte eure Mäntel an."

Zwei Straßen weiter trafen sie die hochschwangere Luise,

Agatha und den vierjährigen Hans. Zusammen gingen sie die Hauptstraße entlang, bis sie die Stadt hinter sich gelassen hatten. Nach ungefähr einem weiteren Kilometer entdeckte Emma eine Gruppe von Wartenden.

„Das muss unser Treck sein", meinte Agatha.

„Hoffentlich. Ich bin jetzt schon erschöpft vom Kofferschleppen", antwortete Luise.

Obwohl ihre eigenen Arme bereits schmerzten, bot Emma an: „Soll ich dir helfen?"

„Nein, nein, es wird schon gehen. Sobald wir sie erreicht haben, können wir die Koffer auf den Karren legen."

Emma lächelte ihr aufmunternd zu, obwohl sie sehr besorgt war. Der Wagen würde nur das Gepäck aufnehmen, und sie mussten ihn hinter sich herziehen. Schlimmer noch, sie bemerkte, dass sowohl Hans als auch Jakob bereits langsamer wurden und anfingen zu jammern. Sie sandte ein Stoßgebet zum Himmel und sagte gut gelaunt: „Seht ihr die Leute da vorne? Wer zuerst dort ist, gewinnt."

„Was gewinnen wir?", fragte Jakob mit einem schon viel fröhlicheren Gesicht.

„Das sag ich dir, wenn wir dort sind."

„Das wird sie eine Weile auf Trab halten", flüsterte Luise. „Aber was machen wir in ein paar Stunden?"

„Wir werden sie tragen müssen."

Agatha musste ihr Gespräch mitangehört haben, denn sie sagte in einem Ton, der keinen Widerspruch duldete: „Wir müssen die kleinsten Kinder vielleicht abwechselnd auf dem Wagen mitfahren lassen, aber erst, wenn ich es anordne."

Normalerweise hätte Emma sich von der älteren Frau nicht herumkommandieren lassen. In diesem Augenblick jedoch war sie froh, dass jemand die Verantwortung übernahm. Da Agatha selbst keine kleinen Kinder hatte, neigte sie weniger dazu, sich von ihren Gefühlen leiten zu lassen. Und obwohl Hans ihr vermutlich am nächsten stand, hatte sie doch das Wohl aller gleichermaßen im Sinn.

Als sie die Gruppe erreichten, staunte Emma über die riesigen Karren und fragte sich, wie um alles in der Welt sie die ziehen sollten. Die zwei alten Männer verschwendeten keine Zeit auf Formalitäten und begannen, die Habseligkeiten auf den Wagen zu verstauen.

Luise und Emma überreichten ihnen die zwei Koffer, die jeder Familie zugestanden worden waren; eine Frau mit drei Kindern erschien mit insgesamt sechs Gepäckstücken.

„Nur zwei", sagte einer der Männer und wurde daraufhin in ein langatmiges Streitgespräch verwickelt.

Emma gab ihrer Freundin einen Rippenstoß und wisperte: „Schau mal, deine Schwiegermutter."

„Sie findet das nicht lustig", antwortete Luise, als sie beobachteten, wie Agatha zu der widerspenstigen Frau ging und befahl: „Such dir zwei Koffer aus, die kommen auf den Karren. Der Rest bleibt hier."

„Nein, das mach ich nicht. Weißt du eigentlich, wie viel wir zurücklassen mussten?"

„Wir alle mussten uns von Vielem trennen." Agatha zeigte, dass sie nicht im Geringsten eingeschüchtert war, indem sie die Hände in die Hüften stemmte.

„Überhaupt, wer hat dir eigentlich das Recht gegeben, hier Befehle zu erteilen?", schnaubte die Frau verärgert.

„Du. Als du dafür bezahlt hast, an dem Treck teilzunehmen, den ich organisiert habe. Also: Entweder lässt du vier von deinen Koffern hier oder du musst sie selbst tragen. Was ist dir lieber?"

Die Frau murrte und machte keine Anstalten, der Aufforderung nachzukommen.

„Wir sind spät dran. Arnold und Rainer, verstaut den Rest des Gepäcks, dann brechen wir auf. Wir können es uns nicht erlauben, herumzutrödeln und zu riskieren, aufgehalten zu werden", entschied Agatha und die beiden Männer machten sich sofort wieder an die Arbeit. Sobald sie fertig waren, überreichte die schmollende Frau ihnen still die beiden größten Koffer und verteilte den Rest unter sich und ihren Kindern.

Im leeren Zustand hatten die Karren riesig gewirkt, doch beladen sahen sie klein und zerbrechlich aus. Agatha teilte die Erwachsenen in Paare zum Ziehen ein. „Luise und Emma, ihr zuerst. Jeder ist für eine Stunde dran, dann wird durchgewechselt. So, jetzt lasst uns aufbrechen. Wir müssen die wenigen Stunden Tageslicht voll ausnutzen."

Emma nahm das Seil auf und zog, doch nichts geschah. „Du meine Güte, ist das Ding schwer!"

„Warte, wir versuchen es bei drei." Luise zählte: „Eins – zwei – drei." Gemeinsam warfen sie sich nach vorne, und nach mehreren langen Sekunden der Verzögerung vollführte der schwere Wagen einen kleinen Sprung und begann, über die vereiste Straße zu gleiten.

„Uff. Wenn er sich erst einmal bewegt, ist es nicht mehr so schwer", keuchte Emma.

„Dann lass uns zu Gott beten, dass wir nicht anhalten müssen."

Emma schielte zu ihrer Freundin und flüsterte: „Lass uns lieber dafür beten, dass wir am Leben bleiben."

KAPITEL 6

Auf der Flucht

Jakob kickte gegen einen auf der Straße liegenden Eisklumpen, aber dieser rührte sich nicht vom Fleck. Er trat noch einmal fester zu und hüpfte dann ein paar Schritte auf einem Bein, weil ihm ein stechender Schmerz von den Zehen bis ins Knie schoss. „Blöder Stein!", murmelte er leise.

„Jakob, hör auf zu trödeln", mahnte Sophie, die etliche Meter vor ihm ging. Sie blieb stehen und funkelte ihn gereizt an, die Hände in die Hüften gestemmt. Es war sehr lästig, dass sie sich offenbar dazu berufen fühlte, ihn immer dann zu bevormunden, wenn Mutti es gerade nicht selbst tun konnte.

Er holte sie ein und verkündete: „Ich mag nicht mehr! Ich weiß nicht, warum wir weggehen mussten. Wir sind schon so lang unterwegs."

Sophie packte seinen Arm und schüttelte ihn leicht. „Hör auf zu quengeln. Wir mussten weggehen, weil es nicht mehr sicher war."

„Ihr zwei da, hört auf zu quasseln und marschiert weiter", wies einer der Erwachsenen des Trecks sie an.

Sophie drehte sich um und zerrte Jakob am Arm mit, um ihre Mutter und Luise einzuholen. Hans ging an Luises Hand.

„Du bringst uns noch beide in Schwierigkeiten", zischte Sophie und drückte seinen Ellbogen, um ihrem Vorwurf Nachdruck zu verleihen.

„Aua!" Er riss sich los und grinste vergnügt, als die plötzliche Bewegung sie straucheln ließ. „Hör auf, mir zu sagen, was ich machen soll", verlangte er mit zusammengekniffenen Augen.

„Ich bin die Ältere und Mutti hat mir die Verantwortung für dich übertragen."

„Jakob! Sophie! Kommt her!", rief ihre Mutter. Die beiden rannten zu ihr, während sie sich nicht einmal die Mühe machte zu warten oder wenigstens langsamer zu werden.

„Wie oft habe ich euch gesagt, dass ihr nicht streiten sollt? Wir haben noch einen langen Weg vor uns und müssen uns die Kraft gut einteilen."

„Meine Füße tun weh", unterbrach Jakob sie. „Und ich hab Hunger."

Sophie seufzte. „Ich auch. Wann machen wir Pause und essen etwas?"

Ihre Mutter lächelte ihnen müde zu. „Bald."

Jakob glaubte ihr kein Wort, denn das behauptete sie schon den ganzen Tag, deshalb fragte er noch einmal: „Wann genau?"

„Bald."

„Ja, aber wie bald?"

„Sehr bald."

„Krieg ich wenigstens was zu essen?", versuchte Jakob es ein weiteres Mal.

„Nein, Mäuschen, unser ganzer Proviant ist auf dem Wagen und wir können nicht verlangen, dass unseretwegen alle anhalten, damit du ein Stück Brot bekommst. Du musst warten, bis wir Pause machen. Es dauert nicht mehr lang."

„Kann ich wenigstens deine Hand halten?"

Sie lächelte. „Natürlich, mein Mäuschen."

„Ich will auch", sagte Sophie, und Jakob streckte ihr schnell die Zunge heraus, bevor er nach Muttis freier Hand griff.

„Ach, Sophie, du bist doch schon so groß, du kannst auch allein gehen." Die Stimme seiner Mutter klang müde, als sie seiner Schwester antwortete.

Seinen kleinen Sieg konnte Jakob nicht auskosten, denn er musste husten und das schmerzte in seiner Brust. Nachdem er eine halbe Ewigkeit neben seiner Mutter hergegangen war, wurde ihm langweilig, und er zog seine Hand aus der ihren.

„Hans, hast du Lust zu spielen?"

Hans nickte und die beiden suchten nach Stöcken, die sie als Waffen verwenden konnten. Da schlug einer der Männer vor: „Wieso sucht ihr nicht noch ein paar mehr Zweige und gebt sie mir? Dann können wir nachher ein schönes Feuerchen machen."

Also zogen Jakob und Hans los, um Reisig zu sammeln, und waren damit so beschäftigt, dass sie darüber Hunger und Erschöpfung vergaßen. Doch einige Zeit später schlich er sich wieder an seine Mutter heran. „Mutti, wie lang müssen wir noch weitergehen?"

„Nicht mehr lang, wir sind fast da."

„Ist das Haus dort genauso schön wie unseres?"

„Das weiß ich noch nicht, Mäuschen."

Jakob hatte den leisen Verdacht, dass seine Mutter ihm nicht die ganze Wahrheit sagte, aber er war zu müde, um darüber nachzudenken. Um die Mittagszeit rastete die Gruppe endlich. Die Frauen verteilten Brot und die Männer machten ein Feuer mit dem Holz, das die Kinder gesammelt hatten.

Es qualmte und stank fürchterlich, doch wenigstens konnte Jakob sich setzen und seine kalten Füße aufwärmen. Jemand gab ihm einen Becher mit heißem Tee. Er taute seine steifen Finger daran auf und genoss mit jedem Schluck, wie die Flüssigkeit wohltuend seine Kehle hinabbrann und seinem Inneren ein wenig dringend benötigte Wärme brachte.

Kaum hatte er ausgetrunken, trieb Hans' Großmutter alle an, wieder aufzubrechen. Er ignorierte seine schmerzenden Füße und die Kälte in seinen Knochen, solange er konnte, denn jedes Mal, wenn er langsamer wurde, schimpften die Erwachsenen mit ihm und ermahnten ihn weiterzugehen und nicht herumzutrödeln.

„Mutti, ich kann nicht mehr", jammerte er schnaufend und beobachtete, wie sich sein Atem zu Wölkchen formte.

„Nur noch ein kleines Stück."

Ein Kind, das oben auf dem Karren thronte, erregte seine Aufmerksamkeit. Er kniff die Augen zusammen und rief dann aufgebracht: „Hans sitzt auf dem Wagen! Ich will auch!"

Seine Mutter setzte ihren strengen Blick auf und sagte: „Hans war sehr müde."

„Ich bin auch müde."

„Ich weiß, mein Mäuschen, aber du bist doch mein großer Junge und kannst noch ein kleines Stückchen weitergehen."

„Aber warum darf ich nicht auch auf den Wagen?"

„Zusammen seid ihr zu schwer, deshalb kann immer nur einer von euch drauf. Aber ich verspreche dir, dass du als Nächstes dran bist."

„Wann?"

„Bald."

„Mir ist kalt."

„Ich weiß." Sie nahm ihren Schal ab und wickelte ihn um seinen Oberkörper.

„He, ich will keinen Frauenschal anziehen und wie ein Mädchen aussehen!"

Seltsamerweise bestand seine Mutter nicht darauf, sondern wickelte den Schal wieder um den eigenen Hals. „Wenn dir noch kälter wird, kannst du ihn haben, in Ordnung?"

Einige Zeit später, als er schon nicht mehr wusste, wie er sich mit seinen bleischweren Beinen weiter vorwärtsschleppen sollte, meinte seine Mutter endlich: „Jakob, Mäuschen, jetzt darfst du auf dem Wagen sitzen."

Sie half ihm dabei, auf die Koffer zu klettern und es sich in der Mulde zwischen den Federbetten bequem zu machen, die sein Freund Hans hinterlassen hatte. Es war alles andere als bequem, aber das war Jakob egal. Von hier oben hatte er einen hervorragenden Blick über ihren Treck, und es gelang ihm sogar, Sophie einen schadenfrohen Blick zuzuwerfen, weil sie nicht auf dem Karren fahren durfte. Das geschah ihr ganz recht, schließlich bestand sie immer darauf, schon so viel älter zu sein als er.

„Wo ist Affi?", fragte er plötzlich.

Seine Mutter kramte im hinteren Teil des Wagens, bevor sie ihm seinen geliebten Stoffaffen reichte, was ihn umgehend beruhigte.

„Bist du bereit?", fragte seine Mutter und er nickte. „Halt dich fest und fall bloß nicht runter."

„Ich bin doch kein Baby mehr!" Er warf ihr einen finsteren Blick zu. Dachte sie wirklich, er könnte vom Wagen fallen? Er lehnte sich gegen einen großen Koffer und genoss die Aussicht, als der Karren sich mit einem plötzlichen Ruck in Bewegung setzte und Jakob beinahe hinuntergekullert wäre. Angestrengt bemühte er sich, sein Gleichgewicht wiederzuerlangen und erhaschte einen Blick auf Sophies Feixen.

Am Morgen hatte die Gruppe der Flüchtlinge klein gewirkt, doch nun gingen sie so weit auseinandergezogen, wie sein Auge reichte. Aufgeregt zeigte er auf die Dinge, die er entlang des Weges erspähte, unterhielt sich mit den Vögeln und wünschte sich, mit ihnen fliegen zu können. Als es anfing zu schneien, versuchte er, die Flocken zu fangen und beobachtete fasziniert, wie die kleinen Kunstwerke auf seinen Handschuhen schmolzen.

Nach einer Weile wurde ihm langweilig. Natürlich war es besser, hier oben zu sitzen, als marschieren zu müssen, aber ihm wurde dabei auch fürchterlich kalt. Er konnte seine Füße kaum noch spüren und hätte sie gerne aufgestampft, um ein wenig Wärme hineinzubekommen, doch hier oben war dafür kein Platz. Und wenn er ehrlich war, hatte er Angst, von dem Berg von Gepäckstücken hinabzupurzeln, wenn er sich zu stark bewegte.

Also wartete er. Irgendwann wurden seine Augenlider schwer und er schlief ein. Plötzlich lief ein Ruck durch den Karren, und es gelang Jakob nur mit Mühe, sich an dem Seil festzuhalten, das die Koffer unter ihm sicherte.

„Was ist los?"

„Nichts, Mäuschen, wir sind angekommen", antwortete seine Mutter.

„Bei unserem neuen Haus?" Er sah sich um, aber es gab nichts zu sehen außer einigen Bäumen und dunklen Gestalten, die dabei waren, ein Feuer zu entfachen.

„Nein, das nicht. Wir bleiben nur über Nacht hier."

Seine Mutter konnte das nicht ernst meinen. Wo war das Haus? Das Bett? Mit einem kuscheligen Plumeau? Oder wenigstens ein Tisch mit Stühlen? Hatte sie gar das Abendessen vergessen? Es war wohl das Beste, sie an die Dringlichkeit der Situation zu erinnern. „Ich hab Hunger."

„Sobald das Feuer brennt, machen wir eine Suppe."

Ein anderes, dringenderes Bedürfnis meldete sich. „Ich muss mal."

„Groß oder klein?"

„Klein."

„Dann geh da rüber." Sie zeigte auf ein niedriges Gebüsch in der Nähe der Straße. Das war höchst seltsam. Normalerweise bestand sie darauf, dass er das Klo benutzte, deshalb warf er ihr einen weiteren Blick zu, um sich zu vergewissern.

„Worauf wartest du? Geh da rüber und mach Pipi."

Jakob streckte seine steifen Glieder und kletterte mühsam vom Karren, bevor er zu den Büschen humpelte, wo bereits ein paar andere Jungen ihr Geschäft verrichteten. Als er sich in Position gebracht hatte, nahm das Bedürfnis eine plötzliche Dringlichkeit an, doch seine kalten Finger waren zu steif, um die Hose aufzuknöpfen.

Er war den Tränen nahe, weil er einen Unfall befürchtete, der ihn zum Gespött der anderen Knaben machen würde. Deshalb riss er kurz entschlossen seine Hose hinunter, ohne sich die Mühe zu machen, sie zuvor aufzuknöpfen. Seine Mutter würde wütend sein, aber das war immer noch besser, als Hosenpinkler genannt zu werden.

Als er zur Gruppe zurückkehrte, rückte er so nah ans Feuer, wie die Erwachsenen es erlaubten. Doch selbst nachdem er seine Suppe getrunken und ein Stück Brot gegessen hatte, war er immer noch hungrig, müde und steif vor Kälte. Schniefend wischte er sich mit der Hand über die Nase und hustete mehrmals. Dieses Abenteuer war nicht halb so aufregend, wie er erwartet hatte. Genaugenommen war es sogar ziemlich unangenehm.

„Es ist Zeit zum Schlafen", sagte Mutti, nachdem sie die Suppenschüsseln eingesammelt hatte.

Jakob starrte in die pechschwarze Finsternis und bekam eine Gänsehaut. „Hier draußen?"

„Es tut mir leid, aber wir haben nichts Besseres gefunden."

„Und was, wenn es hier Monster gibt?"

„Es gibt keine Monster", sagte Sophie, die selbst nicht sehr zuversichtlich wirkte.

„Woher willst du das wissen?"

„Weil ich schlau bin."

„Aber du weißt es nicht genau." Nur zu gern hätte Jakob seiner Schwester Glauben geschenkt, aber er hatte zu große Angst, um in der Dunkelheit zu schlafen. „Und was ist mit Gespenstern?"

„Gespenster gibt es auch nicht. Und selbst wenn, dann jage ich sie für dich davon."

„Wölfe? Bären? Füchse? Oder Räuber?"

Endlich schien Sophie den Ernst der Lage zu begreifen, denn selbst im schwachen Licht des Feuers war deutlich zu erkennen, wie sie blass wurde.

„Siehst du? Ich hab dir doch gesagt, dass es hier draußen gefährlich ist. Mutti, können wir bitte woanders hingehen? Mir gefällt es hier nicht."

Doch seine Mutter schüttelte den Kopf. „Ich fürchte, das geht nicht." Sie nahm die Decke aus dem Koffer und breitete sie auf dem Boden aus. „Ihr zwei kuschelt euch zusammen, und ich decke euch zu." Dann legte sie ein Plumeau über die beiden.

„Und du?" Sophies Stimme war nur noch ein leises Flüstern.

„Ich komme auch, sobald ich das Geschirr gespült habe."

Immer muss sie sauber machen, sogar hier draußen, wo gar nichts ist, dachte Jakob und drückte Affi fester. Wenige Sekunden später spürte er Sophies Arm um sich, und die beruhigende Anwesenheit seiner großen Schwester ließ ihn entspannen und einschlafen. Er liebte sie über alles, auch wenn sie ihn oft ärgerte. Doch in diesem Moment hätte er sie gegen nichts und niemanden auf der Welt eintauschen wollen.

Es fühlte sich an, als hätte er kaum die Augen geschlossen, als seine Mutter ihn schon wieder wachrüttelte. „Jakob, wir müssen los."

„Ich bin aber noch müde", jammerte er schlaftrunken mit geschlossenen Augen.

„Ich weiß, mein Mäuschen. Die Sonne geht bald auf, und wir müssen weiter."

Jakob hustete, rollte sich in eine sitzende Position und öffnete die Augen einen kleinen Spalt breit. Zu seiner Überraschung schimmerte der Himmel am Horizont in einem schwachen Blau, wohingegen die andere Seite noch dunkel war. Er musste wohl doch länger als nur ein paar Minuten geschlafen haben.

„Wie weit ist es noch?", fragte er.

„Nur noch ein paar Tage."

„Tage! Ich dachte, wir sind bald bei unserem neuen Haus."

„Pst, jetzt. Sei ein guter Junge und lass uns losgehen, sonst kommen wir nie an."

KAPITEL 7

Posen

Irena rieb sich den Rücken. Ihre Ablösung war zum Schichtwechsel nicht erschienen und sie hatte es nicht übers Herz gebracht, die Kinderstation ohne Aufsicht zurückzulassen. In einer Stunde kamen die Krankenschwestern der Tagesschicht, dann konnte sie endlich nach Hause gehen und schlafen.

Die Lage in Posen verschlechterte sich von Tag zu Tag und das schnelle Heranrücken der Roten Armee machte die Nazis ausgesprochen nervös. Schlimmer war jedoch die entsetzliche Kälte. Aufgrund der Kriegsschäden am Kraftwerk wurde nicht genug Elektrizität erzeugt und selbst das Katholische Krankenhaus blieb von den häufigen Stromausfällen nicht verschont.

Als sie sich gerade auf der Liege im Schwesternzimmer niederließ, klopfte der Hausmeister ans Sichtfenster. Irena unterdrückte ein Stöhnen und erhob sich trotz der schmerzenden Füße. „Was gibt es, Herr Nowak?"

„Ist die Oberschwester schon da?"

„Nein."

„Sonst jemand?"

„Die Tagesschicht kommt erst in fünfundvierzig Minuten." Nach so vielen Jahren der Arbeit im Krankenhaus hätte er das eigentlich wissen müssen.

„Es tut mir wirklich leid, Schwester Irena, aber es gab wieder einen Stromausfall."

„Ja, das habe ich gemerkt." Vor einer Weile hatte sie den Notstromgenerator anspringen gehört; etwas, das dieser Tage oft vorkam.

„Halten Sie die hier besser griffbereit." Er reichte ihr eine Schachtel mit einem Sammelsurium verschiedenfarbiger Kerzen, wovon einige schon teilweise heruntergebrannt waren.

Irena schüttelte verwirrt den Kopf, während ihr müdes Gehirn versuchte zu verarbeiten, was vor sich ging. „Wozu? Der Generator –"

„Wird nicht mehr lange laufen." Er blickte zu Boden. „Der Diesel reicht nur noch für eine Stunde. Ich konnte nirgendwo in der Stadt Nachschub auftreiben. Die Nazis haben jegliche Art von Treibstoff auf kritische Infrastruktur beschränkt."

„Und da dieses Krankenhaus nur polnische Patienten behandelt, sind wir nicht kritisch", ergänzte Irena niedergeschlagen. „Wenn sich die Rote Armee doch nur beeilen würde."

„Es kann nicht mehr lange dauern."

So sehr sie sich die Befreier auch herbeisehnte, wusste sie doch auch, dass jeder Tag, der verging, den Tod Tausender bedeutete. „Beim derzeitigen Tempo werden wir alle erfroren oder verhungert sein, bis sie eintreffen."

„Aber, aber, Schwester Irena. Wir haben immer noch die Kerzen. Würden Sie bitte die Oberschwester informieren? Ich verteile derweil Kerzen an die anderen Stationen."

„Ja, natürlich. Und danke für all Ihre Mühe, Herr Nowak."

Er nickte kurz und verschwand in den dunklen Gang, wo nicht einmal mehr die Notbeleuchtung ihr schummriges Licht verbreitete. Irena entzündete eine Kerze und schaltete das Licht auf der Station aus. Die verbleibende Energie musste für lebenswichtige Operationen aufgespart werden.

Zurück im Schwesternzimmer legte sie sich wieder auf die Liege. Sie lauschte dem Husten, Niesen und Jammern der Kinder, bereit, jederzeit aufzuspringen, sollte sie etwas Ungewöhnliches vernehmen. Ihre Augen fielen zu und sie döste ein. Bilder der Flüchtlingsmassen, die auf ihrem Weg nach Westen in die Stadt strömten, erschienen ihr im Traum. Doch sie empfand kein Mitleid mit den Frauen und Kindern, die ihre Heimat in der Hoffnung auf eine bessere Zukunft im Altreich verließen.

Irena hasste die Nazis mit jeder Faser ihres Wesens, egal ob Soldat oder Zivilist, und sie konnte es kaum erwarten, sie endlich loszuwerden. Nicht nur ihr eigenes tragisches Schicksal hatte sie verbittert; sondern auch der beiläufige Rassismus der Deutschen, die das polnische Volk als „slawische Untermenschen" betrachteten.

Kurz nachdem die Wehrmacht in Polen einmarschiert war, hatten die Nazis sämtliche höheren polnischen Schulen unter dem Vorwand geschlossen, dass ein „primitives Arbeitsvolk" keine Bildung bräuchte, die über Grundlagen im Lesen, Schreiben und Rechnen hinausging.

Und als wäre das nicht genug gewesen, waren Polen aus allen Positionen mit Entscheidungsgewalt verdrängt worden. Sie erhielten geringere Rationen und jeder, der es wagte, ein kritisches Wort gegen die neuen Herren zu äußern, wurde auf brutalste Weise bestraft. Das berüchtigte Pawiak-Gefängnis in der Hauptstadt Warschau war nur ein Beispiel für die Gräuel, die gegen ihre Landsleute verübt wurden.

Was gab diesen einst so anmaßenden Deutschen das Recht, in Irenas Stadt zu strömen und die Ressourcen, die nicht einmal für die hier lebende Bevölkerung reichten, zusätzlich zu belasten? Die Kinderstation war so überfüllt, dass sie die weniger schweren Fälle nicht mehr aufnehmen konnten und wieder nach Hause schickten.

Ein fürchterlicher Hustenanfall ließ sie aufschrecken und Irena spitzte die Ohren. Doch der Saal wurde wieder still, abgesehen vom üblichen Murmeln, Schniefen und Schnarchen. Irena machte sich Sorgen, denn die Kinder litten nicht nur unter den gewöhnlichen Erkältungen dieser Jahreszeit. Etwas Schlimmeres ging um, eine Atemwegserkrankung, die durch die Stadt fegte und die Jungen, Alten und Unterernährten befiel. Besonders die ganz Kleinen schienen anfällig zu sein und angesichts des Mangels an Medikamenten konnte man kaum etwas tun.

Da die Tagesschicht jeden Moment eintreffen konnte, erhob sich Irena, um ihren Bericht über die Vorkommnisse der Nacht abzuschließen und endlich nach Hause zu gehen, wo sie unter ihr warmes Plumeau krabbeln und zwölf Stunden durchschlafen wollte.

Kaum saß sie vor dem großen Buch, vernahm sie Schritte. Ihre anfängliche Erleichterung wich einer entsetzten Grimasse, als die Schritte – viel zu laut für eine ihrer Kolleginnen – näherkamen und zwei SS-Soldaten hereinspazierten.

Mit wild klopfendem Herzen zwang sich Irena dazu, sitzen zu bleiben und ruhig zu fragen: „Kann ich den Herren helfen?"

Einer der Soldaten trat vor und wollte in gebrochenem Polnisch wissen: „Alle Patienten Polen?"

„Ja, die deutsche Administration hat dieses Krankenhaus dafür bestimmt, ausschließlich der einheimischen Bevölkerung zu dienen."

„Sofort entlassen. Wir brauchen den Platz."

„Was? Wieso? Diese Kinder sind schwer krank. Sie brauchen Medikamente und ..." Irena verstummte, als der andere Soldat das Schwesternzimmer verließ und zum nächstgelegenen Bett ging, wo er das schlafende Kind, einen Knaben von etwa zehn Jahren, an den Schultern packte und auf den Boden schleuderte. Das Kind begann erbärmlich zu kreischen, was ihm einen Fußtritt einbrachte.

Irenas Beschützerinstinkt für die ihr anvertrauten Kinder siegte über ihre Angst. Sie sprang auf, um dem Jungen zu Hilfe zu eilen. „Aufhören! Was tun Sie da?"

Der andere Soldat stellte sich ihr in den Weg, zog seine Waffe und richtete sie auf ihren Kopf. „Die Kinder müssen weg. Jetzt."

Wie zur Salzsäule erstarrt, konnte Irena sich nicht rühren. Ihre einzige Reaktion war ein kaum wahrnehmbares Nicken. Mit dem Blick in die Mündung seiner Waffe dauerte es eine Ewigkeit, bis sie durch das ohrenbetäubende Rauschen in ihrem Kopf ihre Stimme wiederfand. „Bitte tun Sie den Kindern nichts. Ich werde mich darum kümmern."

„Sofort." Er musterte sie von Kopf bis Fuß und fügte ein wenig freundlicher hinzu: „Zieh sie an und bring sie ins Foyer, damit ihre Eltern sie dort abholen können. Ich will, dass die Station in dreißig Minuten geräumt, geputzt und für die deutschen Patienten bereit ist."

Ein eisiges Kribbeln kroch ihr die Wirbelsäule hinauf. Die Erinnerungen, wie ein anderer SS-Mann sie zusammengeschlagen hatte, stürmten auf sie ein. Dennoch gelang es ihr irgendwie, nicht in Panik zu geraten und zu erwidern: „Ich werde tun, was Sie wollen, aber bitte tun Sie den Kindern nichts. Die Oberschwester und die Tagesschicht treffen in den nächsten zehn Minuten hier ein und werden bei der Umsetzung Ihrer Befehle helfen."

„Gut." Die zwei Männer verschwanden, zweifellos um ihre Drohungen auf den anderen Stationen des Hospitals zu wiederholen.

Mit einem Mal ergab alles einen schrecklichen Sinn. Die Nazis brauchten die Krankenhausbetten für ihre eigenen Landsleute und zögerten keine Sekunde, alle polnischen Patienten hinauszuwerfen, die sie ohnehin als minderwertig betrachteten. Einmal mehr betete Irena im Stillen darum, dass die Rote Armee sich beeilte und sie endlich befreite.

Sie ging zu der Reihe mit den älteren Kindern und sagte: „Es tut mir so leid, aber wir müssen die Station evakuieren. Eure Eltern sind informiert und werden euch in der Eingangshalle unten abholen. Wer kann allein aufstehen?"

Etwa ein Dutzend Kinder hob die Hand.

„Zieht eure Schuhe und Mäntel an und setzt euch aufs Bett,

wenn ihr fertig seid, damit ich sehen kann, wer bereit ist zu gehen. Habt ihr das verstanden?"

Die Kinder nickten.

Ein Mädchen fragte: „Was, wenn ich nicht aufstehen kann?"

Irena schenkte ihr ein warmes Lächeln. „Dann schicke ich jemanden, um dir zu helfen. Macht euch keine Sorgen, ich habe alles unter Kontrolle." Diese Lüge ließ sie erschaudern, denn sie hatte rein gar nichts unter Kontrolle und war vermutlich genauso verängstigt wie die Kinder, wenn nicht sogar mehr. „Eure Eltern werden bald hier sein, keine Sorge."

„Wo sind meine Schuhe?", fragte ein Junge, der spät am Vorabend eingeliefert worden war.

„Sie stehen unter deinem Bett, zusammen mit allem anderen, was du dabeihattest. Aber jetzt beeilt euch, wir haben nicht viel Zeit." Irena klatschte in die Hände und wollte zur nächsten Reihe gehen, als sie fast mit der Oberschwester zusammengestoßen wäre.

„Was in aller Welt tun Sie da, Schwester Irena?"

„Gott sei Dank, dass Sie hier sind, Oberschwester." Vor Erleichterung hätte Irena am liebsten geweint, denn die Oberschwester war so viel besser darin, eine Evakuierung zu organisieren.

„Ich bin gerade eingetroffen, und was finde ich vor? Die ganze Station in Aufruhr und Sie, wie sie den Kindern sagen, sie sollen sich anziehen?"

„Es tut mir so leid, Oberschwester." Irena war vor Erschöpfung und Sorge den Tränen nahe. „Vor gerade einmal zehn Minuten waren zwei SS-Männer hier, die befohlen haben, sämtliche Patienten aus dem Krankenhaus zu entlassen, weil sie die Betten für die Deutschen brauchen."

Wütende Blicke schossen aus den Augen der Oberschwester. „Sie werden diesen Unsinn sofort sein lassen. So etwas kann man nicht tun, wir sind schließlich ein Krankenhaus. Ich werde mit den Männern reden."

Irena sackte voller Schuldgefühle auf dem nächsten Bett

zusammen. Die Oberschwester hatte recht; sie hatte überreagiert. Die Nazis konnten nicht einfach hier hereinspazieren und ein ganzes Krankenhaus evakuieren. Sie hatte die armen Kinder grundlos zu Tode geängstigt.

Doch es dauerte keine fünf Minuten, bis die Oberschwester mit schmalen Lippen zurückkehrte, die Krankenschwestern der Tagesschicht nur wenige Schritte hinter ihr.

„Wir evakuieren. Beeilt euch. Sie haben gesagt, dass jeder, der in", sie warf einen Blick auf die große Uhr an der Wand, „einundzwanzig Minuten noch auf der Station ist, erschossen wird." Nachdem sie die anderen Schwestern instruiert hatte, um welche Bettenreihen sie sich kümmern sollten, wandte sie sich an Irena: „Ich nehme an, Sie waren die ganze Nacht hier?"

„Ja, Oberschwester. Natalya kam nicht, deshalb habe ich die Nachtschicht übernommen."

„Das ist sehr lobenswert. Leider kann ich Sie noch nicht nach Hause schicken, denn wir brauchen hier jede Hand, um die Kinder von der Station zu bringen und alles vorzubereiten."

Der Nebel in Irenas Hirn verbot es ihr zu protestieren, also nickte sie nur und eilte zu dem ihr zugewiesenen Bereich. Sie packte die Säuglinge in ihre Mäntelchen oder Decken, steckte die Karte mit ihrem Namen und Geburtsdatum daran fest und brachte die ersten beiden nach unten in den Empfangsbereich an der großen Eingangstür.

Das Foyer füllte sich schnell mit den Patienten der anderen Stationen und in ihrer Verzweiflung drückte Irena die Babys in die Arme zweier vergleichsweise gesund aussehender Patientinnen. „Hier. Bitte sorgen Sie dafür, dass die Eltern ihr Kind bekommen. Ich muss die nächsten holen."

Die Neuigkeit hatte sich offenbar wie ein Lauffeuer in der Stadt verbreitet, denn als sie zum fünften Mal nach unten eilte, wartete bereits eine Menschenmenge auf den Eingangsstufen, um ihre Angehörigen abzuholen. Die Oberschwester und mehrere Helfer taten ihr Bestes, die Menge zu ordnen, um die Patienten mit ihren Familien zu vereinen.

Nachdem sie hektisch den letzten kleinen Patienten von der Kinderstation geholt hatten, sagte die Oberschwester zu Irena: „Sie können jetzt gehen und sich ausschlafen. Sollte ich Sie früher brauchen, schicke ich einen Boten. Ansonsten erwarte ich Sie heute Abend wieder hier."

„Natürlich, Oberschwester."

Als Irena das Krankenhaus verließ, war sie kaum noch in der Lage, die Augen offen zu halten. Sie ballte die Fäuste in den Falten ihres Mantels. Als sie am Dom vorbeikam, betete sie, dass die Nazis ihre gerechte Strafe erhalten würden, und in einem Akt völliger Missachtung ihres katholischen Glaubens fügte sie hinzu: „Für jedes Kind, das durch die herzlosen Taten von heute sterben muss, wünsche ich, dass einhundert SS-Männer brutal abgeschlachtet werden."

KAPITEL 8

Von Lodz gen Westen

Ihre Knochen schienen nur noch aus Eis zu bestehen. Emma kuschelte sich näher an die drei Kinder und Luise, die von Agatha und ihr flankiert wurden.

Sie teilten sich Decken, Federbetten und Körperwärme, um gemeinsam die kalte Nacht zu überstehen. Zwei der Plumeaus dienten als Unterlage, die anderen hatten sie über die Wolldecken gebreitet. Zusätzlich trugen sie sämtliche Kleidungsstücke übereinander.

Emma streckte die Hand aus und ertastete Sophie, die fest schlief. Daneben lag Jakob, dessen Stirn glühte, während er ununterbrochen wimmerte und hustete. Wenn sie Posen nicht bald erreichten, befürchtete sie das Schlimmste. Ihr kleiner Junge würde nicht mehr lange durchhalten. Auf dem Wagen zu sitzen schonte zwar seine Beinchen, aber dafür jammerte er, dass ihm kalt war.

Sophie rührte sich und flüsterte: „Mutti? Ist Jakob sehr krank?"

„Er ist nur erkältet, Mäuschen. Mit etwas Ruhe und einem warmen Bett wird er bald wieder gesund." Sie strich über Sophies

Wange. Ihre tapfere, furchtlose Tochter hielt tagein, tagaus mit den Erwachsenen Schritt, ohne sich zu beklagen.

„Muss er sterben?"

Tränen traten in Emmas Augen und sie hatte Mühe, ihre Stimme fest klingen zu lassen: „Nein, Sophie, er ist ein zäher kleiner Bursche. Sobald wir in Posen sind, beschaffen wir ihm Medizin, und dann wird er ganz schnell wieder gesund." *Falls wir es je bis nach Posen schaffen. Und dort Zuflucht und etwas zu essen finden.*

„Weißt du, Mutti, er ärgert mich immerzu, aber ich will nicht, dass er stirbt."

Emma musste bei diesem Eingeständnis lächeln. Ihre Kinder zankten sich wie Hund und Katz, aber wenn es darauf ankam, hielten sie zusammen. „Mach dir keine Sorgen, Mäuschen. Jakob wird dich noch viele Jahre ärgern."

„Ich hab dich lieb, Mutti", ließ Sophie in einem plötzlichen Gefühlsausbruch verlauten und für den Bruchteil einer Sekunde erahnte Emma das Ausmaß des Kummers, den ihre Tochter empfinden musste.

„Ich hab dich auch lieb. Wir stehen das zusammen durch."

Danach lag Emma lange wach und überlegte, ob es eine gute Idee gewesen war, ihren Kindern diese Reise durch die Hölle zuzumuten. Wäre es besser gewesen, zu Hause zu bleiben und auf die Rote Armee zu warten, in der Hoffnung, dass es nicht so schlimm war, wie alle befürchteten?

Sie biss sich auf die Lippe und kämpfte gegen die aufsteigende Panik an. Alles, was sie getan hatte, war um ihrer Kinder Wohl geschehen. Natürlich hatte auch sie Angst davor, dass ihr Gewalt angetan wurde. Doch allein bei der Vorstellung, wie sich ein Soldat über ihre kleine, unschuldige Tochter beugte, wurde ihr schlecht. Nein, was auch immer sie zu ertragen hatten, alles war besser, als den Russen in die Hände zu fallen.

Beim Morgengrauen erwachten die Treckteilnehmer und erhoben sich. Es war der zehnte Tag ihrer Flucht, und ihnen ging nach und nach alles aus: Proviant, Kraft, Wärme und sogar der

Mut. Emma stand auf, um ein Feuer zu machen, damit sie wenigstens etwas Schnee schmelzen und heißes Wasser trinken konnten.

Agatha gesellte sich zu ihr. Die erstaunlich zähe alte Frau war die einzige der Gruppe, die noch genauso aussah wie vor ihrem Aufbruch. Womöglich lag es daran, dass sich im Laufe der Jahre so viele Falten in ihr Gesicht gegraben hatten, dass es keinen Platz für neue gab.

„Ich muss mir dir reden", sagte sie und nahm Emma zur Seite.

Die Sorge in ihrem hageren Gesicht gefiel Emma nicht. „Was hast du auf dem Herzen?"

Agatha kam gleich zur Sache: „Luise wird bald niederkommen."

„Wie? Jetzt schon? Wie kann das sein? Es sind doch noch zwei Monate." Ein stechender Schmerz zerriss ihr die Brust. Sollte das Kind unterwegs kommen, würde es nicht überleben. Vor ihrem inneren Auge erschienen Sophie und Jakob als Neugeborene und für einige Sekunden glaubte sie zu ersticken. Verzweifelt rang sie nach Luft, denn sie konnte den Gedanken, dass ihre beste Freundin das Kind verlor, nicht ertragen.

„Ich fürchte, es ist eine Frage von Tagen, höchstens einer Woche." Agatha runzelte die Stirn. „Wir müssen in Betracht ziehen, dass weder sie noch das Kind die Geburt überleben."

„Um Himmels willen!" Emma riss entsetzt die Augen auf. „Was können wir tun?"

Agatha zuckte nicht einmal mit der Wimper. „Wir können nichts tun, außer zu hoffen, dass wir Posen rechtzeitig erreichen und dort eine Unterkunft finden. Aber es kann sein, dass wir nicht mit dem Treck weiterziehen können."

Emma schnappte nach Luft. Wie konnte Agatha nur so ... so ... abgebrüht sein? Hatte sie vergessen, wie es war, Mutter zu sein?

„Du bist Luises beste Freundin, deshalb wollte ich dich fragen, ob du bereit wärst, bis nach der Geburt bei uns zu bleiben."

„Natürlich bleibe ich bei euch."

„Triff diese Entscheidung nicht leichtherzig. Nach allem, was wir gehört haben, könnte es sehr unschön werden."

Das musste die Untertreibung des Jahrhunderts sein. Erst am Vortag waren sie von einem Pferdewagen-Treck auf dem Weg nach Posen überholt worden. Sie hatten sich kurz unterhalten und erschreckende Neuigkeiten erfahren.

Lodz war von der Roten Armee wenige Tage zuvor eingenommen worden. Unter den wohlwollenden Augen der Russen schienen die Polen nichts mehr zu genießen, als auf ihre früheren deutschen Herren unerbittlich Jagd zu machen. Nichts war zu grausam oder verderbt, um ihren Hunger nach Rache zu stillen. Sogar vor kleinen Kindern machten sie nicht halt.

„Ich bleibe bei euch, egal was passiert", versicherte Emma.

Agatha kniff die Augen zusammen, bevor sie fortfuhr. „Ich bin zu alt dafür, deshalb muss ich dich um noch etwas bitten."

Furcht, kälter als der eisige Ostwind, ergriff Emmas Seele. „Ich bin zu allem bereit."

„Sollte Luise nicht überleben, wirst du Hans zu dir nehmen und ihn wie dein eigenes Kind aufziehen?"

„Ich? Wieso ich?"

„Zu wissen, dass Hans in guten Händen ist, wird mir helfen, einen klaren Kopf zu behalten." Immer noch zeigte Agatha keinerlei Gefühlsregung. Doch sie musste ihren Enkelsohn über alles lieben, um solche Vorkehrungen für seine Zukunft zu treffen. In der Hoffnung, dass sie ihr Versprechen nie würde einlösen müssen, sagte Emma: „Natürlich nehme ich ihn zu mir, aber das wird nicht nötig sein. Luise ist stark und wird überleben."

Ein Schrei ertönte, der ihr das Blut in den Adern gefrieren ließ. „Was ist passiert?"

„Nein-nein-nein-nein-nein." Der Schrei war in hoffnungsloses Wimmern übergegangen.

Emma eilte zu der Stelle, woher das Geräusch kam. Gretls Mutter beugte sich über ihr Kind. Ein einziger Blick auf das bläuliche Gesicht des Mädchens genügte, um die schreckliche

MARION KUMMEROW

Realität zu erfassen: Gretls geschwächter Körper war in der Nacht buchstäblich an der Erde festgefroren.

Ein Schauer lief Emma über den Rücken und nahm ihr den Atem. Gretl war in Sophies Alter; sie war ein gesundes kleines Ding gewesen, bis sie sich während der ersten Tage der Flucht den Knöchel verstaucht hatte. Danach war es mit ihrem Zustand rapide bergab gegangen: erst der Husten, dann das Fieber ... Ein weiterer, heftigerer Schauer erfasste Emma: *Genau wie mein kleiner Liebling.* Jakobs Husten hatte sich verschlimmert und das Fieber ... Emma hielt ein Schluchzen zurück, denn es brachte nichts, den Tränen freien Lauf zu lassen. Dafür hätte sie Zeit genug, wenn sie erst einmal in Sicherheit waren. Für den Moment musste sie um ihrer Kinder willen stark bleiben. Gegen das ohnmächtige Gefühl der Verzweiflung ankämpfend schwor sie sich, alles zu tun, damit diese die Tortur überlebten – und wenn es das Letzte war, was sie in ihrem Leben tat.

Agatha kam hinzu und verschwendete, pragmatisch wie immer, keine Zeit auf Gefühlsduselei. „Für das Mädchen können wir nichts mehr tun. Zieht sie aus, wir werden sie mit etwas Schnee bedeckt hier zurücklassen."

Gretls Mutter sprang auf, als wollte sie Agatha die Augen auskratzen: „Wie kannst du so grausam sein, du ... du ... widerliche Hexe!"

Unwillkürlich hielt Emma den Atem an, weil sie fürchtete, dass Agatha bei dieser Beleidigung die Fassung verlieren könnte. Doch Agatha hob bloß eine Augenbraue und verkündete in ihrem üblichen Befehlston: „Deine Tochter ist tot. Wir können sie nicht mitnehmen, und wir können bei dem gefrorenen Boden kein Grab ausheben."

„Aber warum musst du dem Kind die letzte Würde nehmen und ihren Körper entblößen?", fiel eine andere Frau ein.

„Bei allem, was heilig ist! Hat eure Religiosität euch den Verstand vollends vernebelt? Unsere Aufgabe besteht darin, die Lebenden zu schützen, nicht die Toten. Gretls Sachen könnten einem anderen Kind heute Nacht das Leben retten. Und jetzt tut, was ich sage, denn wir müssen in einer halben Stunde aufbrechen, wenn wir jemals Posen erreichen wollen."

Ihre Ermahnung schien die gewünschte Wirkung zu haben, denn keiner wagte es, ein weiteres Widerwort zu äußern. Schweigend wurden Agathas Anweisungen befolgt. Emma verstand die Gründe, dennoch verabscheute sie die alte Frau für ihre Gefühlskälte. Was, wenn Sophie dort gelegen hätte? Brächte sie es übers Herz, ihren kleinen Liebling zu entkleiden und in den Straßengraben zu werfen? Sie konnte den Gedanken daran nicht ertragen und lenkte sich damit ab, sauberen Schnee zu sammeln, damit sie ihn über dem Feuer schmelzen und den Kindern heißes Wasser geben konnte.

Weder Jakob noch Hans kamen zu ihr, als sie fertig war, und sie bat Sophie: „Sei so gut und bring das hier zu Hans und deinem Bruder. Pass auf, dass sie alles austrinken."

„Ja, Mutti." Sophie schaute hinunter auf die zwei Becher in ihren Händen, dann wieder auf und flüsterte: „Kein Brot?"

Emma schüttelte den Kopf. Sie brachte es nicht übers Herz zu antworten. Den letzten Rest ihres Proviants hatten sie am Vorabend aufgebraucht. Wenn sie nicht bald Lebensmittel kaufen konnten, würden sie in diesem gottverdammten polnischen Winter verhungern.

Seit sie Lodz verlassen hatten, war nichts so gelaufen, wie sie es geplant hatten. Sie hatten keinen Unterschlupf für die Nächte gefunden, hatten ihre Vorräte nicht aufstocken können und hatten zu allem Überfluss bereits zweimal die Route ändern müssen, weil die Straße gesperrt war oder die Front sie einzuholen drohte.

„Wir hätten zu Hause bleiben sollen", murmelte Sophie den Tränen nah.

„Nein Schätzchen, das wäre nicht gut gewesen." Sie wollte ihrer Tochter nicht von all den Dingen erzählen, die sie gehört hatte. Nach dem Gespräch mit dem anderen Treck am Vortag war sie zu dem Schluss gekommen, dass nichts, was sie auf dieser Reise erwarten mochte, so schlimm sein konnte wie das, was sie in ihrer Heimat erlebt hätten.

„Zeit aufzubrechen", verkündete Agatha. Der Zug setzte sich wieder in Bewegung und alle hofften, bald einen sicheren Ort in dem zu erreichen, was von Deutschland noch übrig war.

Emma gesellte sich zu Sophie und Luise, um den Wagen mit Hans und Jakob darauf zu ziehen.

„Wir müssten Posen bis zum Einbruch der Nacht erreichen", meinte sie.

„Hoffentlich finden wir dort einen Unterschlupf." Luise war nur noch ein Schatten ihrer selbst und mit einem Mal fürchtete Emma, dass Agatha recht behalten und das Leben ihrer Freundin in Gefahr sein könnte. In ihrem Zustand hätte sie wirklich nicht den ganzen Tag unterwegs sein sollen.

„Lass mich das machen." Sophie musste dasselbe gedacht haben, denn sie zupfte an Luises Ärmel und löste sie beim Wagenziehen ab. Beiden Jungen ging es so schlecht, dass sie nicht selbst gehen konnten und den ganzen Tag auf dem Karren sitzen mussten, was eine zusätzliche Belastung für die Ziehenden darstellte.

Jakobs krampfartiger Husten hallte durch die Luft und schnitt messerscharf in Emmas Herz. Am schlimmsten war, dass sie ihrem von Krankheit, Hunger und Kälte geplagten Sohn nicht helfen konnte – zumindest nicht, bis sie endlich in Posen ankamen. Die Stadt war angeblich noch in deutscher Hand und sie hoffte auf eine Unterkunft für wenigstens eine Nacht.

„Bist du sicher, dass er nicht stirbt?", fragte Sophie plötzlich.

Tränen traten Emma in die Augen und es fiel ihr schwer, mit fester Stimme zu antworten: „Natürlich, Sophiechen, er wird das schaffen. Wie gesagt, es ist nur eine Erkältung."

„Du hast dasselbe bei Gretl gesagt." Sophies Unterlippe zitterte verräterisch. Sie versuchte zwar immer, erwachsen zu wirken, aber letztlich war sie doch noch ein Kind.

„Dein Bruder ist ein Kämpfer." Emma blickte sich nach Gretls Mutter um, die ein paar Meter hinter dem Wagen ging, und erschrak über deren verzweifelten Ausdruck. Der Kummer hatte sich tief in ihr Gesicht gegraben; bei jedem Schritt schüttelte sie den Kopf und murmelte unverständliche Worte.

„Die arme Frau", sagte Luise. „Ich könnte es nicht ertragen, wenn ..." Sie ließ den Satz unvollendet, weil sie glaubte, dass es Unglück brachte, über schlechte Dinge zu sprechen, bevor sie eingetreten waren.

Emma zog ihren Mantel unwillkürlich fester um sich und warf einen Blick auf Jakob. Die blasse Stirn, die unter der Mütze hervorlugte, stand in krassem Kontrast zu seinen leuchtend roten Wangen. Obwohl er und Hans in den aufgetürmten Pfühlen und Plumeaus aneinandergekuschelt waren, zitterte Jakob sichtlich. Immer wieder schnitt sein schrecklicher Husten durch die eisige Luft und jedes Mal stach es Emma ein klein wenig mehr ins Herz.

KAPITEL 9

Posen

„Die bringen uns noch vier weitere Kinder hoch", rief eine der Krankenschwestern Irena zu, die versuchte, das Fieber eines kleinen Mädchens zu senken. Bisher hatte nichts geholfen. Der Brustkorb des Kindes rasselte bei jedem mühevollen Atemzug. Wenn es nicht bald auf die Medikamente ansprach, würde es ein weiteres leeres Bett auf der Station geben.

Irena sprach auf Polnisch mit der Kleinen, aber das verängstigte Kind verstand sie nicht. Kurz erwog Irena, einen der SS-Soldaten, die den Eingang bewachten, zum Übersetzen herzubitten, aber sie verwarf die Idee gleich wieder. Beim bloßen Gedanken daran stellten sich ihr die Nackenhaare auf.

Sie strich dem Mädchen lächelnd über den Kopf und wickelte ein feuchtes Tuch um ihre Wade. Vielleicht würden die kalten Wickel das Fieber senken. Wenn sie doch nur in der Lage wäre, dem Mädchen zu erklären, was sie tat, und es mit ein paar tröstlichen Worten zu beruhigen.

„Alles wird gut", sagte sie in aufmunterndem Ton.

„Wo ist meine Mama?", fragte das Mädchen weinerlich.

Auch ohne Deutsch zu sprechen, verstand Irena das Wort „Mama" und antwortete: „Deine Mama wartet draußen. Sie konnte nicht hereinkommen, weil das Krankenhaus so voll ist, aber sie hat dich sehr lieb."

Mit Tränen in den Augen rief das Mädchen noch einmal: „Wo ist meine Mama?"

„Pst, du musst dich ausruhen."

Der Schrei eines anderen Patienten am gegenüberliegenden Ende des Saales ließ Irena hinüberlaufen, aber die Schuldgefühle, weil sie das kleine Mädchen nicht hatte beruhigen können, stachen wie kleine Nadeln. Aus Trotz hatte sie sich immer geweigert, Deutsch zu lernen. Nun bereute sie ihre Starrköpfigkeit, denn es stellte sich heraus, dass ihr stiller Widerstand nicht denen schadete, die sie bestrafen wollte, sondern ihren unschuldigen Patienten.

Seit der Übernahme des Hospitals durch die SS vor einer Woche hatten sich die Betten mit Deutschen gefüllt. Trotz ihres Hasses für die Nazis arbeitete Irena weiterhin mit ihrer üblichen Sorgfalt. Die Kinder trugen keine Schuld. Sie waren die Leidtragenden und auf Irenas Fürsorge angewiesen.

Mehr und mehr deutsche Flüchtlinge trafen aus dem Osten in Posen ein. Die Szenen, die sich vor den Krankenhäusern abspielten, waren herzzerreißend. Verzweifelte Mütter bettelten die SS-Männer an, ihre Säuglinge aufzunehmen, weil es deren einzige Überlebenschance war.

Normalerweise warfen die Soldaten nur einen flüchtigen Blick auf die Papiere der Mutter, und wenn sie Deutsche war, riefen sie eine Krankenschwester, damit diese das Kind an sich nahm. Besucher waren im Hospital nicht mehr erlaubt, weil es bis zum Bersten mit Patienten überfüllt war.

Einige der Eltern kehrten nach Hause zurück, aber die Mehrheit schien kein Zuhause mehr zu haben, sodass sie in hastig errichteten Flüchtlingszelten im nahen Park unterkamen. Obwohl Irena den Deutschen Gottes ewigen Zorn gewünscht hatte, blieb sie beim Anblick der weinenden Frauen, die verzweifelt ihre Kinder hochhielten, damit sie ins Krankenhaus eingelassen wurden, nicht ungerührt. Es waren jedoch nicht so sehr die Mütter, die ihr Herz erweichten, als vielmehr die unschuldig in diesen hässlichen Krieg verwickelten Kinder.

Die Tür öffnete sich und eine junge Hilfskrankenschwester mit einem Kleinkind auf jedem Arm betrat den Saal. Irena ging ihr kopfschüttelnd entgegen: „Die Säuglinge sind in dem Raum am Ende des Gangs."

„Der ist völlig überfüllt, Irena. Deshalb wurde ich hierhergeschickt."

„Wie ist das möglich?" Am Vortag war erst ein halbes Dutzend Kinder in dem Raum gewesen.

„Die Lage hat sich so sehr verschlechtert. Die Rote Armee rückt näher und die Deutschen verlassen Posen fluchtartig."

„Und lassen ihre Kinder zurück?", fragte Irena ungläubig.

„Sie können sie anscheinend weder füttern noch warmhalten, deshalb legen sie sie draußen auf unsere Treppe. Vermutlich hoffen sie, dass wir die Kleinen aufnehmen und gesund pflegen, damit sie sie dann im Frühling wieder abholen können. Einige haben Zettel mit ihrem Namen und Geburtsdatum, aber manche nicht einmal das."

„O du lieber Gott." Irena konnte nicht fassen, wie eine Mutter in der Lage sein konnte, ihr Kind so einfach zurückzulassen. Andererseits, wenn das seine einzige Überlebenschance war ... Sie weigerte sich, in diese Richtung weiterzudenken. Hätte sie ein Kind, würde sie es niemals allein lassen.

„Wo sollen sie hin?", fragte die Hilfsschwester.

Irena sah sich um und zeigte dann in die hinterste Ecke. „Dorthin. Du musst sie zusammen in ein Bett legen." Wieder schüttelte sie den Kopf und murmelte: "Wann hört das endlich auf?"

„Ich weiß es nicht. Die Erwachsenenstationen sind auch schon voll und ich habe gehört, wie einer der Ärzte etwas von Influenza gesagt hat."

„Das hat uns gerade noch gefehlt! Als hätten wir mit dem Krieg nicht schon genug zu tun." Die Grippe forderte jeden Winter viele Tausend Menschenleben. Sie war hochgradig ansteckend und in den überfüllten Flüchtlingsunterkünften würde sie bei den unterernährten Kindern ungezügelt um sich greifen.

Ihre restliche Schicht verbrachte Irena damit, von Bett zu Bett zu gehen. Aus der Küche wurden Brot und Bouillon gebracht, doch die meisten Kinder waren zu schwach, um selbst zu essen, und mussten gefüttert werden. Das Fieber stieg, Kinder spuckten, Säuglinge schrien und mussten beruhigt werden.

Kaum war sie mit ihrer Runde fertig und hatte sich um den letzten kleinen Patienten gekümmert, begann alles wieder von vorn. Erschwerend kam hinzu, dass ihre Kollegin an diesem Morgen wieder einmal nicht zu ihrer Schicht erschienen war, sodass Irena die nicht enden wollende Arbeit allein bewältigen musste. Als der Abend kam, fühlte sie sich körperlich, geistig und emotional ausgelaugt.

„Du kannst dir gar nicht vorstellen, was da draußen los ist", meinte die Nachtschwester, als sie Irena ablöste.

Irena bedeutete ihr mit einem Kopfschütteln, dass sie keine weiteren Geschichten über die unerträgliche Situation in der Stadt hören wollte. Lieber instruierte sie ihre Kolleginnen detailliert über die Patienten. Hoffentlich würde sie alle am nächsten Morgen lebend vorfinden.

„Ich wünsche dir eine ruhige Nacht", sagte sie und zog Mantel, Hut und Handschuhe an.

„Das bezweifle ich. Aber schlaf du dich gut aus. Morgen wird es nur noch schlimmer."

Irena ging den langen Gang hinunter, der bereits mit zahlreichen wartenden Patienten gefüllt war, die auf Stühlen und sogar den kalten Steinfliesen saßen und allesamt husteten, niesten oder um Atem rangen. Notbetten versperrten ihr den Weg, sodass sie sich zwischen entgegenkommenden Patienten, Ärzten und Schwestern hindurchschlängeln musste.

Fast wäre sie mit einem heranrollenden Bett

zusammengestoßen, als ein blutender Soldat eilig in den Operationsraum gebracht wurde. Für einen Augenblick starrte sie voll unverhohlenen Hasses auf seine schwarze SS-Uniform mit dem Totenkopf am Kragen, bevor sie zur Seite sprang. Sie beneidete die Ärzte und Krankenschwestern nicht, die auf den Erwachsenenstationen arbeiteten und gezwungen waren, die Unterdrücker zu versorgen. Wenigstens hatten ihre eigenen Patienten kein Blut an den Händen kleben.

Sobald Irena ins Freie trat, wurde sie von einem kalten Windstoß erfasst. Sie holte tief Luft, um den Gestank von Krankheit aus ihren Lungen zu vertreiben. Die Hände tief in den Taschen ihres Mantels vergraben überquerte sie mit gesenkten Augen den Hof, um den flehenden Blicken der Massen auszuweichen, die das Hospital belagerten und versuchten, ihre kranken Angehörigen aufnehmen zu lassen.

Sie erkannte einen Nachbarn und seine Frau, aber sie konnte ihnen nicht helfen, denn die SS hatte deutlich gemacht, dass nur deutsche Patienten aufgenommen werden durften. Sie zog die Schultern hoch und hielt die Augen auf den gefrorenen Boden geheftet in der Hoffnung, unerkannt zu bleiben.

Nachdem sie das Tor durchquert hatte, ging sie die Hauptstraße entlang in Richtung des Vororts, in dem sie wohnte. Kurz darauf passierte sie den Park mit den Flüchtlingszelten. Auf das unsägliche Leid, das sie dort sah, war sie nicht vorbereitet: Eine Mutter hielt ihr Baby im Arm, dessen Lippen sich tiefblau gegen die blasse Haut abzeichneten, kein Lebensfunke loderte in den geöffneten Augen. Wohin sie auch sah, entdeckte sie weinende, schluchzende und ausgemergelte Frauen mit Kindern, die wandelnden Toten glichen; dennoch ging es ihnen nicht elend genug, um im Krankenhaus aufgenommen zu werden.

Sie beschleunigte ihre Schritte, um diesem grausigen Ort so schnell wie möglich zu entfliehen, aber der Anblick der verzweifelten Mutter mit dem erfrorenen Säugling verfolgte sie bis nach Hause. Irena wusste nur zu gut, wie sich die Frau fühlen musste, denn sie hatte selbst Ähnliches durchgemacht, als sie ihr eigenes süßes Kind verloren hatte. Die schlummernde Trauer erwachte erneut, raubte ihr mit fürchterlichem Schmerz den Atem und trieb ihr Tränen in die Augen.

KAPITEL 10

Unterwegs

J akob verstand das alles nicht. Er hatte seine Mutter angefleht, auf dem Wagen fahren zu dürfen, weil seine Beine so wehgetan hatten. Jetzt aber, wo er hier oben saß, fühlte er sich noch erschöpfter und wollte nur noch schlafen. Mutti hatte ihn in alle möglichen Mädchenklamotten gesteckt; er war zu schwach gewesen, sich zu wehren. Nicht einmal, als sie ihren roten Schal um ihn und Hans gelegt hatte, hatte er auch nur ein einziges Wort herauskrächzen können.

Mit klappernden Zähnen bewegte er seine Finger und Zehen, damit sie nicht taub wurden. Gleichzeitig schwitzte er so heftig, dass sein Leibchen schon ganz nass war. Sogar Affi war krank geworden, und sein feuchtes Fell roch muffig.

Hin und wieder wickelte seine Mutter ihn aus und stopfte ihm Zeitungspapier unter die Kleidung, um den Schweiß aufzusaugen. Diese Momente hasste er und sehnte sie gleichzeitig herbei, denn dann war er wenigstens für kurze Zeit trocken. Andererseits bedeuteten sie auch einen unwillkommenen, bitterkalten Luftzug.

„Mutti, wie lang noch, bis wir ankommen?"

„Bald, mein Mäuschen. Halt durch, ja?"

Er nickte nur, denn er war zu müde, um weitere Fragen zu stellen. Er sah zum schlafenden Hans hinüber und erschrak.

Sein bester Freund sah grauenhaft aus mit seinem grünlichweißen Gesicht und den roten Flecken auf den Wangen. Furcht so eisig wie der Wind ergriff Jakob, als er überlegte, ob Hans tot war. Mühevoll stieß er seinen Freund mit dem Ellbogen an, doch nichts geschah.

„Mutti! Hans ist tot!", schrie er und wäre fast vom Wagen gekullert, als dieser abrupt anhielt.

Luise kam herbeigeeilt und riss ihren Sohn mit einem so bestürzten Ausdruck an sich, wie Jakob es nie zuvor gesehen hatte. Tränen rannen ihr übers Gesicht, während sie unzusammenhängende Worte murmelte und Hans an sich drückte, bis dieser schläfrig protestierte.

„Du lebst! Du bist nicht tot! Mein Hänschen, mein liebes kleines Hänschen." Es dauerte einige Sekunden, bis sie sich umdrehte und Jakob anfunkelte. „Wieso hast du das gesagt? Findest du das witzig?" Sie schimpfte weiter mit ihm, ohne ihm Gelegenheit für eine Antwort zu geben.

Jakob fand, dass sie zu viel Aufhebens machte. Er hatte sich geirrt. Na, und? Warum war sie nicht froh, dass Hans noch lebte, statt wie eine Verrückte herumzuschreien?

Schließlich hörte Luise auf, ihn auszuschelten, und setzte Hans wieder auf den Karren. Jakob fühlte sich sofort besser, als Hans ihn angrinste, aber schon im nächsten Augenblick erschien Luise an seiner Seite.

„Wieso hast du dir so einen grausamen Scherz erlaubt?"

„Das war kein Scherz!"

Er konnte förmlich dabei zusehen, wie sie die Fassung verlor, und bevor er wusste, wie ihm geschah, verpasste sie ihm eine schallende Ohrfeige.

„Aua!"

„Das wird dir eine Lehre sein", sagte Luise und er hatte Angst, sich noch eine einzufangen. Zum Glück mischte sich Hans' Oma ein: „Es reicht. Ich bin mir sicher, Jakob hat das nicht absichtlich getan. Oder etwa doch?", fragte sie an ihn gewandt.

Er hatte sich schon immer vor der strengen alten Frau gefürchtet und stammelte: „Nein ... Ja ... Ich meine ... Ich dachte ... er *ist* tot .. Ich habe ihn geknufft, aber er hat sich nicht bewegt."

„Du hast nichts Falsches getan", sagte Agatha mit der freundlichsten Stimme, die er je von ihr gehört hatte. Dann wandte sie sich an Hans' Mutter, die völlig aufgelöst war und heftig schluchzend vor Jakobs Augen auf den gefrorenen Boden sank.

Ihre Aufregung vermittelte ihm ein Gefühl der Hoffnungslosigkeit, denn wenn sogar die Erwachsenen die Situation nicht im Griff hatten, wie sollten sie dann jemals einen sicheren Ort finden? Dennoch konnte er seinen Blick nicht von der hysterisch heulenden Frau abwenden, die beständig „Mein liebes Hänschen" rief, bis sie einen schrillen Schrei ausstieß, der ihm durch Mark und Bein ging. „O Herr! Mein Baby!"

Ihr Schrei alarmierte seine Mutter und Sophie, die vorausgegangen waren, wahrscheinlich um Reisig zu sammeln. Wenige Sekunden später kamen sie herbeigelaufen. Zu erschöpft von der ganzen Aufregung konnte Jakob dem Geschehen nicht länger folgen. Das Letzte, was er sah, war das besorgte Gesicht seiner Mutter, die zusammen mit Hans' Oma Luise aufhalf. Er schloss bereits die Augen, während er noch Luises Jammern und Agathas beruhigenden Worten lauschte.

Jakob erwachte vom Rucken des Wagens und klammerte sich verzweifelt fest, als die gesamte Ladung, auf der er lag, ins Schwanken geriet. Dann riss er die Augen auf und brüllte um Hilfe.

Seine Mutter, die mit Sophie zusammen den Wagen zog, sah ihn an und sagte: „Halt dich gut fest, Jakob, es wird wackelig. Wir haben eine lange Pause gemacht und müssen uns jetzt beeilen, um den Rest der Gruppe wieder einzuholen."

Jakob konnte weder Luise noch Agatha sehen. Vor Angst

konnte er kaum noch atmen. Mit einem Blick zur Seite stellte er erleichtert fest, dass wenigstens Hans neben ihm lag.

„Warum darf er den ganzen Tag auf dem Wagen liegen, und wir müssen ihn ziehen?", fragte Sophie.

„Sophie!", rief ihre Mutter. „Dein Bruder ist krank."

„Ich bin auch krank", behauptete sie und hustete ein paarmal gekünstelt. „Ich will auch auf dem Wagen fahren."

„Bitte, Sophie, du bist doch mein großes Mädchen. Du schaffst das. Jakob ist noch so klein."

„Nur, wenn es ihm gerade in den Kram passt. Und du, du bevorzugst ihn ständig. Du hast ihn lieber als mich."

Das war neu für Jakob, der bisher immer vermutet hatte, dass Sophie Mutters Lieblingskind war.

„Das stimmt nicht, ich hab euch beide gleich lieb."

Sophie ließ sich jedoch nicht so leicht besänftigen. „Er ist schuld, dass wir jetzt so weit zurückliegen. Seinetwegen werden wir nie ankommen. Ich hasse ihn! Ich wünschte, wir hätten ihn zu Hause gelassen!"

„Bitte, Sophie", sagte Mutti, doch seine Schwester ließ das Seil fallen und stürmte davon. Es war das erste Mal, dass er seine sonst so sanftmütige Schwester derart aufgebracht gesehen hatte, und ihre Worte brannten sich tief in seine Seele. Es *war* alles seine Schuld. Wenn sie ihn nicht ziehen müssten, dann wäre die ganze Gruppe schon angekommen. Dicke Tränen kullerten ihm über die Wangen.

„Mein Mäuschen, hör nicht auf sie. Sophie ist nur gereizt, weil die Reise so anstrengend ist. Wir sind alle gereizt." Seine Mutter versuchte, ihn zu trösten, doch er glaubte ihr kein Wort. Als er nicht antwortete, blickte sie wieder nach vorne und zog den Wagen allein. Wenn er doch nur absteigen und helfen könnte.

Seine Ohren brannten vor lauter Kummer und Schuldgefühlen. Sophie hatte recht. Ohne ihn wären sie so viel besser dran. Er starrte in den weißlich-grauen Himmel und ließ den Tränen freien Lauf.

Im Laufe des Tages beobachtete er genau, wie seine Mutter,

Luise, Agatha und manchmal sogar Sophie sich beim Karrenziehen abwechselten, und es wurde ihm immer klarer, dass er der Grund ihrer Mühen war. Mutti wechselte oft die Hand, die das Seil hielt, verzog dabei vor Schmerz das Gesicht und rieb sich den Rücken oder die Schulter. Wenn Sophie das Seil nahm, keuchte sie innerhalb von wenigen Minuten wie eine Lokomotive.

Jakob wünschte sich sehnlichst, älter zu sein, um helfen zu können. Dann sank er wieder gegen das Pfühl, kaum in der Lage zu atmen, weil seine Nase verstopft war. Immer häufiger kamen auch die schmerzenden, heftigen Hustenanfälle. Sogar wenn er ganz still lag, keuchte er vor Anstrengung und fühlte sich schwindelig.

Zur Mittagszeit rastete die Gruppe und nahm die einzige Verpflegung zu sich, die ihnen noch blieb: heißes Wasser aus geschmolzenem Schnee. Jakob nahm an, dass sie sich mit einem anderen Treck zusammengetan hatten, denn die Hälfte der Leute hatte er noch nie gesehen.

„Hier, trink das." Mutti hielt ihm einen Becher hin, aber er war zu schwach, ihn selbst zu halten, sodass sie ihm die Flüssigkeit einflößen musste. „Mein armer kleiner Liebling. Heute Abend sind wir in Posen, dort gibt es Medizin und etwas zu essen für dich."

„Ich hab keinen Hunger."

„Das ist nur das Fieber. Wenn du erst beim Arzt warst, hast du auch wieder Hunger."

Sie lächelte ihm zu und strich ihm übers Haar, aber er bemerkte den Anflug von Traurigkeit in ihrem Gesicht. Und das war alles seine Schuld. Wenn er doch nur größer, stärker, gesünder wäre ... Sie hätten niemals von zu Hause weggehen sollen ... Oder sie hätten ihn wenigstens dort lassen sollen. Er würde es sowieso nicht schaffen. Was für einen Unterschied hätte es also gemacht? Er schloss wieder die Augen, damit niemand seine Tränen sah.

„Bitte, lieber Gott, lass mich sterben, damit Mutti und Sophie schneller ankommen."

KAPITEL 11

Emma wischte sich heimlich eine Träne aus dem Auge, als sie beobachtete, wie die Gruppe, der sie sich kürzlich angeschlossen hatten, eine alte Frau im Straßengraben zur Ruhe bettete. Ein Grab konnte wegen des gefrorenen Bodens nicht ausgehoben werden. Stattdessen wurde die Tote mit Schnee und ein paar Zweigen bedeckt. Sie musste sich von der Szene abwenden.

Luise hatte sich von ihrem Nervenzusammenbruch noch nicht erholt. Sie sah aus wie eine lebende Tote und jammerte beständig über Hans und das Kind, das bald kommen würde. Agatha hatte mit ihr zusätzlich zu ihrer Verantwortung als Treck-Anführerin alle Hände voll zu tun. Auch wenn sie sich mit einem größeren Treck zusammengetan hatten, war die alte Frau immer noch für ihre Untergruppe zuständig. Nein, Agatha durfte keinesfalls ihre Emotionen Oberhand gewinnen lassen. Sie musste einen klaren Kopf bewahren, um das Überleben der verbliebenen zwanzig Menschen, die Lodz verlassen hatten, sicherzustellen. Drei hatten sie bereits verloren.

Alle hofften, dass die Toten ein ordentliches Begräbnis erhielten, wenn der Krieg eines Tages vorüber war, was Emma für Wunschdenken hielt. Die Leichen der Unglücklichen, die auf der

69

Flucht vor der Roten Armee gestorben waren, würden bald von allen außer ihren Angehörigen vergessen sein – falls diese überhaupt überlebten. Es würde weder Leichenzüge geben noch Grabsteine noch sonst ein Andenken.

Sophie stellte sich neben Emma und steckte ihre Hand in die ihrer Mutter. „Was passiert im Frühling?"

„Im Frühling?" Die warme Jahreszeit schien so weit weg zu sein. „Bis dahin sind wir bei Agathas Cousine."

„Nein, ich meine mit ihr." Sophie zeigte auf das provisorische Grab, wo die Tochter der Verstorbenen ein Gebet sprach. „Wird sie nicht schmelzen?"

„Sie ist tot, Mäuschen."

„Ich weiß, aber wenn alles auftaut, wird sie dann nicht wie eine Vogelscheuche aus dem Boden schauen und die Leute, die vorbeikommen, zu Tode erschrecken?"

Emma sah ihre Tochter nachdenklich an. Wäre es nicht so traurig gewesen, hätte sie laut aufgelacht. „Hoffentlich nicht." Tief im Herzen wusste sie, dass die alte Dame nicht die einzige Leiche war, die bis zum Frühling in der Landschaft zurückbleiben würde. Bis dahin wären die Menschen vermutlich so an den Anblick gewöhnt, dass sie ihn gar nicht mehr furchterregend fanden. „Wir sollten weiterziehen. Agatha hat gesagt, dass wir Posen heute Abend erreichen, wenn wir das Tempo beibehalten. Angeblich ist die Stadt noch in deutscher Hand und die SS tut, was sie kann, um die durchziehenden Flüchtlinge zu versorgen."

„Kommt Jakob dann ins Krankenhaus?"

„Hoffentlich. Ich mache mir Sorgen um ihn. Es geht ihm heute so viel schlechter. Wenigstens scheint Hans sich langsam zu erholen." Emma ertappte sich immer häufiger dabei, wie sie mit Sophie wie mit einer Erwachsenen sprach. Ihre Tochter war während der vergangenen Wochen auf diesem entsetzlichen Treck so sehr gereift. Es war beschämend, es zuzugeben, aber eine Siebenjährige war zu Emmas engster Vertrauter geworden, zu der Person, mit der sie über viele ihrer Sorgen sprach.

Emma wusste, dass sie Sophie nicht damit belasten sollte.

Wenn sie ehrlich zu sich selbst war, stand sie kurz vor einem Zusammenbruch und hatte sonst niemanden, dem sie sich anvertrauen konnte. Ganz sicher nicht der verzweifelten Luise, die sich in ihrer Sorge um das ungeborene Kind in sich selbst zurückgezogen hatte. Und auch nicht Agatha, die sich um so vieles andere kümmern musste. Gretls Mutter war seit dem Tod ihrer Tochter ein nervliches Wrack und es war nur Ernas Mutter zu verdanken, dass sie noch mithielt. Ernas Mutter kümmerte sich rührend um die andere Frau, fast als wäre sie ihre Tochter. Die beiden Männer ihres Trecks berieten sich ständig mit der neuen Gruppe darüber, wo die Front gerade verlief und welches die beste Route war, um den Russen auszuweichen.

Sophie drückte Emmas Hand, als hätte sie ihre Gedanken gelesen. „Mach dir keine Sorgen, Mutti. Wir tun das Richtige und alles wird gut, sobald wir erst in Posen sind."

Mehr noch als die aufmunternden Worte ihrer Tochter trieb ihr eigenes Versagen als Mutter Emma die Tränen in die Augen. Sie sollte diejenige sein, die Sophie Mut zusprach, nicht umgekehrt. „Du hast recht. Wir dürfen die Hoffnung nie aufgeben."

Nach der Pause nahm Emma das Seil wieder auf und Sophie kam ihr zu Hilfe. Emma übernahm derzeit den Großteil des Wagenziehens, weil Luise zu schwach war, um ihr zu helfen. Agatha tat, was sie konnte, aber die alte Frau war gebrechlich. Auch wenn sie sich nie beklagte, so entging Emma nicht, wie Agatha sich verstohlen die Hüften und Knie rieb, sobald sie sich unbeobachtet fühlte.

Emma erinnerte sich an vergangene Winter, als sie mit Sophie und Jakob Schlittenfahren gegangen war. Stundenlang waren sie einen nahe gelegenen Hügel hinabgesaust und wieder hinaufgestapft. Sollten sie diese entsetzliche Reise überleben, wollte sie für den Rest ihres Lebens nie wieder einen Schlitten oder Handwagen ziehen.

Nach einer weiteren Stunde hustete Jakob heftig und sie wandte sich zu ihm um. Er versuchte, sich aufzusetzen, und wimmerte zwischen den Hustenanfällen: „Mutti, Mutti, ich krieg keine Luft!"

„Kannst du kurz allein ziehen?", fragte Emma Sophie. Den Wagen ins Rollen zu bringen war der schwierigste Teil, deshalb war es besser, wenn er in Bewegung blieb, egal wie langsam das sein mochte.

Sophie nickte erschöpft und zog tapfer weiter, während Emma zurückfiel, um neben Jakob herzugehen. „Mäuschen, du darfst dich nicht so aufregen. Leg dich wieder hin." Sie fühlte seine Stirn, die trotz der frostigen Temperaturen glühte.

„Aber ... wie ...?" Er versuchte verzweifelt, genug Sauerstoff in die Lungen zu bekommen.

„Ganz ruhig, Jakob. Atme langsam ein." Sie griff unter das Plumeau, um seine Hand zu suchen, und erschrak darüber, wie eisig sie war. Emma rieb seine Fingerchen und murmelte tröstliche Worte, aber er wollte sich nicht beruhigen.

„Mutti."

„Ich bin ja da, Mäuschen. Heute Abend erreichen wir Posen und besorgen dir Medizin. Ich verspreche es."

„Mutti ..." Er mühte sich weiter ab, und Emma spürte, dass es nicht nur die Krankheit war, die ihn beschäftigte. „Mutti ..."

„Ja, mein Mäuschen?"

„Wie ... findet Papa ... uns?"

Sie strich ihm eine gefrorene Haarsträhne aus der Stirn und zog die Mütze tiefer über seine Ohren. „Mach dir darüber keine Gedanken. Dein Papa ist sehr schlau und wird uns suchen kommen, sobald er kann. Aber jetzt musst du erst einmal wieder gesund werden. Kannst du das für mich tun? Schlaf ein bisschen und wenn du wieder aufwachst, sind wir schon in Posen. Dort werden wir in einem schönen warmen Haus schlafen und so viel essen, wie wir wollen."

Seine Augen leuchteten bei dieser Beschreibung auf und sie hoffte inständig, ihn nicht zu enttäuschen. Sie würde alles tun, damit er nicht den Mut verlor und weiter gegen den schrecklichen Husten ankämpfte.

Als die Dämmerung übers Land hereinbrach, zeichnete sich am Horizont endlich die Silhouette von Posen ab. Am Stadtrand wurden sie an einem Kontrollpunkt von SS-Männern angehalten.

„Reiseziel?"

„Posen", antwortete Rainer, einer der beiden Männer der Gruppe.

„Verstecken Sie irgendwelche Deserteure?"

Rainer zuckte zusammen. „Nein, mein Herr. Außer Arnold und mir sind es nur Frauen und Kinder." Er winkte Arnold vorzutreten.

Der SS-Soldat musterte die beiden, bevor er nickte. Er hielt sie offensichtlich für zu alt, um zur Wehrmacht oder zum Volkssturm zu gehören.

„Herkunftsort?"

„Litzmannstadt."

Für den Bruchteil einer Sekunde huschte Mitgefühl über das Gesicht des Soldaten. „Papiere?"

Für jede Familie trat eine Person mit den Papieren vor. Nachdem er sie geprüft hatte, gab der Soldat sie zurück. „Man kann nicht vorsichtig genug sein. Wir dürfen niemanden passieren lassen, der seinen Heimatort rechtswidrig verlassen hat, aber da Litzmannstadt vorübergehend in russischer Hand ist, wurde es den Zivilisten gestattet, solange hier Unterschlupf zu finden."

Emma biss sich auf die Lippe, um keine abfällige Bemerkung zu machen. Gab es wirklich Menschen, die noch glaubten, dass der Rückzug nur vorübergehend war und die Wehrmacht die Russen schon bald vertreiben würde? Ihr Mann Herbert hatte bereits vor Monaten in der Verschwiegenheit ihres Schlafzimmers zugegeben, dass er die Kriegsniederlage Deutschlands befürchtete.

Seine geflüsterte Warnung an Emma, sich und die Kinder in Sicherheit zu bringen, sollte die Rote Armee heranrücken, hatte sie letztlich zu ihrer Entscheidung bewogen, sich Agathas Treck anzuschließen. Trotz ihrer Angst vor dem Unbekannten schien es die bessere Alternative gewesen zu sein. Sobald sie sich nach dem

Krieg irgendwo niedergelassen hatten, würde sie eine Möglichkeit finden, Herbert ihren Aufenthaltsort mitzuteilen.

„Folgen Sie der Hauptstraße bis zum Stadtpark. Dort gibt es eine provisorische Registrierungsstelle der örtlichen Behörden. Nach der Registrierung werden Ihnen Schlafplätze in den Zelten zugewiesen, und Sie erhalten Marken für die Feldküche."

Ein Zelt? Emma griff sich vor Schreck ans Herz. Sie hatte auf feste Mauern und ein Dach gehofft, wo Jakob in einem warmen Bett von seinem schrecklichen Husten genesen konnte.

„Entschuldigen Sie, mein Sohn ...", sagte sie, aber der SS-Mann winkte sie weiter.

„Gehen Sie sich registrieren. Dort werden alle Ihre Fragen beantwortet."

Sie benötigten keine zehn Minuten, um das kleine Zelt mit dem Registrierungsbüro zu finden. Zwei Frauen saßen hinter einem wackeligen Schreibtisch, führten Listen und teilten Aufenthaltsgenehmigungen sowie Essensmarken aus.

„Bitte, mein Sohn ist sehr krank", sagte Emma.

Die Frau hob kaum den Blick. „Die ganze Stadt ist krank."

„Er hustet so schlimm, ich habe Angst, dass er stirbt, wenn ich ihn nicht zum Arzt bringe."

Endlich sah die Frau auf und bemerkte die hochschwangere Luise, die mit hängenden Schultern neben Emma stand. „Was ist mit ihr? Wann kommt das Kind?"

„Es könnte jeden Moment so weit sein." Das war eine Notlüge, denn bis zum Geburtstermin waren es noch sechs Wochen, obwohl Agatha gewarnt hatte, dass es früher kommen könnte.

„Sind Sie miteinander verwandt?"

Wieder log Emma. „Ja, unsere Ehemänner sind Cousins. Und die Frau dort", sagte sie und zeigte auf Agatha, die wie eine Achtzigjährige wirkte und nicht wie die gesunde Sechzigjährige, die sie zu Beginn der Reise gewesen war. „Das ist ihre Schwiegermutter. Wir sind zu sechst: drei Erwachsene und drei Kinder."

Die Frau seufzte. „Ich kann leider nicht viel für Sie tun, aber ich werde Ihnen eines der hinteren Zelte zuweisen, die am besten vor dem Wind geschützt sind. Und", sie reichte Emma einen rosa Zettel, „zeigen Sie das der Wache am Hospital, dann wird Ihr Sohn für eine Untersuchung zugelassen."

„Vielen, vielen Dank!" Emma hätte die Frau am liebsten umarmt. Fest hielt sie den Zettel umklammert, von dem sie hoffte, dass er Jakob retten würde.

In dem zugewiesenen Zelt standen drei Feldbetten, eines für jeden Erwachsenen. Sobald sie sich eingerichtet hatten, fragte Emma Agatha: „Ich muss Jakob zum Krankenhaus bringen. Kannst du dich bitte solange um Sophie kümmern?"

Agatha nickte. „Natürlich. Beeil dich bitte. Wenn das Kind kommt, brauche ich deine Hilfe."

Emma wurde bleich und kalter Schweiß rann ihr über den Rücken. Die alte Frau erwartete doch nicht allen Ernstes, dass sie eine Hebamme oder einen Arzt ersetzen konnte? Sie nahm Jakob auf den Arm, der nicht einmal mehr seinen Kopf heben konnte, und eilte auf der Suche nach dem nächsten Krankenhaus hinaus.

Obwohl sie den rosa Zettel vorzeigte, wollte der Wachposten am Eingang des Flüchtlingslagers Emma nicht durchlassen, denn es war kurz vor der Ausgangssperre. Verzweifelt flehte sie ihn an, weil sie befürchtete, dass Jakob die Nacht ohne Medizin nicht überleben würde. Sie wollte sich dem Soldaten schon zu Füßen werfen, als er endlich einlenkte.

Er ließ sie passieren und erklärte ihr den Weg zum Katholischen Krankenhaus, das nur fünf Minuten Fußmarsch die Hauptstraße hinunter entfernt war.

Auf halbem Weg wurde Jakob durch einen Hustenanfall aus seinem unruhigen Schlaf gerissen. Sogar durch die vielen Lagen von Kleidung konnte Emma die Hitze seines schmächtigen Körpers spüren.

„Mutti ... Ich krieg keine Luft", wimmerte er.

Ihr Herz zog sich zusammen. Sie durfte ihren kleinen Jungen nicht verlieren. Nicht jetzt, wo sie endlich in Posen waren. Nicht hier, direkt vor den Türen des Krankenhauses, dessen Umrisse sie ein paar Straßenzüge weiter schon erkennen konnte. Sie mobilisierte ihre letzten Kräfte und rannte auf das Hospital zu, dass der Kies nur so spritzte.

Als sie es erreichte, begann es zu schneien und große Flocken ließen sich auf ihrer Nase nieder. Zu Hause hätte sie sich vermutlich gefreut und wäre mit den Kindern nach draußen gegangen, um einen Schneemann zu bauen oder ihnen bei einer Schneeballschlacht zuzusehen. Hier aber war es nur ein zusätzliches Ärgernis. Sie drückte Jakob fester an sich, schirmte ihn gegen die eisigen Böen ab und bahnte sich mit den Ellbogen einen Weg durch den überfüllten Vorhof.

An der riesigen Eingangstür stand eine SS-Wache: „Papiere." Emma zeigte sie vor. „Was stimmt mit dem Kind nicht?"

„Er hustet so heftig, dass er kaum Luft bekommt."

Der Wachposten schaute unschlüssig und wog offenbar ab, ob Jakobs Zustand besorgniserregend genug war, ihn einzulassen.

„Bitte, ich habe Angst, dass er stirbt!" Emma musste gegen den Kloß in ihrem Hals ankämpfen. Sie war kurz davor, sich auf den Soldaten zu stürzen, sollte er sie nicht ins Krankenhaus lassen, damit ihr Kind gerettet wurde.

„Das sagen sie alle", antwortete der SS-Soldat und sah auf Jakob hinab, der sich friedlich an ihre Brust schmiegte. „Er scheint mir ganz in Ordnung zu sein."

„Das ist er nicht! Er hustet sich die Lunge raus! Wir sind seit Wochen unterwegs, fast ohne Essen und Pausen, geschweige denn eine Möglichkeit, uns aufzuwärmen. Sie müssen ihn einlassen."

„Tut mir leid, ohne ärztliche Empfehlung geht das nicht."

In ihrer Aufregung hatte Emma den rosa Zettel völlig vergessen. Schnell holte sie ihn aus der Tasche und hielt ihn dem Mann vor die Nase. „Die Krankenschwester im Flüchtlingslager hat uns hergeschickt."

„Ach so", seufzte er. „Warten Sie da drüben." Er deutete zu einer Stelle ein paar Schritte weiter, wo bereits drei Frauen mit kleinen Kindern auf dem Arm warteten. Dann wandte er sich der nächsten Person zu.

Nach einigen Minuten erschien eine Frau in einem langen schwarzen Mantel und ging direkt an der Schlange vorbei, die auf Zutritt wartete. Vor dem Wachposten nahm sie die Kapuze vom Kopf und entblößte ihr dichtes schwarzes Haar, das zu Zöpfen geflochten um ihren Kopf lag.

„Sie da. Nehmen Sie diese Kinder mit", befahl der Wachposten der Frau auf Polnisch, die offenbar eine Krankenschwester war.

„Natürlich. Ich sehe sie mir schnell an", antwortete sie. Da Emma ihr ganzes Leben in Lodz verbracht hatte, sprach sie die polnische Sprache gut.

„Nein, nehmen Sie sie gleich mit", sagte der Wachposten.

Emma entging nicht der rebellische Blick der Krankenschwester, bevor sie sich zu den vier wartenden Frauen umwandte. In diesem Moment hatte Jakob einen weiteren Hustenanfall. Die Krankenschwester besah sich die gräuliche Blässe seines Gesichts, legte eine Hand auf seine glühende Stirn und fragte Emma: „Wie lange hustet er schon so?"

„Seit ein paar Tagen." Emma wollte so viel mehr erklären, aber die Schlange hinter ihr ließ ihr dafür keine Zeit.

„Sie hätten wirklich früher kommen sollen. Das klingt nach einer schweren Bronchitis, vielleicht sogar einer Lungenentzündung."

Um nicht wie eine Rabenmutter dazustehen, verteidigte sich Emma: „Wir sind seit Wochen auf der Flucht vor den Russen."

„Dann hätten Sie diesen Krieg besser gar nicht erst angefangen", murmelte die Krankenschwester zwischen zusammengebissenen Zähnen. Emma war sich nicht sicher, ob sie diese frevelhaften Worte wirklich gehört hatte, so leise hatte sie geflüstert.

Die Frau schien vergessen zu haben, dass die Polen selbst diesen Krieg angezettelt hatten. Hitler selbst hatte es in seiner Rede gesagt: „Polen hat heute Nacht zum ersten Mal auf unserem eigenen Territorium auch mit bereits regulären Soldaten geschossen. Seit 5:45 Uhr wird jetzt zurückgeschossen! Und von jetzt ab wird Bombe mit Bombe vergolten!"

Lauter sagte die Krankenschwester: „Ich nehme ihn mit hinein. Wie heißt er?"

„Jakob Oppermann."

„Lassen Sie sich von der Wache einen Anmeldezettel geben und füllen ihn aus. Dann kommen Sie morgen wieder, um zu sehen, ob er die Nacht überstanden hat."

„Wie bitte?" Die beiläufige Grausamkeit der Krankenschwester ließ Emma nach Atem ringen. „Ich muss mitkommen, er ist erst vier!"

„Wegen des Influenzavirus sind Besucher nicht gestattet. Kommen Sie am Morgen wieder und fragen nach ihm." Damit nahm sie Jakob aus Emmas Armen und sagte zu ihm: „Du musst jetzt tapfer sein, kleiner Mann."

Jakob, der kein Polnisch verstand, fing an zu weinen, sobald er merkte, dass eine Fremde ihn im Arm hielt. Emma beeilte sich, ihn zu beruhigen. „Jakob, diese Krankenschwester kümmert sich um dich, damit du wieder gesund wirst. Versprich mir, dass du brav sein wirst. Morgen früh besuche ich dich."

Sehnsüchtig und ängstlich schaute er zu Emma auf, die ihm einen letzten Kuss auf die heiße Wange drückte, bevor der Wachposten sie unterbrach. „Beeilung, Schwester. Da sind noch mehr Patienten, die warten."

„Ich bin morgen früh wieder hier. Ich hab dich lieb, Jakob", rief Emma ihm nach. Und dann war er verschwunden. Ihr einziger Trost war, dass die Krankenschwester ihn mit unverkennbarer Liebe im Arm gehalten hatte. Trotz ihres offensichtlichen Hasses auf die Deutschen wusste Emma tief in ihrem Herzen, dass die Frau alles in ihrer Macht Stehende tun würde, um Jakob gesund zu machen. Und in ein paar Tagen würde Emma ihren Sohn hoffentlich nach Hause holen können.

Dann lief ihr ein eiskalter Schauer den Rücken hinunter. Sie hatten kein Zuhause mehr.

KAPITEL 12

Posen

Irena hielt Jakob auf dem einen Arm, als eine andere verzweifelte Mutter ihr einen Säugling in den anderen drückte. „Ich schicke jemanden, um den Rest der Kinder zu holen", sagte sie, bevor sie zur Kinderstation im Obergeschoss davoneilte.

Es war nicht normal, Kinder auf den Eingangsstufen aufzusammeln, aber was war dieser Tage schon normal? Das Näherrücken der Roten Armee ließ die deutschen Besatzer immer verzweifelter werden und angesichts der Flüchtlingsscharen hatte das Hospital einfach nicht genügend Personal, um jeden Patienten ordentlich anzumelden.

Wenn die Mütter entschieden – und viele hatten das bereits getan, dass beide Parteien eine höhere Überlebenschance hatten, wenn sie ihre Säuglinge auf den Stufen des Krankenhauses oder eines Kinderheims zurückließen, dann gab es sowieso nichts, was man hätte ändern können.

Jakobs Mutter hatte allerdings nicht so gewirkt, als wollte sie ihren Sohn zurücklassen. Nein, ihre kämpferische Miene hatte eher danach ausgesehen, als würde sie lieber sterben, als sich von ihm zu trennen. Obwohl es sich um eine Deutsche handelte, empfand Irena Mitleid und hoffte, dass der kleine Junge überlebte. In der ersten Nacht im Krankenhaus entschied sich normalerweise, ob ein Patient durchkam oder nicht.

Leider war dies seit Kurzem zu Allgemeinwissen geworden, nämlich seit nur noch die am schwersten erkrankten Kinder zugelassen wurden. Die Wachen hatten den strikten Befehl, alle wegzuschicken, deren Leben nicht am seidenen Faden hing, auch wenn sie womöglich später wiederkamen – und es dann hoffentlich noch nicht zu spät war.

Noch nie im Leben hatte Irena so viel Leid miterlebt. Die tägliche Todesrate zehrte an ihrer Seele und raubte ihr die Energie. Vor Jahren hatte sie die Ausbildung zur Krankenschwester begonnen, um den Menschen zu helfen. Doch nun schien es, als könnte sie ihnen nur noch beim Sterben Gesellschaft leisten. Der Säugling auf ihrem Arm begann zu greinen, und Jakob stimmte sofort mit ein.

„Pst, ihr beiden." Normalerweise beruhigte ihre Stimme die kleinen Patienten trotz der Sprachbarriere zuverlässig, nicht so heute. Seit sie das Haus verlassen hatte, schien die ganze Stadt im Aufruhr zu sein. Eine spürbare Anspannung lag in der Luft, schwer genug, dass sie Irena auf die Lungen drückte und ihr das Atmen schwer machte.

Die verzweifelte Menge im Hof des Hospitals schien noch trostloser als an den Tagen zuvor zu sein, gefangen in einem kollektiven Wimmern, Hilfe für ihre Angehörigen fordernd. Es war so ein erbärmlicher Anblick, dass Irena erleichtert seufzte, als sie die vergleichsweise Stille des Stationsflurs erreichte.

Doch kaum lud sie das Baby in ihrem Arm auf der Säuglingsstation ab, ergriff die Anspannung sie wieder: Dutzende von laut brüllenden Wickelkindern lagen eng gepackt nebeneinander. Mit Jakob auf der Hüfte eilte sie so schnell es ging davon. Erst dann entspannte er sich ein wenig und hörte auf zu wimmern.

„Ich bringe dir Medizin und hänge deine Kleider zum Trocknen auf."

Sein Gesicht blieb ausdruckslos, denn er hatte kein Wort verstanden. Leider war das auf ihrer Station inzwischen gang und gäbe. Im Gegensatz zu den älteren deutschen Kindern hatten die nach Hitlers Invasion geborenen kein Wort der angeblich minderwertigen Sprache der „Untermenschen slawischer Rasse" gelernt.

Aus Trotz gegen die Besatzer hatte Irena sich wiederum geweigert, ihre Herkunft zu verleugnen und Deutsch zu lernen. Wenn sie etwas von ihr wollten, sollten sie gefälligst *ihre* Sprache lernen, immerhin war es ihr Land! Nun aber rächte sich diese Entscheidung unaufhörlich.

„Pst, kleiner Mann. Alles wird gut", sagte sie in einem melodischen Singsang, von dem sie wusste, dass er unabhängig von der Sprache positiv auf die Kleinen wirkte. Endlich lächelte der Knabe zurück und zeigte damit sein wachsendes Vertrauen in sie.

Im großen Saal schälte sie ihn aus seiner durchnässten Kleidung und schüttelte den Kopf über das wilde Sammelsurium von Schals, Handtüchern, Stofffetzen und Zeitungspapier, in das er gewickelt war. Die Deutschen waren denkbar tief gesunken. *Hochmut kommt vor dem Fall.*

Sie hängte seine Sachen auf die Wäscheleine, die durch den ganzen Saal gespannt war. Ihre Ausbilderin hätte sich im Grab umgedreht, hätte sie von dieser Neuerung gewusst. Doch es war leider die einzige praktikable Lösung, um die nassen Sachen der Neuankömmlinge zu trocknen.

Jakob wimmerte wieder, als sie ihn auf ein Bett mit einem anderen Kind setzte. Als er krampfartig hustete und seine dünnen Ärmchen nach ihr ausstreckte, brach es ihr fast das Herz, weil das arme Kind von seiner Mutter getrennt war und nicht ein Wort von dem verstand, was sie sagte. Sie trocknete ihn ab, wickelte ihn in ein Handtuch, weil sie keine Kleidung für ihn hatte, und steckte ihn dann zu den anderen beiden Kindern unter die Decke.

Später würde sie ihm etwas Brühe oder wenigstes warmes Wasser geben, bevor die nächste Mahlzeit ausgeteilt wurde. Irena zwang sich wegzugehen; sie konnte es sich nicht erlauben, bei ihren Patienten zu verweilen, dafür waren es einfach zu viele.

Jedes der kleinen Kinder brauchte dringend ihre Zuwendung, weshalb sie das bisschen Zeit, das sie hatte, möglichst gleichmäßig verteilte. Vor dem Krieg, als die Zeiten besser waren, hatte sie sich oft den Luxus gegönnt, am Bett eines besonders kranken Patienten zu sitzen und ihm vorzulesen oder eine Geschichte zu erzählen.

„Irena, kannst du mir bitte hier drüben helfen?", rief Margie, eine junge Krankenschwester in der Ausbildung. Die Überforderung war deutlich an ihrer Miene erkennbar. Wenn es schon für eine erfahrene Krankenschwester wie Irena schwierig war, um wie viel schlimmer musste es dann für eine Anfängerin sein?

„Ich komme." Als sie die Teeküche passierte, rief sie hinein: „Könntest du dem neuen Patienten in Bett 12 bitte etwas Suppe geben?"

„Wir haben keine mehr."

„Dann heißes Wasser. Er muss warm werden, und zwar möglichst schnell."

„Bin schon unterwegs."

Irena hielt sich nicht damit auf, der freiwilligen Helferin dabei zuzusehen, wie sie einen Becher heißen Wassers zu Jakob brachte, denn sie hatte Wichtigeres zu tun. „Was gibts?", fragte sie Margie.

„Ich weiß nicht, wo ich die hinstecken soll." Das etwa vierjährige Mädchen auf ihrem Arm hatte unschöne rote Flecken im Gesicht.

„Ach, du lieber Himmel! Wenn das keine Masern sind! Die haben uns gerade noch gefehlt. Bring sie in die Besenkammer."

„In die Besenkammer?" Margie starrte Irena an, als hätte diese den Verstand verloren.

„Wir haben dort zwei Betten aufgestellt, um die ansteckenden Fälle isolieren zu können."

„Oh ..." Margie trottete mit dem armen Würmchen davon.

Es wäre besser gewesen, die Eltern hätten das Kind zu Hause behalten, denn hier würde es sich zusätzlich zu den Masern mit Sicherheit eine Atemwegserkrankung einfangen. Irena schüttelte den Kopf. Sämtliche Neuankömmlinge waren unterernährt und litten an Unterkühlung sowie Atemnot.

In einem ruhigen Moment wagte Irena sich nach draußen, um frische Luft zu schnappen und ein belegtes Brot zu essen, das sie von zu Hause mitgebracht hatte. Am Himmel hingen dunkle Wolken. Eine Schneeflocke landete auf ihrem Gesicht, dann eine zweite. Der Winter war dieses Jahr früh hereingebrochen und sie konnte sich nicht erinnern, dass es je so kalt gewesen war.

Sie seufzte tief, raffte ihre Röcke zusammen und kehrte nach drinnen zurück, um weiterzuarbeiten. Sie kümmerte sich um jeden einzelnen ihrer kleinen Patienten, teilte warmes Wasser aus, gab den am schwersten Erkrankten Medizin, zog ihnen ihre getrockneten Sachen wieder an und sorgte dafür, dass allen warm war.

Als sie das Saalende erreichte, fiel ihr Blick auf das engelsgleiche Gesicht eines kleinen Mädchens. Es lag in seinem weißen Nachthemd auf dem Bett, das blonde Haar wie einen Heiligenschein um den Kopf. Das Kind wirkte übernatürlich schön, wie es so friedlich dalag. Noch bevor Irena nähertrat, stiegen ihr Tränen in die Augen, denn aus Erfahrung wusste sie, dass nur echte Engel so verklärt aussahen.

Sie schloss die leuchtend blauen Augen des Mädchens und bat den Stationsassistenten, es in die Leichenhalle zu bringen. Als er kam, um das Kind abzuholen, fuhr ein stechender Schmerz durch Irenas Herz. Ein weiteres sinnloses Opfer in diesem fürchterlichen Krieg. Genau wie ihr eigener kleiner süßer Junge.

KAPITEL 13

Als Emma ins Flüchtlingszelt zurückkam, saßen die anderen auf den Feldbetten und schlürften heiße Brühe aus der Lagerküche. Vor lauter Sorge um Jakob hatte sie ihren Hunger vollkommen vergessen, der sich jetzt umso stärker bemerkbar machte.

Tränen der Erleichterung brannten ihr in den Augen, als sie Sophie neben Hans sitzen sah, der endlich wieder rosige Wangen hatte und seinen Becher mit Suppe allein halten konnte. Während sie die beiden beobachtete, durchfuhr sie ein Anflug von Neid. Jakob sollte dort neben seiner Schwester sitzen, nicht irgendein anderer Junge. Doch im selben Moment bereute sie diesen Gedanken schon wieder. Hans war der beste Freund ihres Sohnes und sie sollte sich für ihn und Luise freuen. Diese lag mit schweißnasser Stirn und schmerzverzerrtem Gesicht zusammengerollt auf ihrer Pritsche.

Emotional ausgelaugt wie sie war, befand sich Emma in einem Strudel widersprüchlicher Gefühle: Sie war zwar dankbar für die Unterbringung im Zelt, ein Bett und etwas zu essen, aber auch erstaunt, dass sie wirklich heil angekommen waren. Gleichzeitig hatte sie ein mulmiges Gefühl im Magen ob der Ungewissheit des nächsten Reiseabschnitts in Verbindung mit der Sorge um Jakobs

Gesundheit. Sie taumelte bei der Erkenntnis, dass es noch lange nicht vorbei war.

„Komm, setz dich." Agatha tauchte wie aus dem Nichts mit zwei dampfenden Bechern in der Hand auf. Sie reichte einen ihrer Schwiegertochter und gab den anderen Emma nach einem Blick in deren müdes Gesicht. „Hier, nimm das. Wie geht es Jakob?"

„Schlecht genug, dass sie ihn über Nacht dabehalten." Emma war froh, sich an dem Becher festhalten zu können. Er gab ihren Händen etwas zu tun und bekämpfte die Leere in ihrem Inneren. Es war das erste Mal seit Jakobs Geburt, dass sie ihn nicht ins Bett bringen, ihm vorlesen und ihm einen Gutenachtkuss geben würde. Ihr war nach Weinen zumute.

Agatha musste ihre Verzweiflung gespürt haben, denn die alte Frau, die nicht für öffentliche Zuneigungsbekundungen bekannt war, legte eine Hand auf Emmas Arm und sagte: „Er wird schon wieder gesund. Das Katholische Krankenhaus hat einen hervorragenden Ruf. Außerdem habe ich gehört, dass es jetzt unter deutscher Verwaltung steht. Ich bin mir sicher, die Ärzte und Krankenschwestern werden alles tun, damit es ihm bald besser geht."

In Ermangelung eines Löffels nahm Emma einen Schluck ihrer Bouillon und genoss mit geschlossenen Augen das himmlische Gefühl, das die heiße Flüssigkeit auf dem Weg in ihren Magen hinterließ. Dem ersten Schluck folgten weitere, bis ihre Knochen sich von innen erwärmten und sich stechende Schmerzen in ihren auftauenden Zehen bemerkbar machten. Doch selbst dieser Schmerz war himmlisch und willkommen. Mit der Wärme ihres Körpers kehrten auch Emmas Lebensgeister zurück.

„Ja, er wird bestimmt wieder gesund. Ich soll morgen zur Besuchszeit zurückkommen, dann erfahre ich, wie es ihm geht."

Agatha nickte freundlich, aber schon im nächsten Moment runzelte sie die Stirn, weil Luise mit zusammengebissenen Zähnen ein Ächzen von sich gab. Agatha beugte sich zu Emma und flüsterte: „Es geht ihr nicht gut. Die Wehen haben eingesetzt."

„Wie, jetzt schon? Ausgerechnet hier?" Trotz Agathas Warnung nur wenige Tage zuvor hatte Emma damit gerechnet, dass es erst sehr viel später so weit sein würde. Es war zwar nicht Luises erste Geburt, aber die Gegebenheiten im Zelt waren alles andere als ideal. „Wir müssen sie zu einem Arzt bringen."

Agatha schüttelte den Kopf. „Du warst doch dort. Wenn das Krankenhaus so voll ist, wie hier alle behaupten, dann hat kein Arzt Zeit für eine gesunde Schwangere." Luise strotzte nicht gerade vor Gesundheit, aber im Vergleich zu den vielen verzweifelten, hustenden, nach Atem ringenden und niesenden Menschen da draußen war sie vermutlich noch gut dran.

„Was machen wir dann?"

„Ich habe mich bereits erkundigt. Zwei der Frauen im Nachbarzelt haben selbst jeweils zwölf Kinder auf die Welt gebracht, kennen sich also gut damit aus. Sie haben sich beide bereit erklärt rüberzukommen, sobald es ernst wird. Außerdem habe ich die Küche um heißes Wasser und einen Satz saubere Handtücher gebeten."

Emma fiel ein Stein vom Herzen, dass Agatha alles unter Kontrolle hatte. „Was ist meine Aufgabe?"

„Schaff erst einmal die Kinder aus dem Weg. So eine Geburt ist nichts für sie."

Emma nickte und zerbrach sich den Kopf, wo sie mit Sophie und Hans hingehen sollte. Draußen war es viel zu kalt, außerdem war es bereits dunkel. „Ich werde sie bis zur Schlafenszeit beschäftigen. Hoffentlich sind sie dann müde genug, dass sie das Ganze verschlafen."

„Zusammen schaffen wir das", sagte Agatha und wandte sich dann an Luise: „Wie oft kommen die Wehen?"

„Vielleicht alle zehn oder fünfzehn Minuten."

„Dann dauert es noch."

Emma wandte sich an Sophie und Hans, die sie beide mit erwartungsvollen Augen ansahen.

„Wie gehts Jakob?", wollten sie gleichzeitig wissen.

„Er ist im Krankenhaus und bekommt Medizin. Er wird

bestimmt wieder gesund. Morgen gehe ich ihn besuchen, und in ein paar Tagen kann er nach Hause kommen."

Sophie riss entsetzt die Augen auf. „Ist das hier jetzt unser Zuhause?"

„Nein, mein Schatz. Wir bleiben nur so lange hier, bis Jakob gesund genug ist, dass wir weiterreisen können." *Und bis Luise sich von der Geburt erholt hat.*

„Ich wünschte, wir könnten jetzt gleich hier weg!", platzte es aus Sophie hervor.

„Und das werden wir baldmöglichst tun, mach dir deswegen keine Gedanken", antwortete Emma. Wäre Jakob nicht krank geworden, wären sie am nächsten Morgen die Ersten in der Schlange, um einen Zug Richtung Altreich zu erwischen. Doch es würde noch andere Züge geben und ein paar Tage mehr oder weniger machten auch keinen Unterschied mehr.

„Du sagst das nur, um mich zu beruhigen, aber ich weiß genau, was passiert, wenn die Rote Armee uns einholt." Emma erblasste, während ihre Tochter weitersprach. „Du denkst immer, ich bin nur ein kleines dummes Kind, aber das stimmt nicht. Ich hab zugehört, als die anderen Frauen über die Rotarmisten geredet haben. Die machen schlimme Sachen. Sie drängen sich jeder Frau auf, sogar kleinen Mädchen wie mir. Sie zerreißen sie von innen, weil sie viel zu groß und stark sind, und stechen ihnen die Augen aus, wenn sie schreien. Sie schneiden den Busen als Trophäe ab, schlitzen Bäuche und Kehlen auf, wenn sie fertig sind." Sophie brach tränenüberströmt ab. „Mutti, ich will nicht zerrissen werden und die Augen ausgestochen bekommen."

„Sch, Sophiechen, sch." Emma umarmte ihre Tochter. „Ich beschütze dich. Ich lass nicht zu, dass dir jemand wehtut."

„Pah", sagte Sophie durch ihre Tränen, „das soll ich dir glauben? Du kannst doch gar nichts tun. Die haben Gewehre und wir nicht."

Emma seufzte. Selbst wenn sie eine Waffe hätte, was könnte sie damit gegen ein ganzes Bataillon russischer Soldaten ausrichten?

Ihr einziger Zweck wäre es, ihr und Sophie ein gnädiges Ende zu bereiten, bevor sich die Russen an ihnen vergriffen.

„Komm, wir sollten schlafen gehen. Es wird uns guttun, uns ein paar Tage hier im Warmen auszuruhen und genug zu essen, bevor wir weiterziehen müssen."

Sophie nickte mit unglücklichem Gesicht, aber schon bald überkam Erschöpfung ihren dürren Körper. Sie kuschelte sich an Emma, während Hans auf der anderen Seite bereits schlief. Da fiel Emmas Blick auf Affi, der zum Trocknen an einer Leine baumelte. Der arme Jakob war sicher ohne seinen ausgestopften Freund schrecklich einsam. Sie musste unbedingt daran denken, Affi am Morgen zu ihrem Besuch im Krankenhaus mitzunehmen.

Emma lag noch ein paar Minuten länger wach und machte sich Sorgen um die Zukunft. Wenn es ihnen nicht gelang, einen Zug Richtung Westen zu besteigen, dann würden sie noch einmal über zweihundert Kilometer zu Fuß zurücklegen müssen, bis sie Frankfurt an der Oder erreichten. Es hieß, dass es von dort regelmäßige Zugverbindungen zu westdeutschen Städten gab und dass es am besten war, wenn man von den Amerikanern oder Briten erobert wurde. Aachen wäre deshalb eine gute Wahl, auch wenn sie dafür einmal quer durch ganz Deutschland reisen mussten.

Sophie gegenüber hätte sie es nie zugegeben, aber tief in ihrem Herzen tobte eine Todesangst.

KAPITEL 14

J akob fuhr aus dem Schlaf. Um ihn herum war alles dunkel bis auf den schwachen Schein der Nachtlichter in Bodennähe. Er setzte sich auf und tastete nach Affi, aber sein Stofftier war nicht da. Manchmal büxte es nachts aus, und am nächsten Morgen fand Jakob es auf dem Fußboden neben dem Bett, weil Affi zu klein war, um allein wieder hochzuklettern.

Viel beunruhigender hingegen war, dass seine Mutti nicht neben ihm lag. Er rollte sich auf die andere Seite und stieß gegen eine Person. Seine Mutti würde ihn nicht im Stich lassen, niemals. Aber dieser Mensch war zu klein, um seine Mutter zu sein. Trotzdem seufzte er erleichtert. Wenigstens war Sophie da. Mutti war bestimmt aufgestanden. Vielleicht, um etwas zu essen zu holen oder zu tun, was sie so tat, wenn ihre Kinder schliefen.

Er kuschelte sich enger an Sophie und schlang einen Arm um ihre knochige Gestalt. Sekunden später wich er mit einem spitzen Schrei zurück, als er bemerkte, dass ihr Haar so kurz geschnitten war wie sein eigenes. Wann war das passiert?

Schweiß stand ihm auf der Stirn und er bekam einen weiteren Hustenanfall. Diesmal nicht so heftig wie in den Tagen davor, aber schlimm genug, dass ihm die Luft wegblieb und ein stechender Schmerz in seine Bauchmuskeln fuhr.

„Sei still! Und geh runter von mir, ich will schlafen!", blaffte ihn die Person neben ihm an.

Jakobs Herz pochte gegen seine Rippen. Das war eindeutig weder Sophie noch Hans. Aber wer schlief dann neben ihm? Wo war er überhaupt? Und vor allem: Wo war seine Mutti?

Dicke Tränen kullerten ihm über die Wangen. Zuerst leise, dann immer lauter schluchzte er: „Mutti! Ich will meine Mutti! Mutti! Wo bist du?"

Um ihn herum gab es Bewegung und er wurde aufgefordert, leise zu sein, konnte aber nicht aufhören zu weinen. Von Angst erfüllt setzte er sich auf und krabbelte aus dem Bett, um nach seiner Mutter zu suchen. Doch kaum hatten seine nackten Füße den Fußboden erreicht, kam eine Frau auf ihn zugestürzt. „Wirst du wohl still sein? Du weckst noch die anderen Kinder auf."

Die Frau sah wie eine Krankenschwester aus, was er seltsam fand, denn er erinnerte sich nicht, dass er beim Arzt gewesen war. Ihr Deutsch klang komisch, fast wie das des polnischen Dienstmädchens, das sie in Lodz vor noch gar nicht langer Zeit gehabt hatten. Seine Angst wuchs und erfasste jede einzelne seiner Zellen, als er sich plötzlich an die grausige Reise erinnerte und wie er so elend auf dem Karren gelegen hatte.

Die Krankenschwester gab ihm einen Löffel eklig schmeckender Medizin, die nicht dazu beitrug, seine Panik zu lindern. Seine Mutter musste ihn hier zurückgelassen haben, weil er ihre Reise zu sehr gebremst hatte. Sophie hatte ihm das mehr als einmal vorgeworfen. Ohne ihn kämen sie viel schneller voran und wären schon lange in Sicherheit bei der Cousine von Hans' Großmutter.

Es war alles seine Schuld. Weil er krank geworden war, hatten sie langsamer gehen müssen. Und jetzt hatte Mutti ihn dafür bestraft, dass er so unartig war, und ihn allein zurückgelassen. Wie oft hatte sie ihm gedroht, wenn er zu Hause getrödelt hatte: „Wenn du dich nicht beeilst, gehe ich ohne dich."

Neue Tränen strömten über seine Wangen, als ihm klar wurde: Er hatte getrödelt und Mutti war ohne ihn weitergegangen. „Es

FLÜCHTLINGSKIND

war nicht mit Absicht, Mutti. Bitte, Mutti, ich trödle nie wieder. Bitte. Ich will ab sofort immer brav sein, aber bitte komm zu mir zurück."

Er schluchzte und weinte, schrie und brüllte, hustete und nieste, bis eine alte Krankenschwester mit kurzen grauen Haaren ihn packte und auf den kalten Gang stellte. „Wenn du aufgehört hast zu kreischen, darfst du wieder ins Bett. Verstanden?"

Trotzdem konnte er nicht aufhören zu weinen, denn auf einmal war er mutterseelenallein auf der Welt. Ohne seine geliebte Mutti, seinen Papa und selbst ohne seine sonst so lästige große Schwester. Was hätte er gegeben, um wenigstens sie an seiner Seite zu wissen. „Bitte, Sophie, ich mach alles, was du sagst, aber bitte komm zurück. Ich streite nie wieder mit dir und mache alle deine Hausarbeiten, aber bitte, bitte, bitte lass mich nicht allein."

Seine Füße wurden langsam taub und die Erschöpfung ließ seine Tränen versiegen. Er sank zu Boden, rollte sich zu einem Ball zusammen und musste eingeschlafen sein, denn er wachte auf, als die Krankenschwester zurückkam, um ihn wieder ins Bett zu tragen. „Kein Geschrei mehr, hörst du?"

Er nickte, zu niedergeschlagen, um ein Wort zu sagen.

„Deine Mutter holt dich ab, wenn es dir besser geht. Also hör auf zu weinen, nimm deine Medizin und schlaf endlich."

Ein kleiner Sonnenstrahl erhellte seine Seele. Vielleicht war noch nicht alles verloren. Er entschied zu tun, was die Krankenschwester sagte und bis zum Morgen gesund zu werden. Dann würde seine Mutti kommen und ihn abholen. Vielleicht hatte sie ihn doch nicht verlassen.

Am Morgen ging eine andere Krankenschwester herum. Sie hatte schwarzes geflochtenes Haar, das wie eine Krone um ihren Kopf lag. Sie maß seine Temperatur, gab ihm noch einen Löffel von der widerlichen Medizin und teilte dann Schalen mit Haferbrei aus.

„Wo ist meine Mutti?"

„Twoja matka odwiedzi cię później rano."

Er verstand kein Wort. Tränen sammelten sich in seinen

91

Augen, gegen die er tapfer ankämpfte, bevor er es noch einmal versuchte: „Ich will meine Mutti!"

Wieder antwortete die Krankenschwester etwas, das er nicht verstand, und er fing an zu verzweifeln.

Das Kind neben ihm mischte sich ein: „Sei doch nicht blöd. Die Frau kann kein Deutsch."

„Was hat sie gesagt?"

„Keine Ahnung." Jakobs Bettnachbar war ein gleichaltriger Knabe. Das zerzauste blonde Haar war nur halb zu sehen, denn die andere Seite seines Kopfes und sein ganzer linker Arm waren von Bandagen verdeckt.

Jakob blieb der Mund offen stehen. „Was ist denn mit dir passiert?"

„Wir sind bombardiert worden und das Haus hat angefangen zu brennen."

„Oh." Jakob schloss den Mund, starrte den Jungen aber weiter an. „Wie lange bist du schon hier?"

„Ganz lang."

„Und deine Mutti?"

„Sie kommt jeden Tag zu Besuch, aber sie muss vor dem Mittagessen wieder weggehen."

Endlich erinnerte Jakob sich an seine guten Manieren. „Ich bin Jakob und du?"

„Erich. Es ist gar nicht so schlecht hier, weißt du? Es ist warm und es gibt was zu essen. Du ziehst dich besser an, sonst wird die Krankenschwester böse."

Jakob sah an sich hinunter und bemerkte, dass jemand ihn ausgezogen und in ein Handtuch gewickelt hatte. Erich zeigte auf einen ordentlich gefalteten Stapel neben dem Bett.

„Danke."

Normalerweise konnte sich Jakob allein anziehen, aber an diesem Tag klappte einfach gar nichts. Nach mehreren vergeblichen Versuchen schüttelte die Krankenschwester den Kopf über ihn, bevor sie etwas durch den Saal rief.

Einige Sekunden später kam ein Mädchen in Sophies Alter

herangeschlurft und half ihm. Als sie fertig waren, kam die Krankenschwester zurück und sprach mit dem Mädchen, das übersetzte: „Sie sagt, dass deine Mutter heute während der Besuchszeit wiederkommt. Aber du musst ein paar Tage hierbleiben, bevor du nach Hause darfst."

KAPITEL 15

E in durchdringender Schrei weckte Emma in den frühen Morgenstunden. Sofort hellwach schoss sie hoch, um sich nach den beiden Kindern umzusehen, die aber tief und fest neben ihr schliefen.

Nur wenige Augenblicke später hörte sie einen Klaps, gefolgt von einem schwachen Weinen. Lächelnd blickte sie zu der Ecke des Zelts, in der eine Frau ein Neugeborenes hochhielt und es dann in Luises Arme legte. „Es ist ein Mädchen."

Emma befreite sich von den Kindern, die eng an sie gekuschelt lagen, und ging hinüber, um ihrer Freundin zu gratulieren und das Baby zu bewundern. Eine Geburt war das größte Wunder auf Erden und gerade in diesen schwierigen Zeiten ein Grund zur Hoffnung.

„Du hast es geschafft", sagte sie zu Luise und streichelte den Rücken des winzigen Wesens. „So ein hübsches Mädchen."

Sie erinnerte sich gut an die Geburt ihrer eigenen Kinder. Beide Male war es eine qualvolle Tortur gewesen, aber sobald sie das Neugeborene im Arm gehalten hatte, war all der Schmerz vergessen und sie der glücklichste Mensch der Welt gewesen. Nichts war vergleichbar mit dem Gefühl, das kleine Menschlein endlich umarmen zu können, das sie neun Monate lang unter ihrem Herzen getragen hatte.

Emma lächelte voller Zuversicht, dass sich alles zum Guten wenden würde. Jakob war im Krankenhaus, wo er die dringend benötigte Medizin bekam, Luises Baby war da und bald säßen sie im Zug nach Aachen, wo sie das Kriegsende abwarten konnten. Sie schickte ein Gebet zum Himmel, dass ihr Mann zu ihnen stoßen würde, sobald der Krieg vorbei war.

Eine der Frauen, die bei der Geburt geholfen hatten, schüttelte besorgt den Kopf, aber Emma konnte sie nicht nach dem Grund fragen, denn in diesem Moment rief Hans: „Mutti! Mutti!"

„Pst, Hänschen. Deine Mutti ist dort drüben. Sie hat dir gerade ein Schwesterchen geschenkt. Was meinst du, wollen wir hinübergehen und es begrüßen?"

Hans war sofort besänftigt, sprang eifrig von der Pritsche und raste zur Pritsche seiner Mutter. Emma konnte ihn gerade noch am Ärmel festhalten. „Sie sind beide sehr müde, deshalb müssen wir leise sein."

„In Ordnung." Hans nickte.

„Darf ich das Baby auch sehen?", fragte Sophie.

„Natürlich." Emma wurde es warm ums Herz bei der Erinnerung daran, wie Sophie nach Jakobs Geburt ins Zimmer gekommen war, ganz die stolze große Schwester, die ihren kleinen Bruder ehrfürchtig betrachtete. Sie hatte ihm sogar ihre Lieblingspuppe zum Spielen mitgebracht und war ziemlich enttäuscht gewesen, als Emma ihr erklärt hatte, dass das Baby noch eine ganze Weile nicht mit Puppen spielen konnte.

„Was kann er denn dann tun?", hatte Sophie gefragt.

„Nicht viel mehr als trinken und schlafen", hatte Emma geantwortet und Herbert, der zur Geburt seines Kindes beurlaubt worden war, hatte grinsend ergänzt: „Und Aa machen."

Sie vermisste ihren Ehemann so sehr. Zu Hause hatte sie sich daran gewöhnt, die Kinder allein großzuziehen, aber auf dieser albtraumartigen Reise wäre seine Anwesenheit mehr als tröstlich gewesen. Stattdessen machte sie sich auch noch um ihn Sorgen. Sie schüttelte die Gefühle ab. Jetzt war nicht die Zeit für Trübsal, sie musste sich um ihre Familie kümmern.

Nachdem sie Hans bei seiner Mutter gelassen hatte, fragte sie Sophie: „Möchtest du mitkommen, wenn ich Jakob im Krankenhaus besuche?"

„Muss ich?" Sophies Augen verdunkelten sich vor Angst.

„Nein, natürlich nicht. Ich dachte nur, du wüsstest vielleicht gern, ob es ihm besser geht."

„Kannst du mir das nicht sagen, wenn du zurück bist?"

Emma war zu erschöpft, um Sophie zu fragen, warum sie nicht mitkommen wollte, deshalb beließ sie es dabei. Ihre entsetzliche Reise hatte so viel verändert; sogar ihr guterzogenes, sanftmütiges kleines Mädchen schien es nicht mehr zu geben. Sie hoffte, dass es sich von allein richten würde, wenn sie erst einmal in Sicherheit waren.

„Gut, dann bleib hier. Agatha, passt du bitte auf Sophie auf? Ich gehe zum Krankenhaus, um mich nach Jakob zu erkundigen."

Agatha nickte. „Bleib aber nicht zu lange weg, es ist nicht sicher auf der Straße."

Emma nahm Affi von der Leine und marschierte zum Hospital. Dort angekommen ließ der deutsche Soldat, der den Eingang bewachte, sie nicht hinein, um nach oben zur Kinderstation zu gehen.

„Bitte, die freundliche Krankenschwester gestern hat versprochen, dass ich meinen Sohn heute Morgen besuchen darf", flehte sie.

„Welche Krankenschwester?"

„Den Namen weiß ich nicht." Jetzt bereute sie, dass sie nicht danach gefragt hatte. Da die Frau nur eine polnische Krankenhausangestellte gewesen war, hatte sie ihr nicht viel Aufmerksamkeit geschenkt.

„Die Krankenschwestern haben hier nichts zu sagen. Sie müssen schon mit einem Arzt sprechen."

„Das werde ich ganz sicher tun." Emma drehte sich um und wollte das Foyer betreten, aber er hielt sie zurück.

„Nicht hier. Das ist der Aufnahmebereich für Notfallpatienten."

„Mein Sohn wurde bereits aufgenommen."

„Das sagen *Sie*. Aber woher soll ich wissen, dass Sie die Wahrheit sagen?"

Emmas Geduld ging langsam zur Neige. „Bitte, ich muss ihn sehen und mich vergewissern, dass es ihm gut geht."

Der Wachposten hob eine Braue. „Unsere Ärzte sind gewiss in der Lage, sich um ihre Patienten zu kümmern und brauchen keine Hilfe von ungeschulten Zivilisten."

Hatte der Soldat Mus im Hirn? Sie versuchte es noch einmal: „Schauen Sie, er ist erst vier und spricht kein Polnisch."

„Was hat das damit zu tun?"

„Weil ... Die Krankenschwester gestern hat nur Polnisch gesprochen."

„Weil sie eine einfache Krankenschwester ist. Die Ärzte sprechen fast alle Deutsch. Ich versichere Ihnen, dass man sich um Ihr Kind kümmert. Würden Sie jetzt bitte gehen?"

Emma gab auf und ließ die Schultern hängen. Als sie sich umdrehte, wurde gerade ein blutverschmierter SS-Soldat mehr zum Eingang gezogen als getragen, worauf der Wachposten die Stufen hinabsprang, um seinen Kameraden zu helfen. Ohne eine Sekunde zu verschwenden, ergriff Emma die unerwartete Gelegenheit und schlüpfte durch die Tür.

Sie fragte nach der Kinderstation und stand wenige Minuten später am Eingang zu einem riesigen Saal mit vielen Dutzend Betten. Wie sollte sie Jakob hier finden?

„Jakob, Mäuschen! Kannst du mich hören?", rief sie in den Saal voller hustender und niesender Kinder.

„Kto cię tu wpuścił?", fragte eine Krankenschwester, die auf sie zukam und wissen wollte, wer ihr Zutritt gewährt hatte.

„Der Wachposten. Ich möchte nach meinem Sohn sehen", log Emma.

„Keine Besucher außerhalb der Besuchszeiten", erklärte die Krankenschwester.

„Mir wurde gesagt, dass die Besuchszeit am Vormittag ist."

„Heute nicht."

Emma schüttelte den Kopf. Wer war auf die Idee gekommen, den Polen hier die Verantwortung zu übertragen? „Bitte. Wir sind auf der Durchreise nach Aachen und warten nur auf ihn, bevor wir weiterkönnen."

Die Krankenschwester fragte in einem wärmeren Ton: „Wie heißt er?"

„Jakob Oppermann. Er ist vier und hat blonde Haare. Er wurde gestern hier aufgenommen."

„Die Neuankömmlinge sind dort drüben." Die Krankenschwester zeigte auf eine Bettenreihe unter einer Wäscheleine.

Wusste man in diesem Krankenhaus etwa nichts über Hygiene? Emma konnte nur erneut den Kopf schütteln. Das kommt davon, wenn man Polen eine Aufgabe überträgt, hatten ihre Eltern immer gesagt. Für die meisten Arbeiten waren die Mitglieder der minderwertigen slawischen Rasse nicht intelligent genug – diese Kinderstation war ein weiterer Beweis dafür. Emma hoffte nur, dass wenigstens der Arzt wusste, was er tat.

An jedem Bett hing eine kleine Schiefertafel, auf die der Name des Kindes in Kreide geschrieben stand. Zu ihrem großen Entsetzen stellte sie fest, dass in allen Betten zwei oder sogar drei Kinder lagen. Die Krankenhausverwaltung sollte es wirklich besser wissen.

Als sie Jakob nicht fand, ging sie die Bettenreihe ein weiteres Mal ab und las dabei die Namen auf den Tafeln. *Erich Drassel/Jakob Oppermann.* Doch in dem Bett lag nur ein Knabe, vermutlich Erich.

„Hallo Erich, weißt du, wo Jakob ist? Der Junge, der das Bett mit dir geteilt hat?"

Verschlafen öffnete Erich die Augen und schüttelte den Kopf. „Keine Ahnung."

Verzweiflung machte sich in ihr breit und schon wollten die

Knie unter ihr nachgeben. Sie sammelte alle ihre Kräfte, eilte zur Krankenschwester und sagte: „Er ist nicht da!"

„Wer? Und was machen Sie überhaupt hier?"

Emma wollte vor Frustration schreien, als sie der Frau ins Gesicht sah und merkte, dass es nicht dieselbe Frau war, mit der sie eben gesprochen hatte.

„Jakob Oppermann. Mein Sohn."

„Besucher sind hier nicht gestattet."

Diese Frau hatte doch tatsächlich die Frechheit, mit ihr zu sprechen, als wäre sie die Königin von Saba höchstpersönlich. Emma straffte die Schultern und sagte mit eisiger Stimme: „Ich verlange zu erfahren, wo mein Sohn ist."

Die Krankenschwester zuckte mit den Schultern. „Ich befolge nur die Befehle. Wenn Sie nicht einverstanden sind, dann beschweren Sie sich bei ihm." Sie zeigte auf einen SS-Soldaten, der wegen der lauten Stimmen mit dem Gewehr im Anschlag vom Gang hereingekommen war.

„Das werde ich", zischte Emma, obwohl ihre Zuversicht sich plötzlich in Luft aufgelöst hatte. Es war eine Sache, eine Krankenschwester von oben herab zu behandeln, aber eine völlig andere, Antworten von einem SS-Mann zu verlangen.

„Gibt es hier ein Problem?", fragte dieser und richtete das Gewehr auf die Krankenschwester.

„Nein, ich habe nur gerade dieser Dame erklärt, dass hier drinnen keine Besucher gestattet sind, weil der neue Krankenhausdirektor das so angeordnet hat."

Er nickte. „Gehen Sie wieder an die Arbeit."

Die Krankenschwester huschte davon und ließ Emma mit dem Soldaten allein.

„Bitte, Herr", sie schaute auf sein Schulterstück, „Scharführer. Ich bin hier, um meinen Sohn zu besuchen, aber er ist nicht in seinem Bett."

„Dann wird er zur Untersuchung beim Arzt sein und bald zurückgebracht werden."

„Kann ich –?"

„Es tut mir leid, aber sie müssen wie alle anderen unten warten." Er musste ihre niedergeschlagene Miene bemerkt haben, denn er fügte hinzu: „Ich kann Ihnen versichern, dass unsere Ärzte und auch die Krankenschwestern alles tun, um den Kindern zu helfen. Aber wir haben strikte Anordnung, niemanden auf die Station zu lassen. Sobald Ihr Sohn das Krankenhaus verlassen kann, werden Sie benachrichtigt."

„Aber wir sind im Flüchtlingslager", protestierte sie schwach.

„Na, dann kommen Sie am besten täglich her und erkundigen sich unten nach ihm. Aber jetzt muss ich Sie bitten zu gehen."

„Darf ich ihm wenigstens sein Stofftier dalassen? Ich brauche nur eine Sekunde", bat Emma den Mann. Als er nickte, eilte sie zurück zu Jakobs Bett, wo Erich wieder eingeschlafen war. Sie setzte Affi auf das Kissen, von dem sie annahm, dass es Jakobs war.

Der Soldat trat neben sie und sagte: „Sie müssen jetzt wirklich gehen."

„Ich bin schon weg. Danke für Ihre Geduld." Emma wusste, dass sie nichts weiter tun konnte.

Mit hängenden Schultern machte sie sich auf den Weg zum Flüchtlingslager. Sie hätte froh sein sollen, dass Jakob noch lebte, aber stattdessen brach ihr das Herz beim Gedanken daran, dass ihr kleiner Junge ganz allein im Krankenhaus war und auf seine Mutti wartete. Wenigstens hatte Jakob jetzt Affi bei sich. Das war zwar nur ein kleiner Trost, aber besser als nichts. Ihr armer kleiner Liebling sprach nicht einmal Polnisch und die Krankenschwestern hatten es offensichtlich versäumt, Deutsch zu lernen.

Als sie im Flüchtlingslager eintraf, fing Agatha sie ab, bevor sie das Zelt betreten konnte. „Das Baby ist gestorben."

„Was? Oh, nein." Das konnte doch nicht wahr sein. Sie war nur wenige Stunden weggewesen.

„Ja, leider. Das arme Würmchen war zu schwach, um zu saugen, und hat auch nicht richtig geatmet. Aber wir hatten Glück. Wir konnten es in einer Notzeremonie noch taufen lassen."

„Die arme Luise."

Agatha runzelte die Stirn. „Ja, es hat sie schwer getroffen. Je früher wir hier wegkommen, desto besser. Vielleicht lenkt es sie ab, wenn wir wieder unterwegs sind."

Emma hielt es für keine gute Idee, ihre Freundin so überstürzt wieder auf den Marsch durch die Kälte zu schicken, um so mit ihrer Trauer zurechtzukommen. Aber Agatha hatte sich entschieden, und einen Berg zu versetzen wäre leichter gewesen, als sie umzustimmen. „Wann willst du aufbrechen?" Emmas Stimme war nur noch ein ängstliches Flüstern.

„Sobald Jakob wieder bei uns ist. Obwohl", Agatha senkte die Stimme und Emmas Herz gefror bei ihrem harten Gesichtsausdruck, „du in Erwägung ziehen solltest, ihn hierzulassen."

„Was? Ich soll meinen Sohn verlassen?"

„Es wäre nicht für immer, nur bis nach dem Krieg."

„Niemals. Ich werde ihn niemals zurücklassen. Lieber sterbe ich hier, als ohne ihn weiterzuziehen."

Agatha zuckte die Achseln. „Ich weiß, es ist eine schwere Entscheidung, aber du musst tun, was für euch alle am besten ist. Es kann sein, dass er sich nicht schnell genug erholt ... und dass er zu schwach ist, die Strapazen der Weiterreise zu überstehen, immerhin wissen wir nicht, was uns noch bevorsteht."

„Dann bleibe ich bei ihm."

„Du und Sophie werdet es vielleicht nicht überleben, wenn die Rote Armee hier einfällt. Dann ist er wirklich allein – und zwar für immer."

„Nein. Und das ist mein letztes Wort." Emma presste ihre Lippen zu einer schmalen Linie zusammen. Ihr ganzes Wesen war von Agathas Vorschlag entsetzt. Wie könnte sie ihren süßen kleinen Jungen hier unter Fremden zurücklassen, nur um sich selbst zu retten? Nein, sie würde sein Vertrauen und seine Liebe niemals auf solch abscheuliche Weise missbrauchen. Weder jetzt noch sonst irgendwann.

„Es ist deine Entscheidung." Agatha drehte sich bereits weg.

Emma starrte die alte Frau an und Hass auf diese Gefühllosigkeit durchströmte ihren Körper. *Ich werde meinen Jakob nicht im Stich lassen.*

KAPITEL 16

I rena sah auf die Uhr. Es war höchste Zeit, zum Krankenhaus
aufzubrechen. Sie hatte an diesem Tag die Spätschicht und
wäre schon längst aufgebrochen, hätte sie nicht auf ihren Mann
gewartet.

Luka hätte bereits vor einer Stunde zu Hause sein sollen. Es
war zwar nicht ungewöhnlich, dass er im Hospital aufgehalten
wurde, aber aufgrund der eskalierenden Kriegssituation war sie
krank vor Sorge. Nach einem weiteren Blick zur Uhr auf dem
Ofensims zog sie Hut und Mantel an. Sollte er in den nächsten
fünf Minuten nicht auftauchen, müsste sie gehen, ohne ihn
gesehen zu haben. Mit ein bisschen Glück begegnete sie ihm auf
dem Weg und könnte dann ein paar Worte mit ihm wechseln.

Sie schob ein weiteres Holzscheit in den Kachelofen, damit das
Haus über Nacht warm blieb. Der große alte Ofen mit den grün
und weiß glasierten Kacheln war eine robuste Konstruktion, ein
brusthoher Würfel mit einem turmähnlichen kleineren Würfel
obenauf. Der Sims, der den Turm umgab, war gut geeignet, um
Speisen warmzuhalten oder nasse Socken und Schuhe zu
trocknen. Es gab auch eine Bank aus denselben weißen und
grünen Kacheln, auf der zwei Personen nebeneinander Platz
hatten und die Wärme genießen konnten.

MARION KUMMEROW

Der Kachelofen war ein Segen, denn zwei, drei Scheite reichten aus, um die Küche und die Stube bis zu zwölf Stunden lang zu heizen. Während der Besatzung waren Luka und sie gezwungen gewesen, fast alle ihre Wertsachen für lebensnotwendige Dinge zu verkaufen, den Rest hatten die Nazis gestohlen. Zum Glück war jedoch niemand auf die Idee gekommen, den Ofen anzurühren. Er war so groß und schwer, dass es Tage gedauert hätte, ihn abzubauen und an anderer Stelle wieder zusammenzusetzen.

Sie nahm ihre Schuhe vom Sims, bevor sie den Suppentopf aus der Küche holte und ihn dort hinstellte, damit Luka etwas Warmes zu essen hatte, wenn er heimkam. Gerade, als sie das Haus verlassen wollte, hörte sie, wie sich schwere Schritte der Tür näherten. Instinktiv zuckte sie zusammen. Seit dem grauenhaften Vorfall im vergangenen Jahr konnte sie nicht anders, sogar wenn sie wusste, dass es ihr Ehemann sein musste.

Mit angehaltenem Atem wartete sie auf das gefürchtete Klopfen an der Tür und sackte erleichtert zusammen, als sie den Schlüssel im Schloss hörte.

„Ich wollte gerade gehen", begrüßte sie Luka und drückte ihm einen Kuss auf den Mund.

„Es tut mir sehr leid, Liebling. Die Rote Armee scheint schnell näher zu rücken, denn die Nazis sind ganz verrückt geworden mit ihren Kontrollposten. Fünfmal musste ich meine Papiere auf dem Weg hierher vorweisen."

Ihr wurde mulmig zumute. Es war dieser Tage unvermeidbar, angehalten und nach Papieren gefragt zu werden. Dennoch bekam sie jedes Mal weiche Knie und konnte die Kontrollen kaum passieren, ohne in Panik zu verfallen.

Luka spürte ihre Not und legte ihr einen Arm um die Schultern. „Soll ich mitkommen?"

„Das ist lieb von dir, aber nicht nötig. Du musst müde und hungrig sein."

„Das bin ich, aber wenn du möchtest, begleite ich dich gern."

„Das musst du wirklich nicht." Was Luka jetzt brauchte, war Ruhe, denn er konnte nachts jederzeit zu einem Patienten nach

Hause gerufen werden und musste dann trotzdem am nächsten Morgen um sechs wieder im Krankenhaus sein. Erleichterung zeichnete sich auf seinem Gesicht ab. Sie wusste, dass er es trotz seiner völligen Erschöpfung für sie getan hätte.

„Sei vorsichtig da draußen. Hast du dein weißes Taschentuch und die sowjetische Armbinde für alle Fälle eingesteckt?"

„Sind die Russen schon so nah?"

„Das ist schwer zu sagen. Nach allem, was ich unterwegs mitbekommen habe, sammeln sie sich am Stadtrand."

„Dem Himmel sei Dank. Sie werden den Nazis ordentlich einheizen."

Luka schmunzelte und schüttelte den Kopf über sie. „Ich fürchte, das wird nicht ohne Kampf ablaufen. Wenn in deiner Nähe Schüsse fallen, dann versuche, wenn irgend möglich das Krankenhaus zu erreichen. Das werden die Soldaten verschonen."

„Es wird schon nichts passieren, Luka. Ich habe deine Suppe auf den Ofensims gestellt."

Er küsste sie erneut. „Gott sei mit dir. Wir sehen uns morgen früh."

Irena verließ das Haus und machte sich auf den Weg auf die andere Seite der Stadt. Sie hielt den Kopf gesenkt und nahm Nebenstraßen, um die Kontrollpunkte zu vermeiden. Da es nur wenige Minuten bis zur Ausgangssperre waren, beschleunigte sie ihre Schritte. Auch wenn sie eine Sondergenehmigung hatte, mit der sie sich jederzeit draußen aufhalten durfte, zog sie es vor, keiner Patrouille zu begegnen. Es war schlimm genug, sich täglich mit den SS-Soldaten auseinandersetzen zu müssen, die zum „Schutz" das Hospitals abgestellt waren.

Seltsamerweise stand an diesem Tag jedoch nur ein einziger Soldat am Eingang, wo vor Kurzem noch ein halbes Dutzend Wache gestanden hatte. Da er sie erkannte, machte er sich nicht die Mühe, nach ihrem Angestelltenausweis zu fragen, sondern winkte sie müde durch. Das Erdgeschoss wimmelte vor aufgeregten Patienten und ihren Angehörigen, deshalb floh sie schnell nach oben in die relative Ruhe der Kinderstation.

„Hast du schon gehört?", fragte Margie, kaum dass sie den großen Saal betreten hatte.

„Was denn?"

„Über die Russen. Sie haben die Außenforts dem Erdboden gleichgemacht und ziehen Häuserblock für Häuserblock in die Stadt ein."

„Prima. Sie werden die Deutschen in die Flucht schlagen."

„Das will ich doch hoffen. Wir mögen zwar Stalin und die Sowjets nicht, aber ich denke, es ist Zeit, das Kriegsbeil zwischen unseren Nationen zu begraben", sagte Margie.

„Genau. Nichts und niemand kann so schlimm sein wie diese verfluchten Nazis."

„Mein Mann hat gesagt, dass die Sowjets sich zurückziehen werden, sobald der Krieg vorbei ist. Dann wird Polen endlich wieder ein freies Land sein."

Irena wusste, dass sowohl die Briten als auch die Amerikaner versprochen hatten, Polens Souveränität nach dem Krieg anzuerkennen, allerdings mit veränderten Grenzen. Offenbar sollte der östliche Teil des Landes als eine Art Bezahlung an die Sowjetunion fallen, obwohl Irena nicht verstand, wofür Polen bezahlen sollte. Schließlich hatte es nichts verbrochen. Im Gegenteil, das tapfere polnische Volk hatte die Nazis unter hohem Risiko und großen Verlusten mit allen Mitteln bekämpft.

Wie auch immer, im Gegenzug würde Polen große Gebiete erhalten, die vor dem Krieg Deutschland gehört hatten. Sie zuckte die Schultern. Irgendeinen Sinn würde das Ganze schon ergeben, wenn die Politiker da oben es sich ausgedacht hatten.

„Wir können nur abwarten", sagte Irena und zog den Mantel aus. Sie wusch sich die Hände und begann mit der ersten Runde in der Hoffnung auf eine ruhige Nacht. Doch leider wurde ihr in demselben Augenblick, in dem sie den überfüllten Saal betrat, bewusst, dass sie keine ruhige Minute haben würde, um sich in der bevorstehenden zwölfstündigen Nachtschicht auch nur einmal hinzusetzen, geschweige denn ein Nickerchen zu halten.

KAPITEL 17

E mma hatte die ganze Nacht kaum ein Auge zugetan. Es gab
zu vieles, was ihr Sorgen bereitete. Sie betete, dass es Jakob
besser ging, und sandte ihm ihre ganze Liebe in der Hoffnung,
dass er es irgendwie spüren konnte. Der arme Junge musste
Todesängste ausstehen so allein im Krankenhaus.

Als die Sonne aufging, fragte Agatha: „Hilfst du mir, das
Frühstück aus der Lagerküche zu holen?"

Emma nickte, obwohl sie sich über die Bitte wunderte, denn
Agatha war dazu sehr gut allein in der Lage. Sie zog Strümpfe
und Schuhe an und den Mantel über ihr Nachthemd. „Ich bin so
weit."

Als sie draußen waren, kam Agatha direkt zur Sache: „Wir
müssen hier weg. Die Rote Armee kämpft sich bereits durch die
Stadtviertel und wird bald hier sein."

„Woher weißt du das?", fragte Emma. Wie um ihre Frage zu
beantworten, dröhnte Geschützfeuer durch die Luft. Beide Frauen
erschraken, denn es hatte geklungen, als wären die Schüsse direkt
neben ihnen abgefeuert worden.

„Du musst eine Entscheidung treffen. Geh zum Krankenhaus
und schleife Jakob mit auf die Reise, wenn du das für richtig
hältst, oder lass ihn bis nach dem Krieg hier."

„Ich gehe ihn sofort holen." Emma würde ihren Sohn um nichts in der Welt zurücklassen.

„Tu das, ich packe solange unsere Sachen. Wir brechen allerspätestens zur Mittagszeit auf."

„Was ist mit Luise?"

Agathas Miene verhärtete sich, aber ihre Stimme blieb emotionslos. „Sie ist nicht in der besten Verfassung, aber das muss sie durchstehen. Ich habe meinem Sohn versprochen, auf sie und Hans aufzupassen, und genau das gedenke ich zu tun. Dasselbe werde ich für dich und deine Kinder tun, denn eines muss dir klar sein: Du und ich, wir können die Behandlung durch diese Barbaren vielleicht überstehen, aber weder Luise noch deine Tochter würden sie überleben."

Emma seufzte. Agatha hatte recht. Sie konnte nicht einmal den Gedanken daran ertragen, dass ihre siebenjährige Tochter von Horden brutaler Kerle zerfetzt würde, die sich an ihr vergingen.

Das Frühstück bestand aus Ersatzkaffee und trockenem Brot. Emma zog sich an und bat Sophie: „Kannst du Agatha helfen, während ich Jakob hole?"

Sophie machte ein ängstliches Gesicht. „Kommst du wieder, Mutti?"

„Natürlich, mein Mäuschen." Sie strich ihrer Tochter übers Haar. „Aber du sei solange ein braves Mädchen und tu, was Agatha sagt."

Emma verließ das Zelt mit einem zusätzlichen Schal, um Jakob darin einzuwickeln. Am Ausgang des Flüchtlingslagers standen viel mehr Soldaten Wache als am Abend zuvor. Ein Frösteln drang bis in ihre Knochen, als sie entschied, dass nichts sie davon abhalten würde, ihren geliebten Sohn zu holen und dann diese verfluchte Stadt für immer zu verlassen.

Einer der Soldaten hielt sie auf: „Wohin wollen Sie?"

„Zum Krankenhaus."

„Zu welchem?"

„Zum Katholischen Krankenhaus."

„Es tut mir leid, aber ich kann Sie nicht durchlassen. Die Rote

Armee hat bereits das Stadtzentrum mit dem Krankenhaus eingenommen. Sie können da nicht mehr hin."

„Aber mein Sohn ist dort!" Sie zuckte bei ihrer eigenen schrillen Stimme zusammen und bemühte sich, nicht der Verzweiflung zu erliegen, die über ihre Haut kroch.

„Er ist bestimmt schon evakuiert worden."

„Und wohin?"

„Das weiß ich nicht."

Emma wollte vor Frustration schreien, aber aus Erfahrung wusste sie, dass sich der Soldat davon nicht beeindrucken lassen würde. Stattdessen bekäme sie vermutlich Schwierigkeiten. „Mein kleiner Junge ist erst vier. Er braucht mich. Bitte lassen Sie mich nach ihm suchen", sagte sie mit ihrer ruhigsten Stimme.

Trotz seiner mitfühlenden Miene schüttelte er weiterhin den Kopf. „Ich würde Ihnen wirklich gerne helfen, aber Befehl ist Befehl. Niemand verlässt das Flüchtlingslager, außer um in einen der Evakuierungszüge zu steigen."

Seine Worte brachten einen Funken Hoffnung. „Ich dachte, es gibt keine Züge für Zivilisten?"

„Heute Morgen kam der Befehl, die gesamte Stadt zu evakuieren. In diesem Moment treffen die Züge bereits ein, um Sie von der Front wegzubringen."

Dies war eine besorgniserregende Wendung, denn es machte Emma den Ernst der Lage bewusst. Bisher hatten die Behörden aufs Strengste davon abgeraten, ja sogar verboten, dass die Zivilbevölkerung aus dem Reichsgau Wartheland floh. Wenn sie entschieden hatten, dessen Hauptstadt Posen zu evakuieren, musste die Lage sehr ernst sein. Es bedeutete, dass die Rote Armee bereits vor Ort und der Krieg so gut wie verloren war.

In einem Moment der Klarheit erkannte Emma, dass sie ihre Heimat nie wiedersehen würde. Lodz lag im östlichen Warthegau, nah an der Grenze zum Generalgouvernement, wie das besetzte Polen nach der Befreiung durch Hitler genannt worden war. Die Polen – oder die Russen – würden sich bis in alle Ewigkeit an das frisch eroberte Land klammern.

„Bitte, darf ich versuchen, meinen Sohn zu finden? Ich verspreche, dass ich rechtzeitig für die Evakuierung wieder hier bin", flehte Emma den Wachposten an. Doch er war unnachgiebig und zwang sie, zu ihrem Zelt zurückzukehren. Dort saß Luise apathisch auf ihrem Feldbett und starrte die Zeltwand an. Agatha und Sophie packten derweil die wenigen Habseligkeiten, die sie noch besaßen, in ihre Koffer.

„Schon zurück?" Agatha zog erstaunt eine Augenbraue hoch.

„Die Wachen lassen mich nicht raus. Anscheinend wird heute noch die ganze Stadt evakuiert."

„Und wie?"

„Sie schicken Züge, die uns nach Westen bringen sollen."

„Gott sei Dank!" Die Erleichterung war in Agathas Gesicht nur für den Bruchteil einer Sekunde sichtbar. „Allerdings heißt das, dass die Russen schon näher sind, als ich befürchtet habe. Wir beeilen uns besser." Agatha warf einen Blick auf den Handkarren, der hinter einem der Betten stand. „Den können wir vermutlich nicht mit in den Zug nehmen. Wir entscheiden besser gleich, was wir mitnehmen und was wir hierlassen."

„Was?" Emma war zu schockiert über Agathas praktisches Denken, um über ihren Vorschlag nachzudenken.

„Sieh mal, ich weiß, das ist alles gerade ein bisschen viel, aber wir müssen jetzt ans Überleben denken. Es kann sein, dass man uns zwingt, die Koffer zurückzulassen, wenn wir den Zug besteigen. Deshalb sollten wir umpacken, sodass jede von uns ein Bündel hat, das wir auf dem Rücken tragen können."

„Was ist mit Jakob?"

„Ich habe dir schon gesagt, dass du dich entscheiden musst."

„Ich lasse ihn auf keinen Fall allein hier."

„Gut, dann bleib. Aber lass wenigstens Sophie mitkommen."

Emma starrte die alte Frau an. Wie konnte sie nur so herzlos, ja geradezu grausam sein? Ihr Herz barst in eine Million Stücke bei der Vorstellung, ihr kleines Mädchen gehen zu lassen, ohne zu wissen, ob sie es je wiedersehen würde.

„Es ist besser so. Ich werde dafür sorgen, dass es ihr gut geht, und sie kann mir mit Hans helfen. Luise ist momentan zu nichts zu gebrauchen."

Stumm schüttelte Emma den Kopf.

„Du weißt, wo du uns finden kannst. Du hast die Adresse meiner Cousine in Aachen."

Emma zitterte vor Kummer, Wut und Angst.

„Denk darüber nach." Agatha drehte sich um und fing an, ihre Sachen in kleine Bündel zu packen, während Emma mit einem Gefühl der Hoffnungslosigkeit zurückblieb.

Wie konnte sie sich zwischen ihren Kindern entscheiden? Wie sollte sie auch nur darüber nachdenken, eines von ihnen zu verlassen? Als sie sich damit ablenkte, ihre Sachen zu sortieren und für jeden ein Bündel zu schnüren, musste sie dennoch zugeben, dass Agatha recht hatte. Sophie bei sich zu behalten, wäre eine zusätzliche Belastung. Allein käme sie auf ihrer Suche nach Jakob viel schneller voran.

Für Sophie hingegen wäre es beim besten Freund ihres Bruders, dessen Mutter und der kompetenten Agatha viel sicherer. Wenn es jemand unbeschadet bis nach Aachen schaffte, dann die zähe alte Dame und diejenigen, die sie unter ihre Fittiche genommen hatte.

Als Emma ihrer Tochter das Bündel gab, sagte Sophie: „Ich habe gehört, was Agatha gesagt hat. Ich gehe nirgendwohin ohne dich!"

„Ach, mein Mäuschen, vielleicht wird das gar nicht nötig sein oder nur für ein paar Tage."

„Das kannst du doch gar nicht wissen! Ich weiß sehr gut, was hier vor sich geht."

Ihre Tochter wusste für ein Mädchen ihres Alters eindeutig zu viel. Emma streichelte ihre Wange. „Es ist zu gefährlich für dich hierzubleiben."

Das Schmollgesicht ihrer Tochter erblasste, aber sie ließ sich nicht beirren. „Wenn es nicht zu gefährlich ist für dich, ist es auch nicht zu gefährlich für mich."

„Es *ist* zu gefährlich für mich, aber ich muss deinen Bruder finden."

„Agatha hat gesagt, dass du ihn im Krankenhaus lassen und nach dem Krieg zurückkommen könntest", sagte Sophie und ihre Worte versetzten Emma einen Stich ins Herz.

Sie würde ein ernsthaftes Gespräch mit Agatha führen müssen, aber nicht jetzt, denn ihr lief die Zeit davon.

„Wir wissen nicht, wie lang der Krieg noch dauert. Und du würdest auch nicht wollen, dass ich dich zurücklasse, wenn du krank wärst, oder?"

Sophie fing an zu weinen. „Nein ...", schniefte sie, „... aber ... Agatha hat gesagt, dass er stirbt, wenn er mitkommt. Ich will nicht, dass er stirbt. Im Krankenhaus kümmern sie sich gut um ihn."

„Auch das wissen wir nicht." Emma zog ihre Tochter in eine Umarmung. „Pass auf, ich werde Folgendes tun: Ich gehe auf der Stelle los, hole ihn und dann bin ich rechtzeitig zurück, um mit euch den Zug zu nehmen."

„Versprochen?" Sophies Augen leuchteten hoffnungsvoll auf.

Emma seufzte. Wie konnte sie so etwas versprechen? Es war durchaus möglich, dass sie das Krankenhaus nicht lebend erreichte ... oder dass sie Jakob nicht fand. „Ich werde tun, was in meiner Macht steht, und der Rest liegt in Gottes Hand. Du musst ein braves Mädchen sein und alles tun, was Agatha und Luise sagen, ja?"

Schluchzend drückte Sophie sich noch fester in Emmas Arme. „Mutti, geh nicht."

„Ich muss. Stell dir vor, wie viel größer Jakobs Angst sein muss so ganz allein. Du hast unsere Freunde um dich." Sie löste sich aus Sophies Umarmung, nahm das Bündel mit ihren und Jakobs Sachen und wandte sich an Agatha: „Ich schleich mich raus. Wirst du dich gut um Sophie kümmern, wenn ich nicht rechtzeitig zurück bin?"

„Das werde ich gewiss. Der Herr halte seine schützende Hand über dich."

KAPITEL 18

Das kratzende Geräusch von Metall auf Fliesen weckte Jakob aus seinem Nickerchen. Es dauerte einige Sekunden, bis er sich erinnerte, dass er im Krankenhaus war. Erwartungsvoll setzte er sich mit Affi im Arm auf. Erich hatte ihm erzählt, dass seine Mutter da gewesen war, aber nicht hatte warten können, bis er aus dem Untersuchungszimmer zurückkam. Jakob fand das mehr als seltsam, denn seine Mutti wäre doch nicht einfach wieder gegangen. Er zuckte mit den Achseln. Wenigstens hatte sie ihm Affi mitgebracht.

Um ihn herum gingen Leute hin und her und schienen nach irgendwas zu suchen. Von ihm nahm niemand Notiz. Eine wunderschöne blonde Frau kam an sein Bett und breitete mit einem strahlenden Lächeln die Arme aus. Für eine Sekunde fragte er sich, was sie von ihm wollte.

„Erich, steh auf, wir müssen gehen", sagte sie und umarmte den Jungen neben ihm.

„Wo ist meine Mutti?", fragte Jakob, nachdem die Frau Erich so fest umarmt hatte, dass Jakob fürchtete, sie könnte seinen Bettgenossen erdrücken.

Sie sah zu ihm und ihr Lächeln ließ nach. „Deine Mutter wird bestimmt bald da sein. Unten herrscht ein ganz schönes Getümmel."

Jakob war mit dieser Antwort nicht zufrieden, doch sie beachtete ihn nicht mehr und wandte sich Erich zu, dem sie eilig Schuhe und Mantel anzog, bevor sie ihn auf den Arm nahm. „Wir müssen uns sputen, um den Zug zu erwischen."

„Was für einen Zug?", fragte Jakob.

Sie antwortete nicht und sein neuer Freund konnte ihm nur noch zum Abschied winken.

Mehr und mehr Erwachsene erschienen, schnappten sich ein Kind und verschwanden wieder. Je mehr sich der Saal leerte, desto ängstlicher wurde Jakob. Was auch immer da vor sich ging, es gefiel ihm gar nicht. Deutlich erkannte er die sorgfältig verborgene Anspannung in den Gesichtern der Erwachsenen. Seine Mutti hatte während des Großteils ihrer Reise genau diese Miene gemacht, wenn sie so getan hatte, als wäre alles in Ordnung.

Er war jedoch kein Baby mehr und hatte gewusst, dass nichts in Ordnung war. Was, wenn seine Mutti ihn vergessen hatte? Oder wenn sie ihn nicht mehr bei sich haben wollte, weil er ihr Fortkommen zu sehr gebremst hatte? Vielleicht wollte sie die Reise zu Agathas Cousine lieber ohne ihn fortsetzen?

Angst schnürte ihm den Atem ab und Tränen stiegen ihm in die Augen. Er klammerte sich an das Versprechen seiner Mutter wiederzukommen. Fieberhaft blickte er im Saal umher, doch er entdeckte niemanden, der ihr auch nur im Entferntesten ähnelte. Es dauerte nicht lang und er verlor den Kampf gegen die Tränen.

Etwas später kam die Krankenschwester mit den zur Krone geflochtenen Haaren zu ihm. Vage erinnerte er sich, dass sie ihn auf dem Arm ins Krankenhaus und weg von seiner Mutter gebracht hatte. Sie war zwar nett, trotzdem hasste er sie. Wäre sie nicht gewesen, wäre er jetzt noch bei seiner Mutter und müsste nicht allein in diesem dummen Krankenhaus herumsitzen.

Sie sagte etwas, das er nicht verstand. Ihre Stimme war freundlich und beruhigend, deshalb vergaß er seinen Hass und streckte seine Arme aus, damit sie ihn hochnahm. Sie strich ihm mit der Hand über den Rücken und murmelte immer wieder dasselbe unverständliche Wort.

Obwohl er nicht wusste, was es bedeutete, mochte er den Klang: weich, warm und beruhigend. Sein Schluchzen ließ nach, bis er schließlich sogar ein kleines Lächeln zustande brachte.

Schließlich legte sie ihn aufs Bett zurück. Als er gerade wieder anfangen wollte zu weinen, sagte sie auf Deutsch: „Warte Mutti."

Alle Kinder um ihn herum, die gehen konnten, zogen sich an. Andere wurden bereits von Erwachsenen, vermutlich ihren Eltern, abgeholt. Er seufzte. Wenn er nur wüsste, was er tun sollte.

Was würde Sophie tun? So sehr er es auch verabscheute, wie sie ihn immer dafür aufzog, klein zu sein, so sehr liebte und bewunderte er seine große Schwester, die genauso klug war wie die Erwachsenen. Plötzlich hätte er schwören können, ihre Stimme zu hören: „Hör auf zu jammern und zieh dich an. Du bist besser fertig, wenn Mutti dich abholen kommt."

Also tat er genau das. Er holte seine Sachen unter dem Bett hervor und zog seine Jacke, seinen Schal und seine Mütze an. Zuletzt schlüpfte er in seine Schuhe, bückte sich und wandte sich den Schnürsenkeln zu. Hochkonzentriert mit der Zunge zwischen den Lippen überkreuzte er die beiden Senkelenden zu einem Knoten, bevor er eine Schlaufe formte und überlegte, wie es ab da weiterging.

Mutti hatte das Schuhebinden mit ihm geübt, aber mit dem ganzen Tumult um ihn herum hatte er vergessen, wie der Senkel um die Schlaufe geführt und wo er hindurchgezogen werden musste. Die ersten drei Versuche endeten damit, dass er die beiden Schnurenden ohne Schleife in der Hand hielt. Er war den Tränen nahe, als eine junge Frau mit einem Baby auf dem Arm anhielt und ihm wortlos half.

„Hier, bitte sehr", sagte sie dann. „Wo ist deine Mutter?"

Es gelang ihm kaum, die Tränen zurückzuhalten. „Ich weiß nicht."

MARION KUMMEROW

Sie schien nachzudenken, bevor sie wieder sprach. „Das Krankenhaus wird evakuiert. Alle müssen es verlassen."

Mit zusammengekniffenen Augen blickte er sich um. Tatsächlich, eines nach dem anderen verließen die Kinder den Saal. Einige der älteren selbstständig, aber die meisten wurden getragen. Ihm stockte der Atem, als ihn die Erkenntnis, was hier vor sich ging, mit voller Wucht traf. „Ich auch? Muss ich auch weg?"

„Ja, alle. Kennst du den Weg nach Hause?"

Jakob schüttelte den Kopf.

„Vielleicht die Adresse? Ich kann dich dort hinbringen, wenn deine Mutti dich nicht abholt."

Jakob verlor den Kampf gegen die Tränen und schluchzte: „Ich bin hier nicht zu Hause. Wir leben in Lodz. Was, wenn meine Mutti nicht kommt?"

Die Frau tätschelte seinen Rücken. „Weine nicht. Sie wird bestimmt bald hier sein. Die gesamte Bevölkerung wird evakuiert." Ihr Baby fing an zu schreien und ein SS-Soldat kam, um sie von der Station zu scheuchen.

„Tut mir leid, ich kann nicht bleiben und ich kann dich auch nicht mitnehmen, aber es dauert bestimmt nicht lang, bis deine Mutter kommt." Dann war sie verschwunden und die Tränen rannen in wahren Sturzbächen über Jakobs Wangen.

Seine Sicht verschwamm, bis er nur noch vage Umrisse sah. Verstohlen wischte er sich die Tränen weg, doch jetzt lag der Raum schon fast leer vor ihm. Angst ergriff ihn wie ein wütender Drache und schüttelte seinen ganzen Körper. Was, wenn Mutti nicht kam und er ganz allein für den Rest seines Lebens in diesem Krankenhaus bleiben musste? Er sprang auf und schrie so laut er konnte: "Mutti! Mutti!"

Endlich bemerkte ihn jemand und eine verschwommene Gestalt kam auf ihn zu. Er erkannte die nette Krankenschwester, die ihm etwas Unverständliches gesagt hatte.

„Wo ist meine Mutti?", fragte er sie. „Oder meine Schwester?"

Sie blickte ihn an, schüttelte den Kopf und sagte einige Worte in ihrer beruhigenden Stimme. Obwohl er sie nicht kannte, wusste Jakob instinktiv, dass sie ein guter Mensch war und ihm nichts tun würde. Im Gegensatz zu dem angsteinflößenden Wachposten, der mit dem Gewehr fuchtelte und etwas schrie. Jakob, ein Baby und die Krankenschwester waren als einzige noch auf der Station. Ein eisiger Schauer kroch in seine Seele.

Wenige Augenblicke später stürzte ein verstörtes Paar herein und nahm das Baby auf den Arm. Die beiden umarmten ihr Kind fest und eilten von der Station. Jakob blieb mit der Krankenschwester zurück, die versuchte, ihm etwas zu erklären, das keinen Sinn ergab. Er verstand nicht, was sie sagte, außer ein paar eingestreuten deutschen Wörtern hier und da.

„Wo ist meine Mutti? Ich will meine Mutti", weinte er.

Die Krankenschwester schaute frustriert. Sie sagte wieder etwas, drehte sich um und verließ den Saal, sodass er mutterseelenallein zurückblieb.

Er war vor Angst erstarrt, während weitere Tränen über sein Gesicht kullerten, bis eine Stimme tief in ihm sagte, dass er sein Glück in die eigenen Hände nehmen und seine Mutter suchen musste.

Genau das würde er tun! Affi an die Brust gedrückt verließ er beherzt sein Bett und ging auf wackeligen Beinen in Richtung Gang. Gerade als er ihn erreichte, ertönten von draußen Schüsse. Panisch ließ er sich zu Boden fallen und krabbelte unter das nächste Bett.

Vielleicht war es doch keine so gute Idee, das Krankenhaus zu verlassen. Er quetschte sich gegen die Wand und lugte in den leeren Gang. Nichts geschah. Er hörte auch keine weiteren Schüsse.

Gerade, als er genug Mut gesammelt hatte, um es noch einmal zu versuchen, erinnerte er sich daran, was seine Mutter ihm eingetrichtert hatte. „Solltest du dich jemals verirren, lauf nicht weg und versuche nicht, mich zu finden. Bleib, wo du bist und warte, denn ich werde dich suchen kommen. Wenn du woanders hingehst, finde ich dich vielleicht nicht. Aber wenn du dich einfach hinsetzt und wartest, dann finde ich dich auf jeden Fall."

Er seufzte tief und klammerte sich an die Hoffnung, dass sie ihr Wort halten würde. Das würde sie doch, oder?

Nach einer endlos langen Zeit bemerkte er, dass es auf der Station dunkel wurde. Es war schon eine Weile her, seit er Geräusche gehört hatte. Nun gab es weder Rufe noch Schritte oder sonst etwas. Nicht einmal mehr Schüsse draußen. Eine Angst, wie er sie nie in seinem vierjährigen Leben gekannt hatte, ergriff ihn und drückte so fest auf seine Lungen, dass er keine Luft mehr bekam. Es war fast so schlimm wie zu der Zeit, als er so krank gewesen war, dass er vor lauter Husten kaum atmen konnte.

„Mutti, bitte lass mich nicht allein. Ich verspreche, dass ich ein braver Junge bin und immer tue, was du sagst. Ich will auch nie wieder mit Sophie streiten. Bitte, Mutti, komm und hol mich!" Er flehte, bis der Husten zurückkehrte und seine Stimme versagte. Tränen rannen ihm unbeachtet über die Wangen, während er am ganzen Körper zitterte.

„Mutti", flüsterte er gebrochen. Irgendwann kroch er unter dem Bett hervor, legte sich hinein und deckte sich trotz Mantel und Schuhen mit der Decke zu.

„Bitte komm wieder, Mutti", flehte er den leeren Saal an.

KAPITEL 19

Nachdem sie endlich die Eltern des Säuglings ausfindig gemacht hatte, ging Irena auf der Suche nach Jakobs Mutter zum Empfangsbereich. Sie konnte sich nicht an seinen Nachnamen erinnern, der in dem Durcheinander von der Tafel an seinem Bett gewischt worden war. Deshalb hoffte sie, dass auf der Patientenliste an der Rezeption nicht viele Knaben namens Jakob standen, damit sie herausfinden konnte, wer seine Eltern waren.

Sie schürzte die Lippen. Das waren vielleicht Eltern! Wie konnte es sein, dass sie es nicht für nötig befanden, ihn abzuholen, wenn die gesamte deutsche Stadtbevölkerung evakuiert wurde? In diesem Krieg hatte Irena so ziemlich alles gesehen, aber dass Eltern ihre Kinder zurückließen, um die eigene Haut zu retten? Das erlebte sie zum ersten Mal.

Du solltest ihnen keine bösen Absichten unterstellen, schalt sie sich selbst. Vielleicht wurde die Mutter aufgehalten oder – und bei diesem Gedanken lief es Irena eiskalt über den Rücken – vielleicht war sie bereits tot. Bei der ganzen Schießerei da draußen war das gut möglich.

Der Empfangsbereich lag verlassen da. Die deutschen Krankenhausangestellten hatten das Weite gesucht, kaum dass der Evakuierungsbefehl übers Radio bekannt gegeben worden war.

Die Patienten waren von Verwandten abgeholt worden oder selbstständig gegangen, und sogar die SS-Wachen waren verschwunden.

Sie fragte sich, was mit den Patienten geschehen war, die nicht transportfähig waren. Wäre die SS hartherzig genug, sie zurückzulassen, damit sie von den Russen abgeschlachtet wurden? Oder hofften sie insgeheim, dass die Russen bessere Menschen waren als sie selbst und sich den Verletzten annehmen würden?

Daran hatte sie ihre Zweifel. Egal ob gesund oder krank, sie wünschte niemandem, nicht einmal ihrem ärgsten Feind, ein deutscher Zivilist in einer frisch eroberten Stadt zu sein. Sie griff in ihre Schürzentasche, um die Armbinde mit Hammer und Sichel in Gelb auf rotem Grund herauszukramen und anzulegen. Da ihre Großmutter mit einem Russen verheiratet gewesen war, beherrschte Irena die Sprache ein wenig. Hoffentlich würde die Kombination aus Armbinde, polnischer Nationalität und russischen Sprachkenntnissen sie vor Übergriffen schützen.

Einen Moment lang erwog sie, in die Sicherheit ihres Zuhauses zu eilen, aber ihr Pflichtgefühl verbot ihr, den kleinen Jungen allein zu lassen. Es war schließlich nicht seine Schuld, dass die Nazis gesetzlose Kriminelle waren und seine eigene Mutter ihn im Stich gelassen hatte.

Seufzend betrat sie das Empfangsbüro, um nach dem Buch mit den An- und Abmeldungen zu suchen. Normalerweise lag es auf dem Schreibtisch, doch die Deutschen hatten es in ihrem üblichen Ordnungswahn vor ihrer Flucht weggeräumt. Sie öffnete die Schubladen, nur um festzustellen, dass sie alle leer waren. Hatten die Verwaltungsangestellten das Patientenbuch etwa mitgenommen? Und wenn ja, wieso?

Verzweiflung überkam sie. Wie in aller Welt sollte sie ohne das Buch Jakobs Angehörige finden? Aufgrund der Sprachbarriere konnte sie ihn nicht einmal nach seiner Adresse fragen. Zum hundertsten Mal in den letzten Wochen bereute sie ihre Entscheidung, aus Protest gegen die Unterdrücker kein Deutsch gelernt zu haben. Mit hängenden Schultern wandte sie sich der Treppe zu, um wieder nach oben zu gehen.

„Was machen Sie noch hier?", schnauzte ein Arzt sie an, der auf dem Weg nach draußen eilig seinen Mantel anzog.

„Ich versuche, die Eltern eines Knaben ausfindig zu machen."

„Vergessen Sie ihn und bringen sich in Sicherheit. Die Rote Armee rückt bereits in diesen Teil der Stadt vor und überall auf der Straße wird gekämpft." Dann war er verschwunden, während Irena ihm noch mit offenem Mund hinterherstarrte.

Am vernünftigsten wäre es gewesen, seinen Rat zu befolgen, aber wie hätte sie das übers Herz bringen sollen?

Also machte sie auf dem Absatz kehrt und rannte die Treppe nach oben, obwohl sie immer noch nicht wusste, was sie tun sollte. Jakob hockte in eine Decke eingewickelt auf dem Bett neben der Tür des Kindersaals und starrte sie angsterfüllt an. Ihr Herz schmolz bei seinem Anblick, denn noch nie hatte sie ein so verängstigtes Kind gesehen.

Geschützfeuer hallte in der Ferne wider und erinnerte sie daran, dass keine Zeit zu verlieren war. Ohne nachzudenken, hob sie ihn hoch, drückte ihn an ihre Brust und murmelte ein paar tröstliche Worte, von denen sie wusste, dass er sie nicht verstand.

Es wurde bereits spät und ihr war bewusst, dass nicht mehr viel Zeit blieb, wenn sie vor dem Eintreffen der Roten Armee zu Hause sein wollte. Ein weiteres Geschütz ertönte in der Ferne und bestärkte sie in dem Entschluss, das Kind mitzunehmen.

„Jakob. Das ist dein Name, nicht wahr?"

Er nickte.

„Ich bin Irena." Sie zeigte auf ihre Brust, und er schien zu verstehen. Von seiner Reaktion ermutigt fuhr sie fort: „Ich nehme dich mit zu mir nach Hause, denn du kannst nicht allein hierbleiben. Verstehst du?"

Sehr zu ihrem Verdruss blieb seine Miene leer und sie versuchte es erneut: „Ich und du. Gehen. Nicht Krankenhaus. Nach Hause."

Seine Augen verengten sich. Sie hatte den Eindruck, dass er

mit ihrem Plan nicht ganz einverstanden war, aber sie konnte auf seine Meinung keine Rücksicht nehmen. Deshalb stellte sie ihn auf den Boden, zog an seiner Hand und sagte auf Deutsch: „Komm!"

Trotz seines gepeinigten Blicks folgte er ihr ins Schwesternzimmer, wo sie ihre Tasche mit sämtlichen Medikamenten vollstopfte, die sie finden konnte. Dann winkte sie ihm, ihr zu folgen.

„Mutti?", fragte er.

Seine gequälte Miene brach ihr das Herz. Vielleicht war es am besten mitzuspielen und so zu tun, als würde sie ihn zu seiner Mutter bringen. „Ja. Du und ich. Mutti. Komm."

Da sie Angst hatte, dass er davonlaufen könnte, nahm sie seine Hand und hielt sie auf dem Weg zum Ausgang fest umklammert. Draußen fröstelte sie in der bitteren Kälte. Obwohl sie wusste, dass er sie nicht verstand, sagte sie: „Hab keine Angst. Wir können nicht hierbleiben, denn das Hospital ist evakuiert worden, aber ich nehme dich mit zu mir nach Hause, wo du in Sicherheit bist."

Währenddessen hielt sie auf dem Vorplatz des Krankenhauses nach einer Frau oder irgendjemandem Ausschau, der sich auf das Eingangsportal zubewegte. Leider waren die einzigen Menschen dort Krankenschwestern und Ärzte, die das Hospital verließen. Manche von ihnen halfen Kranken dabei, dasselbe zu tun. Kurz fragte Irena sich, wohin diese Patienten gebracht wurden. Sie hatte entsetzliche Dinge über die Russen gehört, die in Krankenhäuser eindrangen und alle Patienten töteten, die sie noch dort vorfanden. Allerdings konnte sie sich nicht vorstellen, dass jemand sich selbst in Gefahr bringen wollte, indem er einen kranken Deutschen versteckte. Wenigstens stellte Jakob keine Gefahr dar, denn kein Soldat der Roten Armee würde einen Vierjährigen verdächtigen, ein feindlicher Spion zu sein.

Dunkelheit senkte sich über die Stadt, während sie weitereilte, um vor der Ausgangssperre daheim zu sein, obwohl es auf den Straßen keine deutschen Soldaten mehr gab, die diese hätten durchsetzen können. Genau genommen waren die Straßen auf unheimliche Weise menschenleer. Die meisten Deutschen waren vermutlich auf dem Weg zum Bahnhof, um evakuiert zu werden, wohingegen die Polen in ihren Häusern Schutz suchten und darauf warteten, dass die Rote Armee sie befreite. Luka war bestimmt krank vor Sorge um sie.

Schüsse ertönten vor ihr, und mehrere Panzer fuhren die Straße herunter, die sie überqueren musste, um in ihr Viertel zu gelangen. Sie konnte entweder schnell hinüberlaufen oder warten, bis die Panzer vorbei waren. Innerhalb des Bruchteils einer Sekunde entschied sie, ihr Glück zu versuchen. Sie hob Jakob hoch und rannte über die Straße, so schnell ihre Füße sie trugen.

Das Herz trommelte ihr gegen die Rippen. Sie sprang über den Straßengraben und verschwand in einem engen Fußweg zwischen zwei Häuserzeilen. Schwer atmend setzte sie Jakob ab, der sofort anfing zu schreien.

Aus Angst, dass er die Soldaten alarmieren könnte, legte sie ihm die Hand auf den Mund. „Pst. Du musst leise sein." Sie hob den Zeigefinger der anderen Hand an die Lippen. „Bitte", versuchte sie es auf Deutsch. „Leise."

Er schien zu verstehen, denn sie spürte, wie sich sein Mund unter ihrer Hand schloss. Langsam ließ sie ihn los, bereit, seine Schreie wenn nötig sofort wieder zu ersticken. Zum Glück war dies nicht erforderlich. „Soldaten kommen. Russen. Leise sein." Es war frustrierend, mit jemandem zu kommunizieren, der ihre Sprache nicht verstand, aber wenigstens schien er zu begreifen, was sie versuchte zu erklären, denn er nickte. „Ich schreie nicht mehr", flüsterte er.

Obwohl sie seine Worte nicht verstand, nahm sie an, dass er einverstanden war. Sie lächelte und lobte: „Braver Junge. Dann lass uns gehen."

Sie zog kurz an seiner Hand, um ihren Worten Nachdruck zu verleihen, und ließ seine Fingerchen nicht mehr los, bis sie ihr Haus erreichten. Sie schloss auf, schob Jakob hinein und legte sofort den Riegel vor.

KAPITEL 20

E mma drückte sich am Eingang des Flüchtlingslagers herum, wo unzählige Soldaten herumliefen und Leute für die Evakuierung einteilten. Sie durfte nicht riskieren, in eine dieser Gruppen gesteckt und zum Bahnhof abkommandiert zu werden.

Sie ging am Zaun entlang, bis sie ein Loch entdeckte und sich hindurchzwängte. Es dauerte eine Weile, bis sie sich orientiert hatte und die Straße fand, die zum Katholischen Krankenhaus führte.

Bald musste sie jedoch erkennen, dass es unmöglich war, zum Hospital zu gelangen. Zu viele Menschen strömten ihr entgegen, die sich drängelten, schubsten und schoben in dem Versuch, als Erste evakuiert zu werden.

Emma biss die Zähne zusammen, bis ihr klar wurde, wie sinnlos der Versuch war, gegen den Strom anzukämpfen. Dann marschierte sie zurück zu einer Abzweigung in eine kleinere Straße, von wo sie versuchte, die Massen zu umgehen. Doch es schien, als mündeten sämtliche Straßen dieser verdammten Stadt auf der Hauptstraße.

Schließlich wandte sie sich an einen der Soldaten, die den Exodus organisierten: „Entschuldigen Sie bitte."

„Bitte bleiben Sie auf der Hauptstraße."

„Ich muss zum Katholischen Krankenhaus."

Er sah sie verblüfft an. „Das geht nicht. Sehen Sie nicht, dass alle in die entgegengesetzte Richtung laufen?"

„Ja, das sehe ich, aber Sie müssen verstehen. Mein Sohn liegt im Krankenhaus."

Er schüttelte den Kopf. „Sie müssen sich irren. Wir haben es vor einer Stunde evakuiert. Es ist niemand mehr dort."

„Aber mein Sohn ..."

„Ich bin mir sicher, dass sich jemand um ihn gekümmert hat."

„Aber er ist erst –"

„Bitte gehen Sie weiter. Ich habe meine Befehle."

Emma seufzte verzweifelt, denn der Soldat würde ihr offensichtlich nicht helfen. Sie nickte und schloss sich dem Strom der Evakuierten an, der sich vom Stadtzentrum, in dem sich Jakob und das Hospital befanden, fortwälzte. Vorsichtig bahnte sie sich einen Weg durch die Menge, bis sie die andere Straßenseite erreichte, wo sie in den Straßengraben sprang.

Ohne Ortskenntnisse war es nahezu unmöglich, eine andere Route zum Krankenhaus zu finden. Doch sie war noch nicht bereit aufzugeben und blickte sich zur Orientierung nach dem Kirchturm des neben dem Krankenhaus befindlichen Doms um.

Was sie vorhatte, war höchst gefährlich, nicht nur wegen der anmarschierenden Roten Armee, sondern auch wegen der Flüchtlingsmassen, aber nichts konnte sie davon abbringen, ihren Jakob zu suchen. Keine Mutter, die etwas auf sich hielt, würde ihr Kind in einer so kritischen Situation wie dieser Fremden überlassen. Und schon gar nicht Emma! Sie war noch immer wütend auf Agatha, dass sie etwas so Skandalöses vorgeschlagen hatte.

Emma hielt sich im Schutz der Häuser, beschrieb einen weiten Bogen um die Hauptstraße, sodass sie sich noch weiter von ihrem Ziel entfernte, bevor sie endlich wieder in Richtung Krankenhaus abbiegen konnte.

Sie brauchte mehrere Stunden, während derer sie ständig Kampflärm hörte, und es war lange nach Einbruch der

MARION KUMMEROW

Dunkelheit, als sie das Hospital erreichte. Eine unheimliche Stille hing innerhalb der Mauern, die das alte Gebäude mit seinen weitläufigen Gärten umschlossen. Sie stellte sich vor, wie schön es hier im Sommer sein musste, so ganz anders als jetzt, wenn die Pflanzen unter dem zertrampelten Schnee verborgen waren. Sogar im schwachen Mondschein sah es aus, als wäre eine Rinderherde in Panik durch den Park gestürmt und hätte schmutzige Spuren im Schnee hinterlassen.

Schwarzer Rauch stieg an mehreren Stellen des Gebäudes auf und keine Menschenseele war zu sehen. Ihr Herz setzte einen Moment aus, als sie das Krächzen einer Krähe hörte. Diese Vögel waren die echten Kriegsgewinner, denn es gab keinen Mangel an Aas.

Sie raffte ihre Röcke zusammen und beschleunigte ihre Schritte, bis sie die Eingangstür erreichte. Anders als am Vortag war diese nun unbewacht. Mit wild klopfendem Herzen drückte sie die Klinke herunter und die Tür sprang auf.

Als sie hineinlugte, schlug ihr Leere entgegen. Nichts und niemand bewegte sich im Foyer, das vor noch nicht allzu langer Zeit aus allen Nähten geplatzt war. Ein unheimliches Kribbeln schoss durch ihre Glieder, als sie vorsichtig einen Fuß ins Gebäude setzte, halb in der Erwartung, dass jemand aus der Dunkelheit hervorspringen und sie für ihr unerlaubtes Eindringen tadeln würde.

Doch nichts geschah.

Innen war es genauso gespenstisch leer wie draußen. Sie kämpfte gegen den Drang an, davonzulaufen und sich zu verstecken, während sie sich weiter hineintastete und jede Türe des langen Ganges öffnete, um zu sehen, was sich dahinter verbarg. Alles, was wie fand, war noch mehr Leere. Umgestürzte Stühle, zerbrochenes Geschirr: Szenen einer überstürzten Flucht. Das Krankenhaus schien in großer Eile evakuiert worden zu sein.

Sie ging nach oben. Auf der ersten Station, die sie betrat, fand sie belegte Betten, aber kein Geräusch drang an ihr Ohr. Verwundert schlich sie näher an den ersten Patienten heran – und

126

japste entsetzt auf, als sie das große rote Loch in seiner Brust entdeckte.

Gegen das Bedürfnis ankämpfend, sich zu übergeben, durchquerte sie die gesamte Station. In jedem Bett erwartete sie dieselbe grausige Szene. Sie biss sich auf die Lippe, um nicht laut zu kreischen, als ihr langsam klar wurde, was die Rote Armee nach der Eroberung des Krankenhauses getan hatte.

Obwohl ihr Herz wild pochte, zwang sie sich weiterzugehen in der Hoffnung, dass Jakob das Massaker auf wundersame Weise überlebt hatte. Sogar wenn dies nicht der Fall sein sollte, wollte sie ihn doch ein letztes Mal in den Armen halten. Kurz darauf betrat sie die Kinderstation, wo sie leere Kinderbetten, schmutzige Windeln und ein einsames Hemd auf der Wäscheleine vorfand, die quer durch den Saal gespannt war.

„Jakob", schrie sie. „Jakob! Jakob, wo bist du? Bist du hier irgendwo?"

Keine Antwort.

Erst als ihre Stimme heiser wurde, stellte sie das Rufen ein. Sie konnte die Wahrheit nicht akzeptieren, dass ihr geliebtes Söhnchen nicht hier war. Sie war zu spät gekommen.

Tränen rannen über ihre Wangen. Das leere Bett, in dem er gelegen hatte, rief nach ihr, lockte sie, sich hinzulegen und liegen zu bleiben, sich nie wieder zu rühren, nie ein Leben ohne ihn führen zu müssen.

Doch gerade, als die Verzweiflung sie zu übermannen drohte, erschien Sophies liebliches Gesicht vor ihrem inneren Auge und zwang sie, sich zusammenzureißen. So sehr sie sich auch nach Jakob verzehrte, sie hatte noch ein zweites Kind, das sie brauchte. Jetzt mehr denn je.

Emma wischte sich die Tränen aus dem Gesicht und nahm sich vor, zum Flüchtlingslager zurückzukehren, fest entschlossen, nicht zwei Kinder an einem Tag zu verlieren. Sie klammerte sich an die Hoffnung, dass Jakob mit den Krankenhausangestellten evakuiert worden war und dass sie ihn irgendwie irgendwo wiederfinden würde.

Der Rückweg war schnell und mühelos, denn sie brauchte sich nur mit dem Strom treibenzulassen, bis sie die Nebenstraße erreichte, die zu dem Loch im Zaun führte.

„Mutti!" Sophie warf sich in ihre Arme, kaum dass sie das Zelt betrat, wo Agatha mit einem Soldaten stritt.

Emma spürte die Wärme, die von ihrer Tochter ausging, und die unermessliche Liebe für ihre Kinder schnürte ihr die Kehle zu. Wenigstens war sie rechtzeitig zurückgekehrt, um Sophie noch anzutreffen.

„Mein süßer Liebling!" Emma vergrub ihr Gesicht in Sophies Haaren, glücklich und traurig zugleich.

„Sie müssen sofort aufbrechen. Wir können nicht länger warten", sagte der Soldat, gerade als sich Agatha, von Sophies Schrei aufgeschreckt, umdrehte.

„Herr Offizier, sie ist soeben eingetroffen. Wir sind bereit, evakuiert zu werden. Ich danke Ihnen für Ihre Geduld." Agatha hob ihr Bündel auf und sagte mit einer Stimme, die keinen Widerspruch duldete: „Luise, Sophie, Hans, auf gehts. Nehmt eure Sachen, wir gehen." Zu Emma gewandt fügte sie hinzu: „Es war höchste Zeit. Beinahe hätten wir ohne dich aufbrechen müssen. Der Soldat hatte uns schon mit Waffengewalt gedroht."

Emma fiel unwillkürlich mit ihr und Luise in Gleichschritt, brachte aber kein Wort heraus.

Als sie das Zelt verließen, sah Agatha sie wieder an: „Wo ist Jakob?"

Emma brauchte ihre ganze Kraft, um die überwältigenden Gefühle unter Kontrolle zu halten. Ihre Stimme war nur ein heiseres Flüstern, als sie antwortete: „Ich weiß es nicht. Als ich angekommen bin, war das Krankenhaus verlassen."

„Dann ist er sicherlich mit allen anderen evakuiert worden. Sie hätten ein Kleinkind nicht einfach zurückgelassen", meinte Agatha.

„Du hast wahrscheinlich recht." Emma hatte sich an genau diesen Gedanken geklammert, seit sie das gespenstische Krankenhaus verlassen hatte. Doch wie sollte sie Jakob jemals wiederfinden? Er war erst vier und trug keine Papiere bei sich im Gegensatz zu Sophie, die ihre bei Tag und bei Nacht in einem Beutel um den Hals hängen hatte.

Luise ergriff ihre Hand. „Du darfst den Glauben nicht aufgeben."

„Den Glauben woran?"

„Dass Jakob noch am Leben ist."

Mitgefühl für ihre Freundin durchströmte Emma. Luise war gerade gezwungen gewesen, ihr Neugeborenes zu beerdigen, wohingegen Emma guten Grund hatte, davon auszugehen, dass Jakob lebte. „Es tut mir so leid um dein Baby. Ich kann mir gar nicht vorstellen –"

„Nicht", unterbrach Luise sie. „Es ist wahr, meine Seele schmerzt. Aber ich sage mir, dass ich immer noch Hans habe, der mich braucht. Ihn zu sehen, hält mich davon ab zusammenzubrechen. Ohne ihn wäre ich vermutlich im Zelt geblieben, weil es mir egal gewesen wäre, was mit mir geschieht. Ich hätte mich sogar darauf gefreut, mit meinem kleinen Töchterlein bald wieder vereint zu sein."

Emma spürte einen Kloß im Hals. Es gab nichts Tröstliches, Weises oder sonst wie Hilfreiches, was sie hätte sagen können.

„Genauso musst du dich jetzt auf Sophie konzentrieren und dafür sorgen, dass sie diese Reise ohne größeren Schaden übersteht. Sobald wir in Sicherheit sind, kannst du deine Kraft darauf verwenden, Jakob wiederzufinden."

Emma nickte langsam, als sie antwortete: „Du hast recht. Ich muss mich jetzt um das Kind kümmern, das bei mir ist, und Gott darum bitten, dass sich jemand anderes Jakobs angenommen hat."

KAPITEL 21

I rena zog Jakob die Schuhe und den Mantel aus, bevor sie ihm ein Zeichen gab, sich auf die geflieste Bank am Kachelofen zu setzen. Der arme Junge war todmüde und konnte kaum die Augen offen halten. Sie holte die Medizin aus ihrer Tasche sowie einen Löffel und ein Glas Wasser aus der Küche. Als sie in die Stube zurückkehrte, schlief er bereits tief und fest an die Kacheln gelehnt.

Sein Anblick erwärmte ihr Herz und zauberte ihr ein Lächeln ins Gesicht. Sie hatte das Richtige getan. Nicht auszudenken, was die Rote Armee ihm womöglich angetan hätte. Selbst wenn sie ihm nichts getan hätte, so hätte er die Nacht im verlassenen ungeheizten Hospital vermutlich nicht überlebt.

Sie weckte ihn gerade lange genug, damit er die Medizin schlucken konnte. Dann nahm sie ihn auf den Arm und trug ihn nach oben ins Schlafzimmer.

Die Nachttischlampe brannte noch, denn Luka war im Bett lesend eingeschlafen, das Buch lag auf seinem Gesicht. So leise wie möglich legte Irena Jakob ins leere Kinderbettchen und deckte ihn zu. Sie strich ihm das feuchte Haar aus dem Gesicht und beugte sich hinab, um seine Stirn zu küssen. „Schlaf jetzt, kleiner Jakob. Morgen überlegen wir, wie es weitergeht."

Noch während sie so dastand und sein niedliches Gesichtchen betrachtete, hörte sie Lukas Stimme: „Was machst du denn da?"

Wie sollte sie es ihm erklären? Sie war einem Impuls gefolgt, ohne ihre Handlungen wirklich zu durchdenken. Irena hob eine Hand an die Lippen und flüsterte: „Komm mit nach unten, dann erzähle ich dir alles."

Gemeinsam verließen sie das Schlafzimmer, wobei Irena die Tür einen Spaltbreit offen ließ, damit sie Jakob hören konnte, sollte er anfangen zu weinen. Als sie neben dem Kachelofen saßen, der die ganze Nacht über Wärme abgeben würde, nahm Luka ihre Hand und fragte: „Irena, was hast du getan?"

Sie sah den Mann an, den sie aus ganzem Herzen liebte, und flehte ihn mit ihren Augen an, sich nicht aufzuregen. Dann erklärte sie: „Das gesamte Hospital ist evakuiert worden. Die Kinder sind alle von ihren Familien abgeholt worden, aber niemand ist gekommen, um den kleinen Jakob zu holen. Mir wurde gesagt, dass ich ihn bei den Patienten zurücklassen soll, die transportunfähig sind, aber das habe ich nicht übers Herz gebracht."

„Ist Jakub ein Pole?", fragte Luka mit hochgezogener Augenbraue. Den Namen sprach er auf die polnische Art aus.

„Nein, er ist Deutscher." Sie zuckte hilflos mit den Schultern.

„Du hättest ihn im Krankenhaus lassen sollen. Die deutschen Ärzte hätten ihn sicher mitgenommen."

Sie schüttelte den Kopf. „Nein, Luka. Ich war die Letzte, die das Gebäude verlassen hat. Die Deutschen waren alle schon davongerannt."

„Was, wenn seine Mutter nach ihm sucht?"

„Das kann ich mir nicht vorstellen. Wahrscheinlich ist sie tot oder in Richtung Sonnenuntergang geflohen." Irena runzelte die Stirn. „Es war schon Stunden her, seit die deutsche Bevölkerung alarmiert worden war, um ihre Angehörigen abzuholen."

Luka blickte sie streng an. „Und was, wenn die Mutter einer der Flüchtlinge aus dem Lager ist? Du weißt, es liegt so abgelegen, dass man die Lautsprecheransagen auf der Straße dort nicht hören kann."

Jetzt, da er dies sagte, erinnerte sie sich vage an eine junge Frau, die verzweifelt darum gebettelt hatte, dass man ihren Sohn im Krankenhaus aufnahm. Aufgrund der immensen Anzahl an Menschen, denen sie täglich begegnete, konnte Irena nicht mit Sicherheit sagen, dass diese Person Jakobs Mutter war. Doch wenn es nur die geringste Chance gab, sie ausfindig zu machen, dann musste sie diese ergreifen. „Soll ich zum Flüchtlingslager gehen?"

„Nicht jetzt. Die Ausgangssperre beginnt in wenigen Minuten und es wimmelt überall nur so von Russen. Sie würden dich vermutlich auf dem Weg dorthin erschießen."

Mit einem Mal wurde ihr die Tragweite ihres Handelns bewusst. Sie ließ die Schultern hängen und murmelte: „Was sollen wir nur tun?" Als Luka keine Antwort gab, fügte sie hinzu: „Ich konnte ihn nicht dort zurücklassen. Er ist schwer krank und hätte die Nacht nicht überlebt. Kannst du dir vorstellen, wie viel Angst er gehabt haben muss? Besonders, als alle weg waren und sich niemand um ihn gekümmert hat. Was, denkst du, hätten die russischen Soldaten mit ihm angestellt? Mit einem Kind des Feindes. Ich wollte dieses Risiko nicht eingehen. Wärst du es eingegangen?"

Luka rückte näher und legte seine Arme um Irena. „Du weißt, das hätte ich nicht getan. Aber was sollen wir mit dem Kind machen? Er muss Eltern haben oder andere Verwandte, die nach ihm suchen, selbst wenn die Mutter tot ist. Wir können ihn ihnen nicht einfach wegnehmen."

„Ich habe ihn niemandem weggenommen, ich habe ihn vor dem sicheren Tod bewahrt."

„Auf jeden Fall musst du ihn morgen zum Hospital zurückbringen oder zumindest die Behörden über seine Existenz informieren."

„Du hast recht. In der Früh gehe ich als Erstes zum Krankenhaus und zum Flüchtlingslager, um nach seiner Mutter zu suchen."

Luka zog sie auf seinen Schoß. Als sie die Wärme aufsog, die von ihm ausging, spürte sie, wie die Anspannung von ihr abfiel. Mit ihm an ihrer Seite konnte sie alles ertragen, was das Schicksal für sie in petto hatte. Nach einigen Minuten gewann der Arzt in ihm die Oberhand und er ließ sie los. „Woran genau leidet der Kleine?"

„Er hat eine schwere Bronchitis. Außerdem ist er stark unterernährt und dehydriert. Das Fieber ist inzwischen zurückgegangen."

„Na, wenigstens ist das heilbar. Ich wünschte nur, wir hätten die richtigen Medikamente dafür", seufzte Luka.

Irena lehnte sich zurück, um ihn anzugrinsen: „Die haben wir. Ich habe alles, was ich im Schwesternzimmer finden konnte, eingepackt und mitgenommen."

„Du hast Medikamente aus dem Krankenhaus gestohlen?"

„Aus dem evakuierten Krankenhaus. Wie viel, denkst du, wird die Rote Armee in einem Stück lassen? Dann ist es doch besser, die Sachen für ein krankes Kind mitzunehmen, als zuzulassen, dass sie die kostbare Medizin vernichten."

Er schüttelte den Kopf, aber sie konnte sehen, dass er nur so tat, als sei er verärgert. „Ich schätze, in diesem speziellen Fall könntest du recht haben. Lass mal sehen, was du Schönes eingepackt hast." Damit schenkte er ihr ein warmherziges Lächeln, begleitet von einem kleinen Stups, und sie ging in die Küche, um die Tasche zu holen.

„Hier", sagte sie und reichte sie ihm.

Seine Kinnlade klappte herunter, als er hineinsah. „Du hast ganz schön Beute gemacht. Das kann ich hervorragend für meine Hausbesuche gebrauchen."

„Zu deinem und deiner Patienten Glück habe ich alles mitgenommen, was in meine Tasche gepasst hat."

„Nun ja, unter den gegebenen Umständen war es vermutlich das Beste, was du tun konntest, obwohl du den Diebstahl trotzdem beichten musst."

Dies ließ sie unkommentiert. Der Priester würde bestimmt

genauso empfinden und sie mit ein paar Ave-Marias und einem Vaterunser davonkommen lassen. „Danke, dass du immer auf meiner Seite bist."

Ein wundervolles Lächeln erschien auf seinem Gesicht, wobei sich seine Augen vor Verlangen verdunkelten. „Es sieht so aus, als hätten wir beide unsere Arbeit im Hospital verloren und könnten morgen früh ausschlafen." Dann stellte er die große Tasche beiseite, zog sie wieder auf seinen Schoß und begann, ihre Bluse aufzuknöpfen. Seine Hand auf ihrer nackten Haut hinterließ ein köstliches Kribbeln.

„Was ist mit dem Jungen?", murmelte sie, als er ihren Busen aus dem Unterkleid befreite.

„Wir müssen ganz leise sein, um ihn nicht zu wecken", flüsterte er und trug sie nach oben zu ihrem Ehebett.

Sehr viel später, als Irena sich in Lukas Arm kuschelte und seinem Atem lauschte, hustete Jakob plötzlich in seinem Bettchen. Sorge überkam sie und sie wollte aufspringen, aber Luka hielt sie zurück. „Es geht ihm gut."

„Ich wollte nur kurz nach ihm sehen."

„Als Krankenschwester solltest du doch wissen, dass man nicht jedes Mal nachsehen muss, wenn jemand kurz hustet."

Sie lächelte im Dunkeln. Luka hatte recht, aber Jakob war nicht irgendein Patient. Es fühlte sich an, als wäre er so viel mehr, und deshalb machte sie sich unnötige Sorgen um ihn. „Ich habe seinen Nachnamen nicht herausgefunden."

„Wie das?" Seine Stimme klang ein wenig beunruhigt.

„Im Trubel der Evakuierung muss er von der Tafel gewischt worden sein. Ich bin extra zur Rezeption gegangen, um im Patientenbuch nachzusehen, aber es war nicht mehr da. Sogar in den Schubladen habe ich nachgeschaut."

Wenn Luka empört darüber war, dass sie in einem fremden Schreibtisch gewühlt hatte, so ließ er es sich nicht anmerken. Stattdessen drückte er sie fest an sich.

„Was, wenn wir seine Mutter nicht finden?"

„Lass uns darüber nachdenken, wenn es so weit ist. Morgen

kannst du ihn erst einmal zum Krankenhaus zurückbringen. Wenn seine Mutter noch lebt, dann wird sie dort nach ihm suchen."

Irena nickte gähnend. „Das werde ich tun. Morgen gehe ich mit ihm zum Krankenhaus und suche seine Angehörigen."

KAPITEL 22

Jakob fuhr aus dem Schlaf. Instinktiv tastete er nach Affi und umklammerte ihn fest. Ein Hustenanfall schüttelte seinen Körper, aber es fühlte sich anders an als die Tage zuvor, weniger schmerzhaft, und endete auch nicht mit einem Brennen im Hals, das sich in seinem ganzen Inneren ausbreitete.

Und noch etwas war anders: Er steckte in einem übergroßen Flanellhemd unter einer flauschigen Daunendecke, die der von zu Hause sehr ähnelte. Noch bevor er die Augen aufschlug, erinnerte er sich daran, dass die Krankenschwester ihn zu dem Haus mitgenommen hatte, in dem sie vermutlich wohnte.

Ein beängstigender Gedanke kroch sein Rückgrat hinauf und er drückte die Augen fest zu in der Hoffnung, seine Mutter würde ihm gleich sagen, dass die ganze furchtbare Reise nur ein böser Traum war. Schritte näherten sich seinem Bett. Noch immer wagte er nicht, die Augen zu öffnen, und wünschte sich mehr als alles auf der Welt, dass seine Mutti gleich seinen Kopf streicheln würde, wie sie es jeden Morgen tat.

„Jakub, nic ci nie jest?"

Erschrocken riss er die Augen auf, nur um die Krankenschwester vom Vortag zu sehen. Damit zerschlug sich sein sehnlichster Wunsch, sodass er anfing zu weinen. „Mutti! Wo bist du? Mutti!"

Sie hob ihn aus dem Bett und nahm ihn in den Arm. Auch wenn sie nicht seine Mutter war, fühlte es sich doch gut an, so gehalten zu werden. Er verstand zwar kein Wort von dem, was sie sagte, dennoch klang ihre Stimme beruhigend. Nach einer Weile hörte er auf zu weinen und öffnete zögerlich die Augen, um sie sich genauer anzusehen.

Sie trug ein Nachthemd und ihre langen dunklen Haare fielen ihr fast bis zur Taille. Das ließ sie netter aussehen als im Krankenhaus, wo sie ihr Haar in Zöpfen auf dem Kopf getragen hatte mit einem weißen Hütchen obenauf. Ihre braunen Augen blickten freundlich und bekümmert, ähnlich denen seiner Mutter, wenn sie Sorgen hatte. Als er aufgehört hatte zu weinen, sprach sie wieder. Dass er nichts verstand, löste eine neue Tränenflut aus.

„Pst. Nein weinen", versuchte sie ihn zu trösten, ging mit ihm im Zimmer auf und ab und streichelte seinen Rücken, bis er sich wieder beruhigte. Er hatte entsetzliche Angst und eine Million Fragen überfielen ihn. *Wo bin ich? Und warum bin ich hier? Wo ist Mutti? Warum hat sie mich allein gelassen?*

Als er sich im Zimmer umsah, bemerkte er das Ehebett, in dem sie geschlafen haben musste, denn es war ungemacht. Sie waren allein, deshalb nahm er an, dass ihr Mann, wie sein Papa, im Krieg war.

Das Zimmer war gemütlich wie das seiner Eltern, aber in einem schlechteren Zustand. Die schäbige Tapete löste sich bereits an mehreren Stellen von der Wand. Das große Bett hatte Nachtschränkchen zu beiden Seiten, darüber ein hölzernes Kreuz. Gegenüber stand ein Kinderbett, wo er geschlafen haben musste. Redliche Empörung erfüllte ihn, denn er war schon viel zu groß, um noch in einem Gitterbett zu schlafen. Er würde ihr sagen müssen, dass er keinesfalls eine weitere Nacht wie ein Baby behandelt werden wollte.

Der beunruhigende Gedanke, eine zweite Nacht in diesem Haus

zu verbringen, brachte frische Tränen, doch tapfer schluckte er sie hinunter. Die Krankenschwester ging zum Ehebett, setzte ihn darauf ab und sich selbst neben ihn. Sie zeigte auf ihn und fragte: „Jakub?"

Er runzelte die Stirn bei der komischen Aussprache seines Namens, nickte jedoch. „Jakob. Ich heiße Jakob."

„*Tak*. Jakub", sagte sie mit einem Lächeln.

„Nein", versuchte er, sie zu verbessern, „Jakob."

Sie blickte verwirrt. „Jakub."

Aus irgendeinem Grund schien sie nicht zu merken, dass Jakob und Jakub zwei völlig unterschiedliche Namen waren: Der eine war sein Name und der andere irgendein polnischer Name ... Ein Schauer lief ihm über den Rücken. Sie glaubte doch wohl hoffentlich nicht, dass er Pole war. Weigerte sie sich deshalb, mit ihm Deutsch zu sprechen?

Alle hatten ihn gewarnt, dass die Polen boshafte Menschen waren, denen man nicht trauen konnte. Sie waren nicht so intelligent wie die Deutschen, weshalb sie nur die niedrigsten Arbeiten verrichten durften.

Es war ihm verboten worden, mit polnischen Kindern zu spielen. Als guter deutscher Knabe tat man so etwas nicht. Dennoch hatten sie eine Zeit lang ein polnisches Dienstmädchen und ein polnisches Kindermädchen. Soweit Jakob sich erinnerte, waren die beiden immer lieb zu ihm und Sophie gewesen. Aber dann hatte sein Vater eines Tages gesagt, dass es nicht gut wäre, wenn Jakob die Sprache und das Benehmen einer Frau aufschnappte, die einer minderwertigen Rasse angehörte. Am nächsten Tag war das Kindermädchen verschwunden und das Dienstmädchen hatte strikte Anweisungen, nicht mit den Kindern zu reden und sie als „Fräulein Sophie" sowie „Herr Jakob" anzusprechen, wenn sie sich nach ihren Frühstückswünschen erkundigte.

Die Krankenschwester deutete auf sich selbst und sagte: „Irena."

Jakob wiederholte das Wort und zeigte seinerseits auf sie. „Irena?"

Sie strahlte ihn nickend an. „*Tak.*"

Das war einfach, denn er wusste, dass *tak* ja bedeutete. Also lächelte er zurück. Im nächsten Moment knurrte sein Magen, und verlegen wandte er den Blick ab.

Irena schien es nicht zu stören. Sie hielt ihm die Hand hin und sagte: „*Chodź.*"

Jakob war sich nicht sicher, was sie meinte. Also nahm er ihre Hand und ließ sich aus dem Zimmer die Treppe hinunter in eine gemütliche Stube führen. Wieder sammelten sich Tränen in seinen Augen, weil er sich an zu Hause erinnert fühlte. Irenas Haus war kleiner und abgewohnter, aber es strahlte dieselbe heimelige Atmosphäre aus. Instinktiv erkannte er, dass ihm bei ihr keine Gefahr drohte.

Sie gab ihm ein Zeichen, sich an den Tisch zu setzen, und ging nach nebenan, wo Jakob die Küche vermutete. Kurze Zeit später kam sie mit einer Schüssel Haferbrei und einem Glas Wasser zurück.

„*Jedz!*", sagte sie, als sie das Essen vor ihm auf den Tisch stellte. Dieses Mal bestand kein Zweifel daran, was sie meinte, und gierig schaufelte er sich Brei in den Mund. Sie lächelte, bevor sie wieder verschwand, um mit einem braunen Fläschchen in der Hand zurückzukommen, das er als die grauenhaft schmeckende Medizin erkannte.

Er wollte schon einen Trotzanfall bekommen, doch ein Blick in ihr Gesicht mit der strengen Miene sagte ihm, dass er keine andere Wahl hatte, als das eklige Zeug zu schlucken. Mit all der Verachtung, die er aufbringen konnte, öffnete er den Mund für den Löffel voll Medizin. Beim Geschmack der bitteren, schleimigen Flüssigkeit verkrampften sich nicht nur seine Zunge und sein Gaumen, sondern sein ganzes Gesicht. Er rümpfte die Nase und schüttelte sich, bevor er hektisch das Glas ergriff und es in einem Zug leer trank.

Trotzdem blieb das ekelhafte säuerliche und zugleich fusselige Gefühl in seinem Mund zurück, bis er einen weiteren Löffel Haferbrei aß. Sorgfältig quetschte er den Brei in beide

Backen, um jeden Rest des widerlichen Geschmacks loszuwerden.

Warum musste Medizin immer so scheußlich schmecken? *Es wirkt nur, wenn es schlecht schmeckt.* Das hatte seine Mutter immer gesagt. An sie zu denken, machte ihn unglaublich traurig. Er sah auf zu Irena und fragte: „Wo ist meine Mutti?"

Sie seufzte und sagte etwas, das er nicht verstand. Als er den traurigen Blick ihrer Augen betrachtete, hatte er das Gefühl, dass sie die Antwort entweder nicht kannte oder etwas vor ihm verheimlichte. Diese Erkenntnis war mehr als beunruhigend. Dennoch entschied er, tapfer zu sein und sich ganz auf das Essen des Breis zu konzentrieren. Als er fertig war, brachte Irena seine leere Schüssel in die Küche und kam mit zwei Schüsseln zurück: einer kleineren zweiten Portion für Jakob und einer etwa gleich großen für sich selbst.

Jakob hatte das Gefühl, als wäre er den ganzen Vormittag auf gewesen. Nun war er erschöpft und gähnte ausgiebig.

„Śpij!", sagte sie.

Er warf ihr einen fragenden Blick zu und hoffte auf einen Hinweis, was von ihm erwartet wurde.

Sie legte ihren Kopf seitlich auf die gefalteten Hände und schloss die Augen.

Er nickte. Normalerweise hätte er sich dagegen gewehrt, einen Mittagsschlaf zu machen, aber in diesem Moment war er so müde, dass er dankbar dafür war, ins Bett gehen zu dürfen. Brav folgte er ihr nach oben und ließ es zu, dass sie ihm ins Kinderbettchen half, wo sie ihn gut zudeckte. Sofort schlossen sich seine Augen und er war eingeschlafen, noch bevor er ein weiteres Mal nach seiner Mutter fragen konnte.

Im Traum sah er ihr liebes Gesicht und hörte seine Mutti flüstern: „Ich hab dich lieb, mein Jakob, ich hab dich so lieb."

KAPITEL 23

E mma blutete das Herz, als sie auf dem Weg zum Bahnhof einen Fuß vor den anderen setzte.

„Möchtest du noch einmal zurück zum Krankenhaus?", fragte Luise, während sie das Flüchtlingslager verließen.

„Es gibt nichts, was ich lieber täte", murmelte Emma und blickte zu Sophie, die auf ihrer anderen Seite ging. Emma wusste, sie konnte nicht in Posen bleiben und riskieren, dass ihre Tochter den Russen in die Hände fiel. So sehr sie sich auch nach Jakob sehnte, sie musste an Sophie denken und sich für das entscheiden, was für alle das Beste war.

Auch wenn sie es gerne getan hätte, zum verlassenen Krankenhaus zurückzukehren war unmöglich, denn die SS-Soldaten trieben die Flüchtlinge erbarmungslos vorwärts. Diejenigen, die nicht mithalten konnten, wurden angewiesen, auf den „Lumpensammler" zu warten, den Laster, der hinterherfuhr und alle aufsammelte, die zurückfielen.

In ihrer üblichen peniblen Art sorgten die Nazis, die es der Zivilbevölkerung so lange verboten hatten zu fliehen, nun dafür, dass niemand zurückblieb. Überraschenderweise zog Emma einen gewissen Trost aus diesem Wissen, denn Jakob war bestimmt auf einer der Listen registriert und in einen der Züge gesetzt worden.

Am Ziel, wo auch immer das sein mochte, wäre es nur eine Frage der Zeit und Geduld, bis sie ihren kleinen Liebling wiederfand. Sie hoffte nur, dass er nicht zu große Angst hatte und dass eine freundliche Seele sich in der Zwischenzeit seiner annahm.

Sophies Hand stahl sich in Emmas. „Glaubst du, Jakob geht es gut?"

„Bestimmt. Das gesamte Krankenhaus wurde evakuiert, also mach dir keine Sorgen."

Sophie schien nicht überzeugt zu sein, aber das schnelle Tempo der Menge ließ sie nicht ausreichend zu Atem kommen, um sich auf eine Diskussion einzulassen, worüber Emma froh war. Sie machte sich auch so genug Sorgen, ohne erklären zu müssen, wie sie Jakob aufspüren sollten.

Luise, die Hans an der Hand hielt, sagte: „Wir werden ihn finden."

„Danke." Emma wusste die moralische Unterstützung ihrer Freundin, die vor Trauer um ihr Neugeborenes außer sich sein musste, aufrichtig zu schätzen.

Als sie eine kleine Erhöhung kurz vor dem Bahnhof erreichten, blickte Emma ein letztes Mal zurück. Das rötlich-orange Glühen der brennenden Gebäude stieg in den Himmel und vermischte sich mit schwarzem Rauch. Es fühlte sich an, als würde ihr Herz herausgerissen, auf den Boden geschleudert und zertrampelt werden. Könnte sie jemals wieder glücklich sein, wenn sie Jakob nicht wiederfand?

Der Kirchturm neben dem Katholischen Krankenhaus ragte in die Höhe und rief nach ihr, lockte sie, machte ihr Versprechungen und beschämte sie. Sie hätte darauf bestehen sollen, bei ihrem Sohn zu bleiben, hätte im Krankenhaushof übernachten sollen, hätte ...

„Ich lasse Jakob nicht zurück!", schrie sie und machte auf dem Absatz kehrt, mit einem Mal entschlossen, alles zu tun, um ihn wiederzufinden.

Doch nach wenigen Schritten stellte sich ihr ein Soldat in den Weg. „Was zum Teufel machen Sie da?"

„Ich muss meinen Sohn finden."

„Das geht nicht. Niemand kann in die Stadt zurück, ohne von den Russen getötet zu werden."

„Ich bin lieber tot, als mein Kind im Stich zu lassen", wimmerte sie.

„Ich bitte Sie. Ich habe Befehl, alle zu evakuieren, notfalls mit Waffengewalt", flehte er sie an.

Eine Hand legte sich auf ihre Schulter, und als sie sich umdrehte, blickte sie in Agathas strenge Augen.

„Keine Sorge, Herr Offizier. Ich kümmere mich darum, dass sie nichts Dummes tut."

Er nickte, offensichtlich erleichtert, dass jemand ihm die verzweifelte Frau abnahm.

Emma musste der Menge wohl oder übel folgen. Sie blickte über die Schulter und betete: *Lieber Gott, bitte lass meinen Jungen in Sicherheit sein. Und lass mich ihn wiederfinden. Ich bitte dich!* Jedes Mal, wenn sie einer Frau mit einem kleinen Kind begegnete, sah sie in das Gesichtchen und hoffte wider alle Vernunft, dass es Jakob wäre. Doch er war es nie.

Am Bahnhof wurden sie auf die Waggons verteilt. Wieder übernahm Agatha das Kommando und hielt die kleine Gruppe beisammen. Sie trieb alle in ein Abteil, wo den Frauen drei der sechs Sitzplätze zugewiesen wurden. Die Kinder sollten sie auf den Schoß nehmen.

Als der Zug anfuhr, blickte Emma aus dem Fenster in die grauen Gesichter derjenigen, die auf den nächsten Zug warteten, während jede Zelle ihres Körpers sich danach sehnte, nach Posen zurückzukehren, um nach Jakob zu suchen.

Mit jedem Meter, den die Lokomotive zwischen sie und den Ort brachte, an dem sie ihren Sohn zum letzten Mal gesehen hatte, brach ihr Herz ein klein wenig mehr, bis es sich anfühlte, als wäre ihr gesamtes Wesen – Körper, Seele und Herz – entzweigerissen.

Wie sollte sie dies überstehen? Wie sollte sie je in dem Wissen leben können, dass sie nicht genug um Jakob gekämpft hatte? Dass sie im Stich gelassen hatte, was sie am meisten auf der Welt liebte?

Als die Silhouette der Stadt mit dem bewölkten Himmel verschmolz, vergrub sie ihr Gesicht in Sophies Haaren in dem Versuch, ihre Tränen vor den anderen zu verbergen.

„Mutti, bitte weine nicht", flüsterte Sophie und drückte ihren dünnen Körper an Emmas Brust. „Du hast gesagt, dass es Jakob gut geht."

„Ja."

„Warum bist du dann so traurig?" Sophies Stimme wurde schrill und Emma spürte, dass ihre Tochter kurz vor einem Zusammenbruch stand. Um ihretwillen musste Emma stark sein, musste so tun, als gäbe es keinen Anlass zur Beunruhigung.

„Ich war einfach noch nie von ihm getrennt." Heimlich wischte sie die Tränen weg, holte tief Luft und versuchte sich an einem zaghaften Lächeln.

Ihr Blick fiel auf Agatha, die ihr gegenübersaß. Deren versteinertes Gesicht war ein einziges Bild des Kummers und Agatha schien innerhalb der letzten Stunde um Jahrzehnte gealtert zu sein. Die Entschlossenheit, mit der sie für ihre Gruppe von Lodz bis hierher gekämpft hatte, war verschwunden. Stattdessen saß sie mit bebenden Lippen zusammengesackt in ihrem Sitz. Sogar ihr sonst so makelloser, dunkler Chignon hatte sich aufgelöst und eine verstörende Anzahl grauer Strähnen enthüllt, die vor einer Woche noch nicht da gewesen waren.

Emma beugte sich vor und berührte Agathas Hand. „Wir sind in Sicherheit. Dank dir."

„Das war mein Zuhause. Ich habe nie einen anderen Ort als Lodz gekannt." Agatha schüttelte den Kopf. „Man soll einen alten Baum wie mich nicht entwurzeln."

Luise, die Hans auf den Knien wippte, während sie still über den Verlust ihres Neugeborenen weinte, öffnete nicht einmal die Augen, als sie ihrer Schwiegermutter vorwarf: „Das Ganze war deine Idee. Du warst es, die unbedingt nach Aachen zu dieser

Cousine wollte. Wären wir geblieben, wäre mein Baby noch am Leben."

„Pst, nicht doch. Das kannst du nicht wissen", fiel Emma ein, obwohl sie ihre Freundin gut verstand. Wären sie geblieben, wäre auch Jakob noch bei ihr.

Luise setzte Hans ab, stand auf und kreischte: „Und ob ich das weiß! Ich würde jetzt in meinem warmen, kuscheligen Bett liegen und meine kleine Tochter stillen, statt halb tot in diesem verdammten Zug weiß Gott wohin zu sitzen! Und du bist an allem schuld!"

Agatha kauerte sich tiefer in ihren Sitz, sämtliche Farbe war aus ihrem Gesicht gewichen. Sie murmelte: „Ich habe getan, was das Beste war. Wir konnten nicht bleiben."

„Doch, das hätten wir gekonnt! Wer weiß denn schon, ob die Russen wirklich so schlimm sind, wie es heißt? Jahrelang hat das Propagandaministerium uns mit Lügen gefüttert. ‚Strategische Frontbegradigung' hier, ‚Verstärkung durch Umgruppierung' da. Weißt du was? Das sind alles nur Lügen! Der Krieg ist verloren und wir alle werden teuer dafür bezahlen." Sie sank zurück auf ihren Platz und ließ die anderen Passagiere sprachlos mit offenen Mündern zurück. „Ich habe schon mein Baby auf Hitlers Altar geopfert. Was will er denn noch?"

„Pst." Obwohl Emma selbst aufgewühlt war, schlang sie ihre Arme um Luise und wiegte sie wie ein kleines Kind hin und her. „Bitte verzeihen Sie meiner Freundin, sie meint es nicht so. Sie hat gerade entbunden und das Neugeborene am selben Tag verloren. Es war einfach zu viel für sie."

Die anderen Frauen im Abteil wandten den Blick ab. Jede von ihnen war schon einmal an den Punkt gelangt, an dem alles zu viel gewesen war. Jede von ihnen hatte den Verlust von Angehörigen erlitten und war willens, Luises Attacke gegen den Führer zu überhören. Sie schrieben sie dem unsäglichen Schmerz zu, den eine Mutter fühlte, wenn sie eines ihrer Kinder verlor.

„Wir werden das durchstehen", flüsterte Emma in Luises Ohr, obwohl sie nicht sicher war, ob sie selbst daran glaubte.

Es war nicht nur die Sorge um Jakob, die sie furchtbar beunruhigte, sondern ebenfalls, dass sie nicht wusste, ob Agathas Verwandte auch sie und Sophie aufnehmen würden. Was sollte sie tun, wenn sie ablehnten? Wo sollten sie leben? Und wie würde Herbert sie finden?

An ihren Mann zu denken, half nicht, ihre Sorgen zu lindern. Seit seinem letzten Brief waren Monate vergangen und sie hatte keine Ahnung, wo er war und ob er überhaupt noch lebte. Vielleicht war er zwischenzeitlich gefallen, und da den Behörden keine Nachsendeadresse bekannt war, hatte sie das gefürchtete Telegramm nie erhalten.

Neuerlicher Kummer sandte ihr heiße und kalte Schauer über den Rücken. Die Gefühle waren zu stark, um dagegen anzukämpfen, also schloss sie die Augen und biss sich auf die Lippe in dem Versuch, am letzten Rest Selbstbeherrschung festzuhalten. *Ich muss stark sein. Für Sophie. Für Luise. Für Hans. Für Agatha. Sie alle brauchen mich jetzt.*

Sie versuchte, der Situation etwas Positives abzugewinnen, dankbar zu sein, dass ihr die Tochter und die Freundin geblieben waren, aber es gelang ihr nicht, die Sorge um Jakob und Herbert zu verscheuchen. Es dauerte nicht lang, bis das monotone Rattern alle in den Schlaf gelullt hatte. Nur Emma saß hellwach da und durchlebte jeden Moment von Jakobs kurzem Leben erneut: den Tag seiner Geburt, seinen ersten Schritt, das erste Haareschneiden, sein erstes Wort, „Mutti."

Oh bitte, lieber Gott, bitte, beschütze ihn. Ich flehe dich an.

KAPITEL 24

Nachdem sie Jakob ins Bett gebracht hatte, ging Irena in die Küche, um das Frühstücksgeschirr abzuwaschen und das Mittagessen vorzubereiten. Bisher hatte sie nicht darüber nachgedacht, aber mit ihren Lebensmittelkarten einen weiteren Esser satt zu bekommen, würde nicht lange gut gehen.

Luka hatte recht: Sie musste zum Hospital zurückkehren und so bald wie möglich Jakubs Mutter finden. Sie erwog, sofort aufzubrechen, wagte es jedoch nicht, den Jungen allein im Haus zu lassen. Er würde sich zu Tode ängstigen, wenn er aufwachte und niemand war da. Am Ende würde er noch aus seinem Gitterbettchen klettern, weglaufen und noch am selben Tag erfrieren.

Seufzend räumte sie das saubere Geschirr weg. Sie musste warten, bis er wach war. Dann konnten sie gemeinsam zum Krankenhaus gehen und ihr Glück versuchen.

Erst gegen Mittag erwachte Jakub und weinte. Irena eilte nach oben, um ihn zu trösten, und ihre Seele erhellte sich bei dem strahlenden Lächeln, dass er ihr schenkte, als er seine Ärmchen nach ihr ausstreckte. Genau so hatte sie es sich vorgestellt, ein Kind zu haben. Sie hob ihn hoch und strich ihm eine feuchte Locke aus der Stirn.

„Jakub, wir ziehen dich jetzt an, denn wir gehen zum Krankenhaus, um nach deiner Mutti zu suchen", sagte sie mit fröhlicher Stimme. Wie immer verstand er nicht, obwohl sein Lächeln bei „Mutti" strahlender wurde und er eifrig nickte.

Da die Lebensmittel knapp waren, machte sie ihnen beiden eine Tasse heißen Tee. Während dieser zog, gab sie Jakob einen Löffel Hustensaft und ein Glas Wasser, um ihn herunterzuspülen. Sein angewidertes, aber tapferes Gesicht war zum Schreien.

„Braver Junge", murmelte sie und tätschelte seinen Rücken. „Wenn du weiter deine Medizin nimmst und im warmen Bettchen bleibst, wirst du im Handumdrehen wieder gesund." Die erfahrene Krankenschwester in ihr erhob warnend den Zeigefinger und mahnte „Du weißt, dass er in seinem Zustand draußen in der Kälte nichts zu suchen hat."

Aus medizinischer Sicht war ihr Vorhaben unverantwortlich, aber was blieb ihr anderes übrig, wenn sie seine Mutter ausfindig machen wollte?

Sie nahm Jakubs Schuhe vom Kachelofen und sagte: „Hier, zieh sie an."

Ihr Herz wollte vor Rührung schier bersten, als der intelligente Junge sich sofort ans Werk machte. Als sie sich bückte, um ihm die Schnürsenkel zu binden, war er schon dabei, wenn auch unbeholfen und langsam.

„Gut gemacht, Jakub. Komm, gehen wir deine Mutti suchen."

„Ja", antwortete er und sein blasses Gesichtchen leuchtete heller als die Sonne selbst.

Irena tat es fast leid, dass sie ihn seiner Mutter zurückgeben musste, denn er war ein solch entzückendes Kind. Sie zog Hut, Schal und Handschuhe an und gab ihm ein Zeichen zu warten, während sie nach oben lief, um einen von Lukas Pullovern für Jakub zu holen.

In dem übergroßen Kleidungsstück sah er drollig aus, aber zumindest würde es ihn warmhalten. Sie setzte ihm seine Mütze auf, wickelte ihm den Schal um den Hals und öffnete die Tür.

Die Kälte draußen war wie ein Schock und biss Irena in die

bloßen Wangen. Sie zupfte Jakubs und ihren eigenen Schal zurecht, sodass sie den Großteil ihrer Gesichter bedeckten und sie nur durch kleine Schlitze für die Augen etwas sehen konnten.

Sie nahm seine Hand und machte sich auf in Richtung Krankenhaus. Die Straßen waren menschenleer bis auf ein paar wenige Nachzügler der Wehrmacht, die auf dem Weg zum Bahnhof waren, um der Gefangennahme durch die Rote Armee zu entgehen.

So sehr sie die deutschen Unterdrücker auch hasste, so sehr berührte sie der Anblick der tristen Mienen dieser jungen besiegten Männer, dem Kindesalter noch nicht richtig entwachsen. Welch ein Glück, dass ihr Luka nicht in die polnische Armee eingezogen oder zur Arbeit ins Reich abkommandiert worden war. Als Arzt waren seine Dienste bei den Besatzungsbehörden sehr gefragt gewesen.

Obwohl sie sich bewusst war, dass Jakub sie nicht verstand, sprach sie unterwegs zu ihm. Ihre Stimme zu hören, schien einen beruhigenden Effekt auf ihn zu haben. In dieser Hinsicht war er genau wie jedes andere Kleinkind, das die menschliche Stimme brauchte, um zu gedeihen. Doch vor allem redete sie, um ihre eigene Nervosität zu bekämpfen.

„Wir werden nach deiner Mutti suchen. Vermutlich hätte ich dich gestern nicht mit nach Hause nehmen sollen, aber alle anderen waren bereits evakuiert worden und ich hatte Angst, dass du ganz allein die Nacht nicht überlebst. Die Rote Armee war kurz davor, das Krankenhaus zu erobern, und wer weiß, was die Soldaten dann mit dir gemacht hätten. Ich meine, das sind keine bösen Menschen, aber sie sind zurecht schlecht auf die Deutschen zu sprechen, und da du Deutscher bist ...“ Sie plapperte einfach drauflos, dessen war sie sich bewusst. Dennoch konnte sie nicht aufhören, denn es half ihr, die Gedanken zu ordnen, den Kopf freizubekommen und vor allen Dingen, ihre Schuldgefühle zu lindern.

Als sie die Mauern erreichten, die das Hospital umgaben, sog sie erschrocken die Luft ein. Es war ein Anblick einziger Zerstörung, schlimmer noch als sie es am Vortag verlassen hatte.

„Alles kaputt", murmelte sie. Rauch stieg vom Gebäude auf und die geschwärzten Mauern zeugten von einem Inferno.

„Die Russen ...", stammelte sie, ohne die Menschengruppe neben sich zu bemerken.

„Das waren nicht die Russen", spuckte ein Mann aus. „Das waren die Deutschen selbst. Sie wollten nicht, dass ihr Feind hier ein Feldlazarett einrichten kann."

Sie sah ihn an und schüttelte den Kopf. „Das waren sie doch nicht wirklich, oder?"

„Und ob sie das waren. Haben Sie die Bösartigkeit der Nazis so schnell vergessen? Die sind zu allem fähig."

„Aber wieso sollten sie das tun?", fragte Irena.

„Sie wissen, dass sie den Krieg verlieren, und wollen nichts als verbrannte Erde hinterlassen", antwortete ein weiterer Mann.

„Und was ist mit uns? Das ist unsere Stadt", fiel eine andere Krankenschwester ein.

„Wann haben sich die Nazis jemals um uns geschert? Wir sind entbehrlich, in jeglicher Hinsicht", sagte Irena mehr zu sich selbst. Sie war plötzlich heilfroh über ihre überstürzte Entscheidung, Jakub mitzunehmen. Nicht auszudenken, was ihm hätte zustoßen können, wenn er während des Brandes hier gewesen wäre.

Sie ergriff seine Hand fester und wagte sich durch das Tor in den großen Hof des Krankenhauses, wünschte sich jedoch sofort, sie wäre draußen geblieben. Im zertrampelten Schnee verstreut lagen nicht nur zerschmetterte Möbelstücke und Glasscherben, sondern auch blutüberströmte Leichen.

Um Himmels willen! Ihr erster Impuls war, Jakub die Augen zuzuhalten, damit er das nicht sehen musste. Allerdings hätte das vermutlich nur seine Neugier geweckt. Also entschied sie, sich so normal wie möglich zu verhalten. Aus Angst, was sie drinnen vorfinden könnten, wagte sie es mit ihm an ihrer Seite nicht, ins Gebäude hineinzugehen.

Sie wischte den Schnee von einer Bank und setzte sich mit

Jakub auf dem Schoß darauf, um über ihre nächsten Schritte nachzudenken. Da trat die Oberschwester aus dem Gebäude. Die altgediente Krankenschwester war blass wie ein Gespenst, als sie schwankend die Treppe herunterkam.

„Oberschwester!" Irena sprang auf und eilte zu ihr, Jakub im Schlepptau. „Geht es Ihnen gut?"

„Ein Massaker. Alle im Hospital verbliebenen Patienten sind ermordet worden."

„Oh", war alles, was Irena herausbrachte. Zu ungeheuerlich waren die Worte der Oberschwester. Ausnahmsweise war sie froh, dass Jakub kein Polnisch verstand.

„Der Himmel weiß, dass ich die Deutschen nicht mag, aber das ... Das waren die schwerstkranken Patienten, die transportunfähigen. Sie wurden alle mit einer Kugel ins Herz hingerichtet."

Irena musste würgen. Es war egal, ob die Deutschen es selbst getan hatten oder die Russen nach ihrer Ankunft, in jedem Fall war es ein entsetzliches, unsagbar grauenvolles Verbrechen.

Der Blick der Oberschwester fiel auf Jakub. „Wer ist das?"

Irena zögerte, denn sie war sich nicht sicher, wie sie es erklären sollte. Zum Glück näherte sich in diesem Moment eine andere Krankenschwester, sodass sie nicht antworten brauchte. „Oberschwester! Ich bin so froh, dass Sie unverletzt sind."

Jakub zupfte mit einem hoffnungsvollen Lächeln an Irenas Mantel. „Mutti?"

„Ich weiß nicht, wo sie ist, mein Kleiner. Wir warten eine Weile hier und schauen, ob deine Mutti auftaucht", erklärte sie, während sie ihn zurück zur Bank führte, wo sie sich setzte und ihn wieder auf den Schoß nahm.

Je mehr Zeit verstrich, desto größer wurden ihre Zweifel. Wenn die Deutschen alle Patienten evakuiert hatten, die gehen konnten, und die Russen den Rest erschossen hatten, dann war es unwahrscheinlich, dass Jakubs Mutter auf gut Glück zum Krankenhausgelände zurückkehrte. Sie konnte kaum darauf hoffen, dass jemand ihren Sohn über Nacht mitgenommen hatte und nun zurückbrachte. Irena schnaubte über die Absurdität des Gedankens.

Dennoch entschied sie, eine weitere halbe Stunde abzuwarten, bevor sie zum Flüchtlingslager gingen. Da die Deutschen ausnehmend gut organisiert waren, nahm sie an, dass es eine Art Registrierungsstelle geben musste, bei der sich die Leute nach ihren Angehörigen erkundigen konnten.

Die hohen Mauern um den Hof schützten Irena und Jakub vor den schlimmsten Windböen. Trotzdem kroch die Kälte ihr nach einer Weile tief in die Knochen und Jakub begann erneut zu husten. Von Zeit zu Zeit stand sie auf und ging mit ihm umher, während sie betete, dass seine Mutter auftauchen möge. Doch die einzigen Menschen, die sich zeigten, waren Krankenhausangestellte, die sehen wollten, ob sie benötigt wurden.

Ein Blick auf die völlige Zerstörung genügte, dass sie ausnahmslos eilends wieder verschwanden. Gerade, als Irena entschieden hatte, sich auf den Weg zum Flüchtlingslager zu machen, hörte sie lautes Geschrei auf Russisch. Sekunden später kamen zwei Soldaten schnellen Schrittes in den Hof.

Fieberhaft suchte Irena nach einem Fluchtweg, aber es gab keinen. Das Tor, das die Soldaten durchschritten hatten, war der einzige Ausgang. Zu allem Übel hatten sie Irena bereits entdeckt und hielten direkt auf sie zu. Sie sprang auf und stellte sich schützend vor Jakob.

„He, du!", rief einer der Soldaten in einer Mischung aus Deutsch und Russisch. „Herumlungern verboten. Geh heim."

Panik schnürte ihr die Kehle zu. Die Soldaten schienen sie für eine Deutsche zu halten. Wer konnte ahnen, was sie als Nächstes tun würden? Irena nahm all ihren Mut zusammen, schluckte den Kloß im Hals herunter und antwortete auf Russisch: „Ich bin Krankenschwester. Ich arbeite hier."

„Du sprichst Russisch?", fragte der Größere von ihnen ein wenig freundlicher.

„Ja, ich bin Polin." Sie dachte einen kurzen Moment nach. Es würde nicht schaden, ein wenig zu übertreiben. „Ich liebe die Rote Armee und bin so froh, dass Sie gekommen sind, um uns von den Nazis zu befreien."

Ein ehrliches Lächeln zeigte sich auf seinem Gesicht. „Unsere großartige Sowjetunion wird siegen und alles Böse auf der Welt bekämpfen. Die Polen können stolz darauf sein, eine sozialistische Brudernation zu sein, denn wir werden zusammenhalten."

Von der politischen Propaganda, die er losließ, verstand sie nur die Hälfte. Trotzdem machte sie gute Miene zum bösen Spiel und ließ zu, dass er ihr enthusiastisch die Hand schüttelte und sie für ihre heldenhafte Arbeit als Krankenschwester lobte.

„Wir brauchen mutige Einheimische, die uns dabei helfen, dieses Land wieder aufzubauen", sagte der kleinere Soldat.

„Aber nur die, die nicht mit dem Feind kollaboriert haben", fiel der erste ein.

Ein kalter Schauer lief Irena über den Rücken, als sie über seine Worte nachdachte. Genau genommen hatte sie von dem Tag an kollaboriert, an dem die Nazis die polnischen Patienten aus dem Hospital vertrieben und die Angestellten gezwungen hatten, stattdessen deutsche Patienten zu behandeln.

Jakubs fester Griff um ihr Bein machte die Lage nicht besser. Was würden sie tun, wenn sie herausfänden, dass sie einen deutschen Jungen aufgenommen hatte? Würden sie ihn als Feind betrachten, obwohl er noch so klein war? Mit bebenden Lippen presste sie hervor: „Ich bin gerne bereit, meinen Teil beizutragen, damit die großartige Sowjetunion mein Land wieder aufbauen kann."

„Wir werden ein paar Tage brauchen, aber sobald die neue Administration eingerichtet ist, kannst du deine Dienste anbieten. Sag, dass Leutnant Samarow dich schickt."

„Das werde ich tun." Trotz ihrer Freundlichkeit konnte Irena es nicht erwarten, von ihnen wegzukommen. In diesem Moment lugte Jakub hinter ihren Röcken hervor.

„Ist das dein Sohn?"

Die Panik machte sie sprachlos, deshalb nickte sie nur und hoffte, dass Jakub sich nicht verriet, indem er Deutsch sprach.

„Wie heißt er?"

„Ja...kub."

„Ein Freund von mir hieß Jakow", sagte der größere Soldat. Doch bevor er in langatmigen Erinnerungen schwelgen konnte, zeigte der andere aufs Krankenhaus. „Wir müssen nach überlebenden Nazis suchen." Dann zog er die flache Hand quer über die eigene Kehle und lachte dreckig.

„Es hat mich gefreut, mit dir zu plaudern", sagte der erste Soldat. „Du und dein Sohn solltet jetzt besser gehen. Was wir tun müssen, ist nichts für Frauen und Kinder."

„Ja ... Danke ..." Von der Mordlust der Soldaten erschüttert nahm sie Jakub auf den Arm und floh so schnell sie konnte vom Krankenhausgelände. Wie eine Lokomotive schnaufend und keuchend hielt sie erst an, um den Jungen abzusetzen, als sie zwei Häuserblocks zwischen sich und das Hospital gebracht hatte.

„Die Russen sind böse", sagte Jakub und sah sie dabei mit seinen großen blauen Augen an.

Dieses Mal hatte sie keine Schwierigkeiten, ihn zu verstehen. Diese beiden Männer mochten ihr gegenüber freundlich gewesen sein, doch in den kommenden Wochen wollte sie auf keinen Fall in der Haut eines Deutschen stecken.

Und Jakub sollte das besser auch nicht.

KAPITEL 25

L uka wartete bereits, als Irena am Nachmittag nach
Hause kam.

„Wo warst du denn so lange? Ich war krank vor Sorge ...“ Sein
Blick fiel auf Jakub und er ließ den Satz unbeendet.

„Wir waren beim Krankenhaus. Es ist völlig zerstört. Die
Oberschwester kam gerade heraus und hat gesagt, dass alle
verbliebenen Patienten in ihren Betten umgebracht worden sind.“
Irena war kurz davor, in Tränen auszubrechen.

„Wieso hast du ihn wieder mitgebracht?“

„Wir haben lange vor dem Krankenhaus gewartet, aber nur ein
paar Schwestern sind aufgetaucht und dann zwei russische
Soldaten, die mich aufgefordert haben, nach Hause zu gehen.
Anschließend sind wir zum Flüchtlingslager gegangen, aber das
ist auch evakuiert worden. Dort war nichts als zertrampelter
Schnee, nicht einmal mehr die Zelte standen herum.“ Sie seufzte
tief. „Ich konnte ihn schlecht da draußen stehenlassen, oder?“

Luka schüttelte den Kopf, als er ihr aus dem Mantel half und
ihn neben der Tür aufhängte, während sie Jakub aus seiner
Kleidung schälte.

„Was schlägst du vor, sollen wir jetzt tun?“, fragte Luka.

Irena sah zwischen dem kleinen Jungen und ihrem Mann hin

und her. „Ich gehe gleich morgen früh zu den Behörden, um ihn zu registrieren."

„Die Russen haben bereits die Kontrolle übernommen. Ich glaube nicht, dass es klug wäre, ihnen zu sagen, dass wir einen deutschen Jungen in unserer Obhut haben. Sie sind nicht gerade gut auf die Nazis zu sprechen."

„Was dann?" Irena setzte sich mit Jakub auf dem Schoß auf die Bank neben dem Kachelofen, um ihre ausgekühlten Knochen zu wärmen.

Luka setzte sich daneben. „Wir werden uns erkundigen, sobald sich das Chaos gelegt hat. Vorerst kann er bei uns bleiben, zumindest bis er wieder ganz gesund ist."

Wie um Lukas Worten Nachdruck zu verleihen, bekam Jakub einen heftigen Hustenanfall.

„Ich hole seine Medizin", sagte Irena, setzte Jakub auf die Bank und ging in die Küche.

Luka folgte ihr und maß den Hustensaft ab, während sie am Wasserhahn ein Glas füllte.

„Wir müssen unbedingt seine Eltern finden", murmelte sie.

„Und das werden wir. Sobald sich hier alles einigermaßen beruhigt hat, registrieren wir ihn beim Roten Kreuz als vermisstes Kind. Die werden seine Verwandten bestimmt bald ausfindig machen."

Als sie die Küche verließen, sahen sie, dass Jakub zum Tisch gegangen war und auf einen der Stühle kletterte. Als er saß, verkündete er: „Ich habe Hunger."

„Weißt du, was er will?", fragte Luka.

Irenas Herz schmolz dahin. Jakub war so ein kluger, wohlerzogener kleiner Junge. „Ist das nicht offensichtlich? Er will etwas zu essen."

„Oh." Wie so viele Männer hatte Luka ein besseres Verständnis für technische Probleme als für die Bedürfnisse von Kleinkindern.

„Wir haben seit dem Frühstück nichts mehr gegessen. Ich werde das Abendessen vorbereiten, wenn du ihm inzwischen die Medizin gibst."

Sie wusch gerade die Kartoffeln, als Lukas panikerfüllte Stimme sie mit tropfnassen Händen in die Stube eilen ließ.

„Was soll ich jetzt mit ihm machen?"

Sie konnte ein Lachen kaum unterdrücken. „Du könntest ihm für den Anfang beibringen, den Tisch zu decken."

Panik stand in Lukas Augen. „Aber er spricht doch kein Polnisch!"

„Na, dann zeige es ihm. Er ist ein helles Köpfchen." Sie ging zurück in die Küche und fühlte sich beschwingt wie schon seit Langem nicht mehr. Da sie kein Fleisch hatten, setzte sie klein geschnittene Kartoffeln und Karotten in einer Brühe auf den Herd. Die Vitamine würden Jakubs Genesung beschleunigen.

Als Irena die beiden eine halbe Stunde später zum Essen rief, saßen Luka und Jakub einträchtig auf der Bank am Kachelofen und blätterten in einem Fotoalbum. Beim Anblick der beiden, wie sie so beisammensaßen, wurde ihr ganz warm ums Herz.

„Das Essen ist fertig", verkündete sie und stellte den Eintopf auf den Tisch. Sie legte jedem auf und gab eine Scheibe Brot dazu.

Jakub sah sie erwartungsvoll an. Dann hielt er ihr die Hände entgegen und machte Waschbewegungen.

„Oh, ja, Hände waschen." Irena führte ihn zur Spüle in der Küche und hielt ihn hoch, damit er den Wasserhahn erreichte. Dann gab sie ihm ein Handtuch zum Abtrocknen.

Luka wartete am Tisch auf sie, die Hände zum Gebet gefaltet. Sogar in den dunkelsten Zeiten hatten sie nie auf den Brauch des Tischgebets verzichtet, in dem sie Gott für das Essen dankten und um das Ende des Krieges baten.

Jakub beobachtete Luka aufmerksam, als wüsste er, dass etwas Wichtiges vor sich ging. Erst nachdem Luka ihnen einen guten Appetit gewünscht und seinen eigenen Löffel ergriffen hatte, fing Jakub an zu essen.

„Wir müssen jemanden finden, der Deutsch spricht, damit wir mit ihm kommunizieren können", sagte Luka nach einer Weile. „Der arme Junge muss außer sich sein, weil er nicht weiß, wo seine Mutter ist und wieso er bei uns ist. Es wird leichter für ihn werden, wenn er die Gründe kennt."

Irena knabberte bedächtig an ihrem Brot. Was für zwei Personen gedacht gewesen war, musste nun für drei reichen. „Heute am Hospital sah es so aus, als wüsste er, dass die Soldaten Russen waren. Er hat sich hinter mir versteckt, als sie mit mir gesprochen haben." Ein verstörender Gedanke kam ihr. „Meinst du, er denkt, dass sie seine Mutter getötet haben?"

Luka löffelte seine Suppe. „Es ist sogar sehr wahrscheinlich, dass sie das getan haben, sonst wäre sie bestimmt gekommen, um ihn zu holen. Solange wir das nicht sicher wissen, sollten wir ihn allerdings glauben lassen, dass seine Mutter lebt und nach ihm sucht. Vielleicht müssen wir uns etwas ausdenken, wieso sie nicht bei ihm sein kann."

„Ich weiß." Irena biss sich auf die Lippe. Kinder hatten die Angewohnheit, alles infrage zu stellen und nicht lockerzulassen, bis sie eine Antwort erhielten, die ihre Neugier befriedigte und für sie Sinn ergab. Sie hatte das unzählige Male bei der Arbeit erlebt. Kinder waren erstaunlich anpassungsfähig, solange sie eine plausible Erklärung erhielten. „Wen, denkst du, können wir fragen?"

„Was fragen?" Lukas Stirnrunzeln verriet ihr, dass er im Geiste schon beim nächsten Problem war, vermutlich bei einem seiner Patienten, dessen Krankheit und Behandlung er noch ergründen musste. Im ersten Jahr ihrer Ehe hatte sie diese Angewohnheit als sehr störend empfunden. Inzwischen aber hatte sie sich damit abgefunden.

„Ob er für uns und Jakub übersetzt."

„Ach so, ja. Das wird nicht einfach. Ich nehme an, dass alle Leute mit deutschen Wurzeln evakuiert worden sind, und die anderen werden sich nicht trauen zuzugeben, dass sie die Sprache beherrschen." Er musste ihr entmutigtes Gesicht gesehen haben, denn er ergänzte: „Aber wir werden bestimmt jemanden finden. Ich überlege mir etwas."

KAPITEL 26

Lautes Schnarchen weckte Jakob in den frühen Morgenstunden. Er schielte zur anderen Seite des Raumes hinüber, wo Irena und ihr Mann Luka schliefen.

Luka war am Vortag sehr freundlich gewesen, aber auch er hatte ihm nicht sagen können, was los war. Es war so frustrierend, von Leuten umgeben zu sein, die kein Deutsch sprachen.

Man sollte meinen, dass jeder es können müsste, immerhin hatte sogar er die Sprache gelernt, und er war erst vier. Er erinnerte sich daran, wie sein Vater gesagt hatte, dass die Polen einer minderwertigen Rasse angehörten und nicht besonders intelligent waren. Konnten diese beiden Erwachsenen deshalb kein Deutsch?

Trotzdem mochte er sie. Irena hatte ihn davor bewahrt, die Nacht allein in dem schrecklichen Krankenhaus zu verbringen. Sie hatte ihn mit nach Hause genommen, ihm etwas zu essen, trockene Sachen und ein Bett gegeben.

Das Bett war natürlich viel zu klein. Zu Hause war er schon vor Jahren aus seinem Gitterbettchen in ein großes umgezogen, das er sich mit Sophie teilte. Der Gedanke an seine große Schwester machte ihn traurig und er begann leise zu weinen.

Seine Mutti hatte ihm versprochen zurückzukommen; wo also war sie?

Er musste husten und steckte den Kopf unter die Decke, um Irena und Luka nicht zu wecken. Dann wurde es ihm mit verstörender Klarheit bewusst: Seine Mutter war nicht zurückgekommen, weil er krank war. Sie war böse mit ihm, weil er den Treck aufgehalten hatte.

Sophies gehässige Worte hallten in seinem Kopf wider. „Du bist schuld, dass wir so weit hinter die anderen zurückgefallen sind. Deinetwegen werden wir alle sterben."

Stocksteif lag er unter der Decke und versuchte damit klarzukommen, dass seine Mutti ihn dafür bestrafte, dass er sie aufgehalten hatte. Er war eine Gefahr für den Rest der Gruppe gewesen. Deshalb hatte sie ihn im Stich gelassen!

Bald wurde sein Schluchzen unkontrollierbar und er wimmerte: „Ich hab das nicht gewollt! Ich bin nicht mit Absicht krank geworden. Bitte glaub mir, Mutti, ich hab nicht gewollt, dass du sterben musst. Bitte komm wieder, dann werd ich immer brav sein. Versprochen!"

Eine Hand streichelte seinen Kopf und murmelte beruhigende Worte. Wenige Augenblicke später wurde er aus dem Bettchen gehoben.

„Jakub, sch", flüsterte Irena und wiegte ihn auf dem Schoß. Es war tröstlich, ihre Anwesenheit zu spüren, ihren Duft nach Seife einzuatmen. Automatisch schlang er seine Arme um sie und vergrub sein Gesicht an ihrem weichen Busen.

Sie verstand zwar seine Sprache nicht, aber sie kümmerte sich um ihn, wohingegen der Rest der Welt, einschließlich seiner Mutti, ihn im Stich gelassen hatte. Neue Tränen strömten sein Gesicht hinab und benetzten ihr Nachthemd.

Er schrak zurück, weil er Angst hatte, sie würde ihn deshalb schelten, doch sie drückte ihn nur fester an sich. „Sch, Jakub, sch." Die Wärme ihrer Haut war so beruhigend, dass er sich gegen sie sinken ließ und langsam entspannte. Das Schluchzen ließ allmählich nach und irgendwann gelang es ihm, wieder normal zu atmen.

Am Morgen erwachte er von einem Kitzeln in der Nase. Er sah sich um und merkte, dass er gegen Irena gekuschelt im großen Bett lag. Sie hatte ihren Arm um seinen Bauch geschlungen, sodass er sich beschützt fühlte.

Sein Blick fiel auf das Kinderbettchen, wo er die letzten beiden Nächte geschlafen hatte. *Warum schläft ihr Kind nicht da drin?* Und was noch wichtiger war: Würde sie ihn fortschicken, wenn ihr eigenes Kind zurückkehrte? Vor lauter Angst hielt er so lange den Atem an, bis er glaubte zu platzen.

Eine plötzliche Nervosität ergriff ihn und er zappelte, um sich von dem schweren Arm zu befreien. Er musste jetzt sofort zum Krankenhaus und sicherstellen, dass seine Mutter wusste, dass er bei Irena und Luka war.

Nachdem er sich herausgewunden hatte, schlüpfte er aus dem Bett und stieg die Treppe hinunter mit dem Plan, zum Krankenhaus zu laufen und seiner Mutter eine Nachricht zu hinterlassen. Neben der Haustür fand er ein Stück Papier und einen Bleistift. Er legte sich vor dem Kachelofen auf den Bauch, um in krakeligen Buchstaben das einzige Wort hinzukritzeln, das er schreiben konnte: JAKOB.

Das musste genügen. Seine Mutter würde schon wissen, was zu tun war. Den Zettel in der Hand hatte er gerade seine Schuhe und seinen Mantel gefunden, als Irena die Treppe herabkam.

„Jakub, co robisz?", fragte sie.

„Nichts", antwortete er und wurde rot, weil sie ihn auf frischer Tat ertappt hatte. Wie alle anderen Erwachsenen auch, würde sie es nicht gutheißen, wenn er allein wegging, deshalb versteckte er schnell das Papier hinter seinem Rücken.

Sie nahm seine Hand und führte ihn zum Tisch, wo sie ihm bedeutete, sich hinzusetzen. Dann nahm sie ebenfalls Platz und erklärte etwas in einem sehr ernsten Ton. Obwohl er die Worte nicht verstand, wusste er genau, was sie sagte: „Du darfst nicht allein rausgehen, es ist zu gefährlich. Draußen ist es noch nicht einmal hell. Außerdem ist es zu weit bis zum Krankenhaus. Aber ich gehe später mit dir dorthin, mach dir keine Sorgen." Zumindest hätte seine Mutter das gesagt und in den vergangenen Tagen hatte sich Irena ganz ähnlich wie Mutti verhalten.

Jakob schlief noch ein paar Stunden und als er erneut aufwachte, war es draußen hell. Nach dem Frühstück nahmen Irena und Luka ihn zwischen sich und gingen wieder zum Krankenhaus.

Es sah genauso aus wie beim letzten Mal: Immer noch lagen zerbrochene Möbel herum und Leute, die im Schnee lagen. Er fragte sich, ob ihnen hier draußen nicht kalt war. Er jedenfalls fror fürchterlich, auch wenn er über seinem Mantel in einen übergroßen Pullover gewickelt war, der ihm bis zu den Knöcheln reichte, und einen zusätzlichen Wollschal umhatte.

Seine Mutti war schon wieder nicht da und insgeheim bezweifelte er, dass sie jemals zurückkehren würde. Er erinnerte sich nur zu gut, wie Hans' Oma die Gruppe auf der ganzen Reise angetrieben hatte. Immerzu hatte sie gesagt, dass sie sich beeilen mussten, um ins Altreich zu kommen, bevor die Russen sie einholten.

Offensichtlich hatten die Russen diese Stadt erreicht, denn die Straßen waren voll von ihren Soldaten. Deshalb musste seine Familie entweder tot oder weg sein. Er hoffte auf Letzteres und dass sie inzwischen bei Hans' Verwandten in Sicherheit waren. Wenn er nur wüsste, wo diese lebten, dann könnte er auf eigene Faust nachkommen.

Tief in Gedanken achtete er nicht auf Irena und Luka, die jeden ansprachen, dem sie begegneten.

Als Jakob plötzlich jemanden Deutsch sprechen hörte, fuhr sein Kopf hoch. Sein Blick fiel auf einen älteren Mann, der ein paar Meter entfernt stand und vor sich hinmurmelte. Jakob riss sich los und rannte zu ihm, ohne auf Irenas erschrockenen Aufschrei zu achten.

Im Nu hatte er den Mann erreicht und zog an seinem Mantel, um seine Aufmerksamkeit zu erregen. „Können Sie mir helfen, meine Mutti zu finden?"

Der Mann sah Jakob erstaunt an. „Wo hast du sie verloren?"

Jakob begann, schnell auf den Mann einzureden, während er vor Irena zurückwich, die sich ihnen genähert hatte. Sie sagte etwas auf Polnisch zu dem Mann. Aus Angst, dass er weggehen würde, ohne ihm zu helfen, zog Jakob noch einmal am Mantel.

„Wo ist meine Mutti?"

Der Mann lächelte und sagte: „Ich bin Karol, und diese Dame hier, Irena, hat mich gebeten für euch zu übersetzen. Du heißt Jakub, nicht wahr?"

Jakob nickte. Er hatte aufgegeben, die falsche Aussprache seines Namens zu verbessern. Außerdem hatte er Wichtigeres zu fragen.

„Weiß sie, wo meine Mutti ist?"

„Irena und ihr Ehemann haben versucht, sie für dich zu finden, aber es ist ihnen bisher nicht gelungen. Sie schlagen vor, dass du eine Weile bei ihnen bleibst, bis sich die Lage beruhigt hat und sie eine Möglichkeit finden, wie sie deine Mutti kontaktieren können. Würdest du gerne bei Irena leben?"

Er nickte langsam. Daraufhin redete Karol wieder mit Irena. Sie antwortete etwas und umarmte dann Jakob fest.

„Wo ist Sophie? Kann ich sie sehen?", fragte Jakob.

„Wer ist Sophie?", wollte Karol wissen.

„Meine Schwester. Wir streiten immer, weil sie der Bestimmer sein will. Aber jetzt vermisse ich sie und will sie wiederhaben."

Die Erwachsenen wechselten weitere Worte. Jakob hatte das dringende Bedürfnis, noch etwas klarzustellen: „Es tut mir wirklich leid. Es war die ganze Zeit so kalt und ich hatte so großen Hunger. Können Sie ihr sagen, dass es keine Absicht war?"

„Was war keine Absicht?" Karol schien von Jakobs Erklärung verwirrt zu sein.

Er versuchte es erneut, wobei er extra deutlich sprach. „Ich war so langsam, und sie mussten immer auf mich warten. Sophie war böse mit mir und hat gesagt, dass ich schuld bin, wenn wir alle sterben. Und dann bin ich krank geworden.

Glauben Sie, dass Sophie Mutti überredet hat, mich hierzulassen?"

„Das hat sie ganz sicher nicht getan. Deine Mutti liebt dich doch. Deshalb hat sie dich ins Krankenhaus gebracht. Damit du gesund wirst."

„Mutti hat immer geweint, wenn sie gedacht hat, dass ich es nicht sehe. Sie hat Luise gesagt, dass sie am liebsten nie auf den Treck gegangen wäre. Es ist alles meine Schuld."

Jakob senkte den Blick, während Karol sichtlich ungeduldig wurde. „Es ist nicht deine Schuld, also hör auf, das zu sagen. Du bleibst jetzt erst einmal bei Irena und Luka und die beiden werden dir helfen, deine Familie zu finden."

Irena unterhielt sich eine Weile mit Karol, bevor er sich wieder an Jakob wandte: „Wie heißt du mit Nachnamen?"

„Jakob Opamahn", grinste er stolz. Zu Hause hatte ihm seine Mutter seinen vollen Namen und seine Adresse eingedrillt, für den Fall, dass er verloren ging. Tapfer kämpfte er gegen die Tränen an, während er Karol auch erzählte, dass er aus Lodz kam und sie auf der Flucht zu irgendwelchen Verwandten der Oma seines besten Freundes gewesen waren.

„Das ist gut zu wissen und wird helfen, deine Mutti zu finden. Aber du musst Geduld haben und warten, bis der Krieg zu Ende ist."

Jakob riss die Augen auf. In seinem ganzen Leben hatte es nie keinen Krieg gegeben. Für ihn war er so normal wie der Schnee im Winter und der Sonnenschein im Sommer. Warum sollte der Krieg plötzlich aufhören? Und wann? Seine Stimme war nur noch ein Flüstern, als er fragte: „Wie lang dauert das?"

Endlich lächelte Karol. „Nicht mehr lange. Die Russen haben schon unser halbes Land befreit."

Das ließ Jakob ernsthaft an Karols Verstand zweifeln. Die Russen waren doch der Feind. Jeder, den er kannte, hatte Todesangst vor ihnen. Wie konnte Karol so tun, als wären sie Freunde? Doch bevor er seine Gedanken in Worte fassen konnte, fragte Karol: „Was ist mit deinem Vater? Wo ist der?"

„Papa ist Soldat. Er beschützt uns, denn er kämpft gegen die Russen."

Karol äußerte sich dazu nicht und sprach stattdessen für eine scheinbare Ewigkeit mit Irena. „Du musst Polnisch lernen, solange du bei Irena wohnst. Ich habe zugestimmt, einmal in der Woche vorbeizukommen, um dir dabei zu helfen, aber du musst auch dein Bestes geben, von ihr zu lernen."

Jakob verstand die Welt nicht mehr. Zu Hause hatte er nicht mit den polnischen Kindern spielen dürfen, sein Vater hatte sogar darauf bestanden, dass das Kinder- und das Dienstmädchen Deutsch mit ihm sprachen, weil Polnisch eine minderwertige Sprache war. Wann genau hatte sich das geändert?

Er sah Irena mit zusammengekniffenen Augen an und fragte sich, ob die Krankenschwester vielleicht einfach nicht intelligent genug war, um Deutsch zu lernen, das immerhin die höhere Sprache war. Na gut, wenn es half, um sich verständlich zu machen, während sie nach seiner Mutti suchten, dann konnte er natürlich Polnisch lernen. Vielleicht machte es sogar Spaß.

„Einverstanden." Er nickte und schüttelte Karols Hand, wie er es bei seinem Vater gesehen hatte, wenn dieser ein Geschäft abschloss.

„Dann sei jetzt ein braver Junge und hör auf Irena. Sie wird deine Mutti bestimmt finden." Mit diesen Worten winkte Karol zum Abschied und verschwand, sodass Jakob sich schrecklich verlassen vorkam.

„Jakub?", sagte Irena mit sanfter Stimme.

Er wandte sich um und lächelte ihr zu, als sie ihm die Hand reichte. Sie erklärte ihm etwas, das er nicht verstand. Doch gerade, als er verzweifelt aufschreien wollte, ergriff Luka seine andere Hand und gemeinsam gingen sie zurück nach Hause.

Auch mein Zuhause, dachte Jakob. *Wenigstens für eine Weile.* Während des Trecks hatte er weitaus Schlimmeres erlebt, also war seine Lage gar nicht so übel. Wo auch immer seine Mutti war, er würde einfach warten müssen, bis der Krieg – hoffentlich bald – zu Ende war. Und dann würde Irena sie für ihn finden.

Er verdrängte die Zweifel, die ihm einflüsterten, dass der Krieg nie enden würde. Er war schon vor Jakobs Geburt dagewesen, warum sollte er jetzt auf einmal verschwinden? Alles war so verwirrend und er wünschte, er hätte mehr Zeit gehabt, mit Karol zu sprechen. Er hätte ihn gerne gefragt, warum er so sicher war, dass die Russen aufhörten, gegen die Deutschen zu kämpfen, wenn sie dies die ganzen Jahre über nicht getan hatten.

Und hatte sein Vater nicht immer gesagt, dass die Wehrmacht unbesiegbar war und sie vor den Russen beschützen würde? War das inzwischen alles anders? Warum? Und wie?

KAPITEL 27

Posen, Mai 1945

W orauf Irena schon nicht mehr zu hoffen gewagt hatte, war eingetreten: Der Krieg war vorbei. Nicht nur in Posen, das bereits Ende Februar befreit worden war, sondern in ganz Europa.

Nach der grausamen einmonatigen Schlacht um Poznań, wie die Stadt nun hieß, waren mehr als drei Viertel der Altstadt zerstört und mindestens die Hälfte aller Häuser im gesamten Stadtgebiet.

Irena und Luka hatten mehr Glück gehabt als viele andere. Ihr Haus war unversehrt geblieben, wenn man von ein paar Einschusslöchern in der Fassade absah. Nach der Befreiung – oder möglicherweise Besatzung – durch die Rote Armee hatte es auf den Straßen tagelang Tumulte gegeben, bis die neue Administration unter der Führung polnischer Kommunisten und mit der Unterstützung Stalins wieder für Recht und Ordnung gesorgt hatte. Langsam kehrte so etwas wie Normalität zurück.

Luka hatte unter der neuen Verwaltung sofort seine alte Stelle im Hospital wieder angetreten, wohingegen Irena ihre Zeit zwischen ihrer Arbeit als Krankenschwester und Jakub aufteilte.

Eines Tages, etwa eine Woche nach Kriegsende, kam Luka vom Krankenhaus nach Hause und berichtete: „Neben dem Rathaus gibt es ein neues Büro des Roten Kreuzes."

Irena hatte gewusst, dass dieser Moment kommen würde, aber mit jedem Tag, der vergangen war, hatte sie sich mehr davor gefürchtet. Der kleine Jakub hatte sich tief in ihr Herz geschlichen und machte sie glücklicher, als sie es seit der Fehlgeburt gewesen war.

„Ich schätze, es ist so weit", sagte sie.

„Ja." Luka hielt inne. Sie wusste, dass er den Jungen ebenfalls lieb gewonnen hatte. Keiner von ihnen hatte sich ein Bein ausgerissen, um ihn bei den Behörden als vermisst zu registrieren, zunächst aus Angst vor Repressalien, weil sie einen deutschen Jungen aufgenommen hatten, dann weil er ein innig geliebter Teil ihrer Familie geworden war.

„Seine Mutter sucht bestimmt nach ihm", seufzte Irena. „Wir gehen gleich morgen früh hin, um ihn beim Suchdienst für vermisste Personen zu registrieren."

„Es ist die richtige Entscheidung." Luka legte seine Hand auf die ihre.

„Ich weiß." Sie wandte den Kopf, um aus dem Fenster zu sehen, wo Jakub mit einem Freund auf der Straße spielte. Wieder einmal war sie beeindruckt von seiner Anpassungsfähigkeit.

Die ersten Wochen waren überaus schwierig gewesen. Jeden Abend hatte er sich in den Schlaf geweint, war mehrmals in der Nacht aufgeschreckt und hatte nach seiner Mutti und seiner Schwester Sophie gerufen. Manchmal hatte er nach Hans gefragt, von dem Irena annahm, dass er sein Vater war.

Ihr Herz zog sich bei dem Wissen schmerzhaft zusammen, dass er ihr jederzeit weggenommen und den echten Eltern übergeben werden konnte, sobald sie ihn beim Roten Kreuz registriert hatte. Sie schloss die Augen und dachte an ihre damaligen Hoffnungen und Träume von der Zukunft, als sie mit ihrem ersten Kind schwanger gewesen war.

Wie viel schlimmer musste es sein, ein Kind, das man jahrelang geliebt und umsorgt hat, zu verlieren, ohne zu wissen, ob es am Leben ist oder tot? Sie verscheuchte ihr Trübsal. Es war ihre Pflicht zu versuchen, seine Eltern zu finden; ihnen gegenüber – und für Jakub. Doch auch um ihrer selbst willen, denn wie sollte sie sich jeden Morgen im Spiegel in die Augen sehen, wenn sie ein Kind gestohlen hatte?

Am nächsten Morgen, eine halbe Stunde nachdem Luka das Haus verlassen hatte, brachen Irena und Jakub zum Büro des Roten Kreuzes am Alten Markt auf. Während der letzten Monate hatte Jakub genug Polnisch gelernt, um einfache Fragen zu verstehen und beantworten zu können. Wäre er ihr eigen Fleisch und Blut, so hätte Irena nicht stolzer sein können.

Für den Herbst wollte sie ihn für die Vorschule anmelden, in der Hoffnung, dass er dort sein Polnisch weiter verbessern und Freunde finden würde. Niedergeschlagen betrachtete sie sein blondes Haar: Vermutlich wäre er dann nicht mehr bei ihnen.

„Wir gehen zum Roten Kreuz. Das weiß vielleicht, wo deine Mutter ist", erklärte sie, als sie Hand in Hand die Straße hinuntergingen.

„Wirklich?", fragte Jakub auf Polnisch.

„Es ist nicht sicher, aber die Leute dort werden eine Suchanfrage für dich ausfüllen, und wenn deine Mutter dasselbe getan hat, dann ist es nur eine Frage der Zeit." *Sofern sie noch lebt.* Ein Teil von Irena hoffte, dass Jakubs Mutter auf der Flucht nach Deutschland umgekommen war.

Ganz abwegig war das nicht, denn sie hatten in den Nachrichten so viele entsetzliche Geschichten gehört. Das polnische Volk verhielt sich den früheren Unterdrückern gegenüber nicht gerade vorbildlich. Irena hieß die Gräueltaten nicht gut, konnte tief im Herzen die Wut und die daraus resultierende brutale Gewalt jedoch gut verstehen. Jakubs Mutter und Schwester hatten es möglicherweise nie in Sicherheit geschafft.

Dann gibt es bestimmt andere Verwandte, warnte ihre innere Stimme. *Die haben selbst genug Probleme und suchen vermutlich gar nicht nach dem Jungen, oder sie denken, dass er mit der Mutter umgekommen ist*, antwortete sie ihrem Gewissen.

Ihre Schritte verlangsamten sich, als sie sich dem Rotkreuz-Büro näherten. Für einen Moment war sie versucht, auf dem Absatz kehrtzumachen und nie wieder hierherzukommen. Doch Luka wäre wütend auf sie und das zu Recht. Es führte kein Weg daran vorbei. Sie musste Jakub registrieren, es war das einzig Richtige.

Sie fasste seine kleine Hand fester und stieg die Stufen des heruntergekommenen Hauses hinauf. Die Empfangsdame trug eine weiße Armbinde mit einem roten Kreuz darauf und grüßte sie freundlich.

„Guten Tag, ich heiße Irena Pawlak. Wir möchten eine vermisste Person melden", sagte Irena.

„Suchst du deinen Vater?", fragte die Mitarbeiterin Jakub.

„Meine Mutter", antwortete er.

„Genaugenommen ist er die vermisste Person", erklärte Irena. „Ich habe ihn in dem Krankenhaus gefunden, wo ich gearbeitet habe, nachdem alle anderen Patienten evakuiert worden waren. Zum Schutz vor den Soldaten habe ich ihn mit nach Hause genommen."

Die Frau runzelte die Stirn. „Haben Sie ihn bei den Behörden registriert, *Pani* Pawlak?"

„Noch nicht." Irena zögerte. „Sehen Sie, ich … Also, er ist Deutscher, und wir wollten nicht für die Beherbergung von Feinden bestraft werden."

„Er ist Deutscher?", fragte die Frau etwas ungläubig. „Ich hätte schwören können, dass er Ihr Sohn ist, als sie beide hier hereinkamen."

Es wärmte Irenas Herz, das zu hören, versetzte ihr aber

gleichzeitig einen heftigen Stich. Die Frau hatte laut ausgesprochen, was Irena schon seit Langem empfand.

„Gut, wir werden eine Suchkarte für ihn ausfüllen." Die Dame vom Roten Kreuz holte eine Karteikarte hervor und reichte sie Irena, die schnell die Fragen überflog.

„Es tut mir leid, aber die meisten Fragen kann ich nicht beantworten. Gibt es hier jemanden, der Deutsch spricht?" Leider war Karol vor einigen Wochen gestorben.

Die Frau schüttelte den Kopf. „Unter Umständen ... Können Sie morgen wiederkommen? Dann sorge ich dafür, dass wir jemanden mit Deutschkenntnissen hier haben."

Irena nickte. „Ja, das passt."

Wie die junge Frau versprochen hatte, war ein älterer Mann bei ihr, als Irena und Jakub am nächsten Tag wieder erschienen. Er stellte sich als *Pan* Wozniak vor und zusammen mit ihm befragten sie Jakub, um so viele Details wie möglich auf die Suchkarte zu schreiben.

„Wie heißt du?", fragte *Pan* Wozniak.

„Jakub."

„Und dein Nachname?"

„Opamahn."

Pan Wozniak schrieb es auf, schien jedoch etwas unsicher über die korrekte Schreibweise. Irena zuckte hilflos mit den Achseln, denn sie wusste es auch nicht.

Jakub erinnerte sich an sein Alter und daran, dass sein Geburtstag lange vor der Flucht gewesen war, aber weder an den Tag noch an den Monat. Dasselbe galt für seine Adresse. Er wusste nur noch, dass es in Lodz gewesen war, und konnte sogar den Stadtteil benennen, aber den Straßennamen kannte er nicht.

Stattdessen gab er eine anschauliche Beschreibung des Hauses, des Gartens und des nahe gelegenen Rodelhanges zum Besten. Allerdings bezweifelte Irena, dass irgendetwas davon eine echte Hilfe sein würde.

„Wie heißt deine Mutter?", fragte *Pan* Wozniak.

„Mutti."

MARION KUMMEROW

Pan Wozniak stöhnte. „Und dein Vater?"

„Papa. Er ist Soldat in der Wehrmacht."

Ein weiterer Ächzer. „Hast du Geschwister?"

„Ja, Sophie. Sie ist sieben."

„Kannst du dich an irgendetwas über deine Familie erinnern? Vielleicht daran, wo sie hinwollte? Oder an andere Verwandte? An Freunde?"

Jakub kräuselte nachdenklich die Nase, bevor er herausplatzte: „Wir sind mit Freunden getreckt. Mein bester Freund heißt Hans. Er ist genauso alt wie ich."

„Kannst du dich an seinen Nachnamen erinnern?"

Wieder zeigte sich angestrengtes Nachdenken auf Jakubs Gesicht, bevor er den Kopf schüttelte. „Nein, aber seine Mutti heißt Luise und seine Oma Agatha. Sie ist ganz streng und schimpft uns immer, wenn wir unartig sind. Ich habe ein bisschen Angst vor ihr."

Pan Wozniak schrieb jedes noch so kleine Detail auf der leeren Rückseite der Karteikarte nieder und wandte sich dann an Irena. „Können Sie irgendetwas hinzufügen, *Pani* Pawlak?"

Irena erzählte, wie Jakub im Krankenhaus aufgenommen worden war und wie sie ihn nach der Evakuierung dort gefunden hatte. Sie erwähnte sogar, dass sie auf der Suche nach seinen Angehörigen erfolglos versucht hatte, das Patientenbuch zu finden.

„Nun denn." *Pan* Wozniak reichte die Karte der Frau vom Roten Kreuz.

Diese meinte: „Wir werden alles in unserer Macht Stehende tun, aber es könnte länger dauern, als Sie denken."

Irenas Herz hüpfte vor Freude. „Wie lang?"

„Das kann ich wirklich nicht sagen. Hunderttausende vermisster Kinder wurden beim Deutschen Roten Kreuz registriert, und täglich werden es mehr. Grenzüberschreitende Suchen sind weitaus schwieriger und zeitaufwendiger, deshalb wird es vermutlich mindestens ein paar Monate dauern. Vielleicht sogar ein Jahr."

„So lang?"

Die Frau musste Irenas Euphorie mit Betroffenheit verwechselt haben, denn sie antwortete: „Wir wissen, dass dies eine Belastung für Sie darstellt. Wenn Sie sich nicht mehr um den Knaben kümmern können, dann gibt es immer noch die Möglichkeit, ihn in einem Waisenhaus unterzubringen."

„Oh, nein, nein. Ganz und gar nicht. Wir können ihn auf jeden Fall bei uns behalten, bis seine Familie gefunden wird." Tief in ihrer Seele hoffte sie, dass dieser Tag niemals käme.

KAPITEL 28

Friedland in der Nähe von Göttingen
vier Monate später

E mma fiel auf die Knie, nahm einen Klumpen Erde in die Hand und dankte dem Herrn, dass sie zu guter Letzt doch noch das Flüchtlingslager von Friedland erreicht hatten, 550 Kilometer westlich von Posen. Endlich waren sie in Sicherheit.

Nachdem sie monatelang zu Fuß und mit dem Zug unterwegs gewesen und immer wieder von Gefechten auf ihrer Route aufgehalten worden waren, nachdem sie Umwege in Kauf hatten nehmen müssen und von einem provisorischen Auffanglager zum nächsten geschickt worden waren, hatten sie die britische Besatzungszone erreicht. Im Durchgangslager Friedland wurden sämtliche Flüchtlinge, die aus dem Osten kamen, registriert und abgefertigt.

Emma, Agatha, Luise, Hans und Sophie waren endlich angekommen, mit nichts außer den Bündeln, die sie in Posen geschnürt hatten. Nach ihrem Aufbruch war ihre Reise voller Hürden gewesen. Luises Kindbettfieber war nur eine davon gewesen, die sie gezwungen hatte, die Genesung der Wöchnerin in einem der zahllosen Flüchtlingslager abzuwarten.

Agatha hatte Emma gedrängt, die Reise allein mit Sophie fortzusetzen, aber wie hätte sie die beiden Frauen, die so viel für sie getan hatten, im Stich lassen können? Luise brauchte dringend eine Freundin und das galt ebenso für Agatha. Die alte Frau wollte es nicht zugeben, aber sie war am Ende ihrer Kräfte gewesen, hatte ihre letzten Reserven in den Wochen davor aufgebraucht. Emma hatte nicht viel Überzeugungsarbeit leisten müssen, dass es besser war, zusammenzubleiben.

Unweigerlich hatte die Front sie eingeholt und die Begegnungen mit russischen Soldaten waren etwas, an das Emma für den Rest ihres Lebens nie wieder denken wollte. Ein unkontrollierbares Zittern überfiel sie und brachte sie ins Schwanken, obwohl sie auf sicherem Boden in der britischen Zone kniete. Angestrengt atmete sie durch und verdrängte die Erinnerung daran, wie sie sich geopfert hatte, um Sophie zu retten.

Damals hatte sie sich geschworen, niemals *darüber* zu sprechen und niemals zuzugeben, wie traumatisch es gewesen war – nicht einmal sich selbst gegenüber. Was sie betraf, so würde dieser *Vorfall* für immer in der Vergangenheit begraben bleiben, weit weg von ihrem gegenwärtigen Leben, fast so, als wäre er einer anderen Person passiert und nicht ihr selbst.

Dann waren sie einem anderen Flüchtlingslager zugewiesen worden, wo es ihnen verboten war, das Dorf zu verlassen. Nicht, dass sie es gekonnt hätten, denn Luise kämpfte im Lagerlazarett immer noch um ihr Leben. Emma hatte ihre Entscheidung zur Flucht in der Sekunde getroffen, als Luise genesen war.

Während der vergangenen Wochen waren immer wieder junge kräftige Mädchen von den Russen für Arbeitseinsätze mitgenommen worden. Die meisten von ihnen waren nie ins Lager zurückgekehrt. Die Gerüchteküche arbeitete auf Hochtouren, und leider wurden einige der Geschichten zur Gewissheit: Die Abgeholten waren in Züge verfrachtet und nach

Russland verschleppt worden, wo sie mit Arbeit, Schweiß, Blut und letztlich ihrem Leben für die kollektive Schuld der Deutschen bezahlen mussten.

Emma hatte nicht vor, so zu enden. Sobald Luise wieder auf den Beinen war, trat Emma vor Agatha und sagte: „Wir müssen so bald wie möglich diesen Ort verlassen, wenn wir nicht in einem sowjetischen Arbeitslager enden wollen."

Agatha nickte. „Mich werden sie nicht mitnehmen, aber du und Luise ..."

Emma blickte zu ihrer Freundin, die noch immer geschwächt war und keinen einzigen Tag harte Arbeit überlebt hätte. „Dann ist es entschieden. Wir brechen heute Abend auf."

Sie hatte die letzten Wochen nicht nutzlos verstreichen lassen, sondern die Umgebung erkundet. So hatte sie eine Möglichkeit gefunden, die Wachposten an der Hauptstraße des Dorfes zu umgehen.

Dieser letzte Abschnitt ihrer Reise war genauso beschwerlich gewesen wie der erste im Januar, nur mit dem Unterschied, dass sie unter sengender Hitze und Durst litten, wo es zuvor beißende Kälte und Hunger gewesen waren.

Das Kriegsende war schon Monate her und hatte Emmas letzten Funken Hoffnung zerstört, eines Tages nach Lodz zurückkehren zu können. Die Russen hatten sämtliche Teile Deutschlands östlich der Oder als Kriegsbeute beansprucht und den Polen überlassen. Ausgerechnet den Polen! So wie Emma deren nachlässige Arbeitsmoral kannte, war es nur eine Frage der Zeit, bis sie die einst fruchtbare und ertragreiche Region abgewirtschaftet hatten.

Doch Emma hatte keine Zeit für Selbstmitleid, denn sie war zu beschäftigt gewesen, ihre Gruppe in Sicherheit zu bringen. Agatha hatte in dem Moment ihren inneren Antrieb verloren, als sie Posen verlassen hatten. Seitdem hatte sie sich immer weiter in sich selbst zurückgezogen. Auch Luise war in ihrer fortdauernden Trauer um ihre Tochter nicht zu gebrauchen, sodass die Rolle der Anführerin Emma zufiel, ob sie es wollte oder nicht.

Tatsächlich hätte sie es oft vorgezogen, sich zusammenzurollen und um Jakob zu weinen. Seine Sachen hatte sie Hans gegeben und nur Jakobs Lieblingszinnsoldaten behalten, den sie immer in der Tasche bei sich trug.

„Also dann, gehen wir uns registrieren." Sie nahm Sophie bei der Hand und suchte das Ende der langen Schlange von Flüchtlingen, die darauf warteten, den Papierkram zu erledigen.

Nie zuvor hatte Emma so viele Vertriebene auf einem Haufen gesehen, nicht einmal auf ihrem langen Treck. Als sie und Sophie ihren Platz in der Schlange einnahmen, wurde ihr klar, dass das Leben, wie sie es vor dem Krieg gekannt hatte, niemals wiederkehren würde. Auch nach Lodz würde sie niemals zurückkehren ... Und Gott bewahre ... Sie schüttelte den Kopf, um die unguten Gedanken loszuwerden. Nein, Jakob würde sie niemals aufgeben. Sobald sie sich im Lager zurechtgefunden hatte, würde sie mit ihrer Suche nach ihm beginnen.

„Ihre Papiere bitte", sagte die Frau in der Uniform der britischen Heilsarmee.

Emma reichte ihr ihre Kennkarte und Sophies Kinderausweis.

„Haben Sie Verwandte in Deutschland, die wir informieren können?"

„Nur im Wartheland." Leider gehörte die Gegend, in der sie und ihre Verwandten gelebt hatten, jetzt zu Polen.

„Willkommen im Lager Friedland." Die junge Frau machte einige Eintragungen in einem Buch und gab die Papiere zusammen mit einem Nummernzettel zurück. „Das ist die Nummer Ihrer Baracke. Gehen Sie dorthin und bitten Sie die Person am Eingang, Ihnen Pritschen zuzuweisen. Zuerst müssen Sie aber weiter der Schlange folgen und sich bei den anderen Schaltern registrieren. Dort erhalten Sie Lebensmittelmarken und Kleidung oder Sie können eine Suche nach vermissten Verwandten anmelden und so weiter und so fort."

Trotz ihrer Freundlichkeit hatte die britische Helferin deutlich gemacht, dass Emma und Sophie nur zwei der vielen Flüchtlinge waren, die aus ganz Europa in das neue, zerstückelte Deutschland strömten.

„Danke." Emma nickte und trat mit Sophie vom Registrierungsschalter weg. Hinter ihnen überreichten Agatha, Luise und Hans ihre Papiere. Emma hoffte, dass man sie derselben Baracke zuwies.

„Mutti, müssen wir jetzt für immer hierbleiben?", fragte Sophie.

„Nur für eine kleine Weile. Zuerst müssen wir uns an den anderen Schaltern anmelden, wie es die Dame gesagt hat." Emma blickte den Hauptweg des Lagers hinunter, wo Menschen in verschiedenen Schlangen anstanden. Sie alle führten zu jeweils einem Tisch, der vor einem halbtonnenförmigen Gebäude mit einem grünen Metalldach und einer braunen Holzfront, einer sogenannten Nissenhütte, aufgebaut war.

Emma stöhnte und stellte sich an der nächsten Schlange an. Stunden später beendeten sie, was die Flüchtlinge scherzhaft den Spießrutenlauf nannten, und waren bereit, sich bei der vorerst letzten Nissenhütte anzustellen, wo Mitarbeiter des Internationalen Freiwilligendienstes Kakao und Brotstücke mit dem Versprechen austeilten, dass es am Abend etwas Richtiges zu essen gäbe.

Luise und Agatha gesellten sich kurz darauf zu ihnen. Wie sich herausstellte, waren sie in einer Baracke am anderen Ende des Lagers untergebracht.

„In den nächsten Tagen werden wir in einen Zug nach Aachen gesetzt. Dort können wir bei meiner Cousine unterkommen", sagte Agatha traurig lächelnd. „Ihr müsst so lange hierbleiben, bis ich ihre Zusage habe, dass sie auch euch aufnehmen kann."

Beklommenheit machte sich in Emma breit. Die Briten waren zwar freundlich und hilfsbereit, aber ein Flüchtlingslager war trotz allem ein Flüchtlingslager. Sophie verabscheute sie leidenschaftlich, vor allem weil sie die Schule nicht besuchen konnte und jedes Mal, wenn sie eine Freundin gefunden hatte, diese kurz darauf wegging oder Sophie selbst weiterziehen musste. Es war kein Leben für ein Kind.

Emmas Herz schlug schwächer, wann immer sie an Jakob dachte. Tief in ihrem Inneren spürte sie, dass er noch lebte. Aber war er wohlauf? Hatte sich eine gutherzige Frau gefunden, die sich um ihn kümmerte?

„Dann sehen wir uns später beim Küchenzelt", sagte Emma, bevor sie mit Sophie die Baracke mit ihrer Nummer suchte. Dort wurden ihnen zwei benachbarte Pritschen zugewiesen. Verglichen mit den russischen und sogar mit den deutschen Lagern kurz vor Kriegsende war dieses hier ausgesprochen gut organisiert.

Emma ließ Sophie in der Baracke, um die neuen Kleidungsstücke anzuziehen, die sie erhalten hatte. Aus ihren alten Sachen war sie längst herausgewachsen. Das arme Würmchen sah erschöpft aus, deshalb schlug Emma vor: „Bleib doch hier und ruh dich aus. Ich erledige die anderen Anmeldungen allein."

Sophie nickte wortlos und Emma ging hinüber zu der Hütte mit der Aufschrift „Deutsches Rotes Kreuz – Suchdienst".

Eine Mitarbeiterin grüßte sie: „Guten Tag, Sie müssen sich erst registrieren."

„Noch einmal?", ächzte Emma.

„Ja, das ist für unsere Suchkartei. Sie müssen eine Stammkarte für sich selbst ausfüllen und eine Suchkarte für jeden Vermissten. Diese werden dann in der Zentrale nach dem Nachnamen sortiert. Unsere Freiwilligen gehen die Einträge ständig durch, um Übereinstimmungen zu finden."

„Na gut." Sie trug ihre Personalien und die Adresse ein, wo sie vor der Flucht gewohnt hatte. Bei der aktuellen Adresse zögerte sie. „Was soll ich hier schreiben?"

„Wissen Sie schon, wo Sie hinwollen? Vielleicht zu Verwandten?"

„Nein."

„Tragen Sie in dem Fall ‚Flüchtlingslager Friedland' und Ihre Barackennummer ein. Sobald Sie wissen, wohin Sie von hier aus weiterverteilt werden, können Sie wiederkommen, und wir ändern die Adresse auf der Karte."

„In Ordnung, danke." Während sie ihren aktuellen Aufenthaltsort aufschrieb, traf sie mit aller Wucht die Erkenntnis, dass sie heimatlos war. Das war sie zwar schon seit einer geraumen Weile, aber es auf dieser Karteikarte niederzuschreiben, machte es offiziell.

Sie ergänzte Sophie als Familienmitglied unter ihrer Obhut und füllte dann eine Suchkarte für ihren Mann aus, auf der sie seine Feldpostnummer, seinen Rang und das Regiment eintrug.

Die Dame vom Roten Kreuz nahm die Karte und steckte sie in einen Aktenschrank. „Die Wehrmachtunterlagen sind viel besser als die für Zivilisten, deshalb hoffe ich, dass wir noch diese Woche eine Antwort erhalten."

„Und für meinen Sohn?"

„Wie alt ist er?"

„Vier."

Füllen Sie die gleiche Karte für ihn aus und schreiben Sie alle Details auf, die Ihnen einfallen. Wenn Sie eine Fotografie haben, wäre das sehr nützlich."

„Die einzige, die ich habe, ist von seinem ersten Geburtstag."

„Das ist nicht ideal, aber besser als nichts. Schreiben Sie auf jeden Fall eine Beschreibung von ihm auf, also seine Haar- und Augenfarbe, seine ungefähre Größe, alles, was dabei helfen könnte, ihn zu identifizieren."

Emma tat wie geheißen. Dann griff sie in die Tasche und zog das einzige Bild von ihrem Sohn hervor, das ihr geblieben war. Er sah so niedlich aus mit seinen Pausbäckchen und dem weißblonden Haarschopf. Gerade als sie das Bild zusammen mit der Karte abgeben wollte, schrak sie zurück. „Bekomme ich die Fotografie wieder?"

Die Frau schüttelte den Kopf. „Nein, aber Sie könnten zum Fotografen gehen und wiederkommen, wenn er Ihnen eine Kopie angefertigt hat. Bei Kindern kann eine Fotografie sehr hilfreich sein, weil sie in der Regel keine Papiere bei sich haben und sich viele weder an ihren Nachnamen noch an ihre Heimatadresse erinnern."

Dies bedeutete wenigstens einen Funken Hoffnung, denn Emma hatte beiden Kindern, vor allem Jakob, ihren vollen Namen und die Adresse in Lodz eingedrillt.

Ein erschreckender Gedanke kam ihr: „Wer soll seine Stammkarte ausfüllen?"

„Das könnten Mitarbeiter vom Roten Kreuz in den Ostgebieten, polnische Verwaltungsbeamte, Soldaten der Roten Armee oder Zivilisten sein. Wir bekommen laufend Karten von vermissten Kindern und haben schon viele wieder mit ihren Familien vereinen können. Ich bin mir sicher, dass wir auch Ihren Sohn finden werden." Die Frau nickte Emma aufmunternd zu. „Es könnte allerdings eine Weile dauern."

„Wie lang?" Panik schnürte Emma die Kehle zu.

„Das kann ich wirklich nicht sagen. Vielleicht Wochen oder Monate ..."

„Er war im Krankenhaus, und ich durfte das Lager nicht verlassen, um ihn zu holen." Emma hatte das Bedürfnis, sich zu rechtfertigen. Die Mitarbeiterin vom Roten Kreuz sollte sie nicht für eine Rabenmutter halten.

„Sie haben getan, was Sie konnten. Und mit ein bisschen Glück ist seine Karteikarte schon in der Zentrale."

„Danke." Emma verließ die Hütte, um nach dem Fotografen zu suchen. Dort stand eine lange Schlange von Freiwilligen mit unbegleiteten Kindern, die darauf warteten, fotografiert zu werden. Als Emma an die Reihe kam, war sie ein wenig hoffnungsvoller, immerhin hatten all diese Kinder es ins Lager geschafft, obwohl sie irgendwann während der Flucht von ihren Familien getrennt worden waren.

„Bitte setzen Sie sich", sagte der Fotograf und wies auf einen Stuhl gegenüber dem Fotoapparat.

„Nicht ich will fotografiert werden", erklärte Emma und reichte ihm Jakobs Bild. „Könnten Sie eine Kopie davon machen? Das ist mein vermisster Sohn."

Der Mann rieb sich das Kinn, während er das abgegriffene Papier begutachtete. „Die Qualität wird nicht sehr gut sein, aber ja, ich kann es abfotografieren."

„Vielen, vielen Dank."

Er gab ihr einen Zettel mit einer Nummer. „Kommen Sie morgen wieder, um es abzuholen."

Körperlich und geistig erschöpft kehrte Emma zu ihrer Baracke zurück, wo Sophie zusammengerollt auf ihrer Pritsche lag. Sie sah so zart und zerbrechlich aus, dass Emma sich schwor, über der Suche nach Jakob ihre Tochter nicht zu vernachlässigen.

Sie ging hinüber, brachte ihre wenigen Habseligkeiten im zugewiesenen Spind unter und setzte sich auf ihr eigenes Feldbett. Dann betastete sie Jakobs Zinnsoldaten, den sie immer bei sich trug. Wie lange würde es dauern, bis sie ihren Sohn wieder in die Arme schließen konnte? Ob er Angst hatte? Oder allein war? Vielleicht war er krank, hungrig – oder tot?

Eine Träne fiel ihr auf die Hand. Sie wischte sie weg und schluckte die Verzweiflung hinunter. Um Sophies willen musste sie stark sein, denn es sah so aus, als müssten sie eine Weile in diesem Lager bleiben, zumindest bis Agathas Cousine zustimmte, dass sie bei ihr unterkommen konnten. Nicht auszudenken, sollte sie ablehnen. Emma schüttelte den Kopf. Der schlimmste Teil der Reise lag hinter ihnen. Es war ihnen gelungen, in dem Teil anzukommen, der von Deutschland übrig war. Sie hatten zu essen, ein Dach über dem Kopf und einander.

Friedland war ein sicherer Hafen im aufgewühlten Meer der Nachkriegswirren. Vielleicht wäre es gar nicht so schlecht, ein paar Wochen hierzubleiben, denn Emma brauchte dringend eine Pause, um neue Kräfte zu schöpfen und zu entscheiden, wie und wo sie die Scherben ihres Lebens zusammenfügen konnte. Tief im Herzen befürchtete sie, dass Herbert gefallen war, obwohl sie sich weiterhin an die gegenteilige Hoffnung klammerte.

Inzwischen war es fast ein Jahr her, seit sie seinen letzten Brief erhalten hatte. Allerdings war auch das gefürchtete Telegramm mit seiner Todesmeldung nicht eingetroffen. Solange sie es nicht schwarz auf weiß hatte, ginge sie weiterhin davon aus, dass er noch lebte.

Drei Tage später verabschiedeten sie und Sophie sich von ihren liebsten Freunden, die für den nächsten Zug nach Aachen vorgemerkt waren. Luise versprach zu schreiben, sobald sie angekommen waren, und Agatha betonte, dass sie bald die gute Nachricht würde senden können, dass Emma und Sophie willkommen waren.

Als Emma ihre Freundin umarmte, konnte sie kaum die Tränen zurückhalten. So sehr sie Luise auch um ihr neues Zuhause beneidete, so sehr bemitleidete Emma sie, dass sie ihr Neugeborenes verloren hatte. Emma selbst blieb zumindest die Hoffnung auf Jakobs Rückkehr.

Sophie umarmte Hans, der wie ein Bruder und wochenlang ihr einziger Spielkamerad gewesen war. Emma hoffte, dass es nicht lange dauerte, bis ihre Tochter neue Freunde fand.

Etwa eine Woche später, bei einem ihrer regelmäßigen Besuche beim Roten Kreuz, erfuhr Emma, dass ihr geliebter Ehemann, mit dem sie zehn Jahre verheiratet gewesen war, während der letzten Kriegstage gefallen war.

„Es tut mir leid", sagte die Mitarbeiterin.

Emma starrte ungläubig auf die Suchkarte mit dem großen roten Stempel, der anzeigte, dass die Person verstorben war. Ihre schlimmsten Befürchtungen hatten sich bewahrheitet. Sie fühlte sich, als sei sie in ein riesiges schwarzes Loch gefallen, aus dem es kein Entrinnen gab. Wie sollte sie ohne ihn weiterleben? Ohne ihn die Kinder großziehen? Ein neues Leben an einem unbekannten Ort beginnen und Arbeit finden, um ihre Familie über die Runden zu bringen? Wie sollte sie all das ohne Herbert an ihrer Seite bewältigen?

Da sie Sophie nicht mit ihrem Kummer belasten wollte, machte sie einen langen Spaziergang um das Flüchtlingslager, bei dem sie Gott und die ganze Welt verfluchte, während sie sich die Seele aus dem Leib weinte. Als sie ihre Runde beendet hatte, holte sie tief Luft, wischte den Kummer beiseite und verschloss ihn tief im

Herzen. Sie war entschlossen, ihn nie wieder an die Oberfläche kommen zu lassen, genauso wie sie es mit den lähmenden Gefühlen getan hatte, nachdem die Russen sie vergewaltigt hatten.

Sie musste sich um ihre Tochter kümmern. Für Trauer war keine Zeit.

KAPITEL 29

Poznań

Nach dem Besuch beim Rotkreuz-Büro vor einigen Monaten war Jakob voller Hoffnung gewesen. Jetzt würde man bestimmt seine Mutter finden und dann käme sie ihn abholen.

Doch ein Tag nach dem anderen verging, und nichts geschah. Obwohl er seine Mutti schrecklich vermisste, gewann er Irena und Luka lieb, die sich um ihn kümmerten, als wäre er ihr eigenes Kind. Eines Tages nahm Irena ihn bei der Hand und sagte: „Wir melden dich jetzt für die Vorschule an."

„Für die Schule?" Jakob war überglücklich, denn er hatte Sophie an ihrem ersten Schultag schrecklich beneidet. Damals hatte sie eine riesige Schultüte voll kleiner Geschenke erhalten und in ihrem dunkelblauen Rock und der gestärkten weißen Bluse hatte sie so groß und erwachsen ausgesehen. Sogar dazu passende neue Schuhe hatte sie bekommen.

Nun war endlich er an der Reihe, ein Schulkind zu werden. Seine Hochstimmung hielt jedoch nicht lange an, weil er beim Gedanken an Sophie immer traurig wurde. Er hätte es nie für möglich gehalten, aber er vermisste seine nervige, ihn herumkommandierende Schwester ganz fürchterlich.

„Für die Vorschule. Sie machen gerade erst auf", antwortete Irena. Während der letzten Monate hatte er immer mehr Wörter ihrer Sprache aufgeschnappt, und obwohl er noch auf Deutsch dachte, kam es oft vor, dass er den Namen eines Gegenstands nur auf Polnisch wusste. Er dachte nicht weiter darüber nach. Solange er die Leute verstand, war es ihm einerlei.

Er und sein bester Freund Alek, der ein paar Häuser weiter wohnte, verstanden einander sowieso ohne Worte. Man musste nicht viel reden, wenn man loszog, um Abenteuer zu erleben, und dabei in den Ruinen nach Granatsplittern, Artilleriegeschossen oder anderen Schätzen suchte.

Er wusste, dass Irena es nicht mochte, wenn er solche Sachen sammelte, obwohl er nicht verstand, wieso. Da Aleks Mutter Irenas Meinung teilte, hatten die beiden Jungen ein sicheres Versteck für ihre Beute und ihre Kriegsspiele gefunden.

„Kommt Alek auch in die Schule?", fragte Jakob, plötzlich unschlüssig beim Gedanken daran, einem ganzen Klassenzimmer fremder Kinder gegenüberzustehen.

„Ja, er kommt in dieselbe Klasse wie du."

„Hurra!" Solange Alek dabei war, hatte Jakob vor nichts Angst. Sein bester Freund hatte immer die tollsten Ideen und war nie um eine Antwort verlegen. Außerdem verteidigte er Jakob jedes Mal, wenn jemand sagte, er sei blöd, weil er eine Frage nicht verstand oder mit einer Antwort etwas länger brauchte.

„Wir müssen dir etwas Neues zum Anziehen besorgen, bevor die Schule anfängt", sagte Irena mit einem Blick auf seine kurzen Hosen und das Hemd, das kaum seinen Bauch bedeckte.

Jakob fand das zwar nicht, denn es war sowieso zu warm, aber gegen ein Paar neue Schuhe hatte er nichts, denn die alten drückten seine Zehen schmerzhaft zusammen.

Als sie für die Anmeldung zum Schulgebäude gingen, war er ziemlich enttäuscht zu erfahren, dass er erst nach dem Sommer eingeschult wurde. Vor dem Büro der Schulleiterin stand ungefähr ein Dutzend Jungen und Mädchen in seinem Alter an, die sich alle darauf freuten, Schulkinder zu werden und ein neues Kapitel in ihrem Leben aufzuschlagen. Am besten gefiel ihm, dass er dort auf Alek und seine Eltern stieß.

Im Büro der Direktorin saß eine alte, grauhaarige Dame hinter einem riesigen Schreibtisch, blickte auf ihn herab und fragte nach seinem Namen.

„Jakob Opamahn", antwortete er.

Sie runzelte die Stirn und sprach schrecklich schnell mit Irena. Er verstand nur Bruchstücke der Unterhaltung und besah sich lieber die farbenfrohen Gemälde an der Wand, bis die Schulleiterin sagte: „Dann also Jakub Pawlak."

Irenas mahnender Blick hielt ihn davon ab, zu widersprechen, deshalb wartete er ungeduldig, bis sie das Gebäude verlassen hatten. Dann zog er an ihrer Hand und wollte wissen: „Warum mag sie meinen Namen nicht?"

„Ach, Jakub." Irena strich ihm übers Haar. „Es ist nicht so, dass sie ihn nicht mag, aber ... Weißt du, während des Krieges ging es den Polen nicht gut unter der deutschen Herrschaft. Aber jetzt sind wir frei und viele Leute haben Vorurteile. Die Direktorin hat Angst, dass die anderen Schüler dich schlecht behandeln, wenn sie wissen, dass du Deutscher bist. Ihre Eltern hätten vielleicht sogar etwas dagegen, dass du in dieselbe Klasse gehst, und dann würdest du womöglich von der Schule verwiesen."

„Aber ich will so gerne in die Schule gehen!" Jakob verstand nicht, wovor die Direktorin Angst hatte. Er spielte doch jeden Tag mit Alek, oder etwa nicht? Wieso sollten die anderen Kinder etwas gegen ihn haben?

„Und das wirst du auch. Wir müssen nur ... Um es für alle einfacher zu machen, vor allem für dich, tun wir so, als wärst du mit uns verwandt. Ein kleiner Pole namens Jakub Pawlak."

„Ein Pole?", zischte er zutiefst erschüttert. Hatte sein Vater nicht immer gesagt, dass die Polen minderwertig waren, zu dumm, ihr eigenes Land zu regieren, und nur für niedere Arbeiten zu gebrauchen?

„Nur für die Schule. Glaub mir, es ist besser so."

Wenn Irena das dachte, dann war es wohl besser, nicht zu widersprechen. Die polnischen Kinder mochten ihn vielleicht lieber, wenn er einer von ihnen war, und das war das Wichtigste. Er wollte auf keinen Fall allein ohne Freunde im Klassenzimmer hocken.

KAPITEL 30

Der Sommer war vorbei und die Vorschule hatte begonnen. Irena und Luka waren so stolz, wie Eltern nur sein konnten, die den großen Tag ihres Kindes begingen. Es war nicht leicht, aber sie hatten genug beiseitelegen können, um neue Kleidung und sogar neue Schuhe für Jakub zu kaufen.

Dieser hatte wie ein Weihnachtsbaum gestrahlt, und Irena konnte nicht umhin, heimlich ein paar Tränen zu vergießen. Ihr Kleiner wurde langsam groß.

Tag für Tag wartete sie darauf, dass es an der Tür klopfte und sie erfuhr, dass Jakubs leibliche Eltern gefunden worden waren. Jedes Mal, wenn ein Fremder zu ihnen kam, stockte ihr der Atem. Doch als der Herbst in den Winter und der Winter in den Frühling überging, ließ ihre Furcht langsam nach.

Sie und Luka sprachen nie über das Unheil, das über ihren Köpfen schwebte, denn sie hatten entschieden, jeden Tag voll auszukosten, den Gott ihnen mit Jakub schenkte. Der Junge sprach inzwischen fließend und völlig akzentfrei Polnisch und unterschied sich nicht von den anderen Kindern in seiner Klasse.

Nach dem Gespräch mit der Schulleiterin hatten sie Vorkehrungen getroffen und ihn in der Schule als Waise polnischer Eltern vorgestellt, damit keine antideutschen

Ressentiments aufkommen konnten. Denn nach Kriegsende hatte die neue Regierung verschiedene antideutsche Gesetze erlassen, die darin gipfelten, dass sämtliche Einwohner mit deutschen Wurzeln ausgewiesen wurden, egal wie viele Jahre, Jahrzehnte oder Generationen die Familie im jetzigen Polen gelebt hatte.

Eines Tages kehrte Luka mit ernster Miene nach Hause zurück und sagte: „Alle, die irgendwie deutsch sind, werden zusammengetrieben und per Zug gen Westen geschickt."

„Werden sie unseren Jakub auch mitnehmen?" Irena drückte eine Hand auf ihre Brust.

„Vielleicht. Vielleicht auch nicht." Luka war sichtlich aufgewühlt, was ungewöhnlich für ihn war.

„Was verschweigst du mir?"

Er ging nach oben, um sicherzugehen, dass die Tür zu Jakubs Zimmer geschlossen war, bevor er sich zu Irena an den Tisch setzte, um ihr alles zu erzählen. „Es ist nicht sicher für ihn. Ich habe gehört, dass die arbeitsfähigen Männer und Frauen in Arbeitslager verschleppt werden. Dem Rest wird alles weggenommen, was sie besitzen, bevor sie wie die Sardinen in Viehwaggons gepfercht werden."

So wie die Deutschen es mit den Juden getan haben. Jetzt bekommen sie es mit gleicher Münze heimgezahlt. Irena erbleichte beim Gedanken daran, wie Klein-Jakub in einem der Waggons zu Tode gequetscht würde, wenn kein Erwachsener ihn beschützte. „Was können wir tun?"

„Ich habe mich umgehört. Es könnte sein, dass die Direktorin ihm unwissentlich die Haut gerettet hat." Er hielt inne und nahm ihre Hände. „Wir sollten ihn offiziell als Kriegswaise adoptieren. Es gibt davon zu viele, als dass die Behörden jeden Fall gründlich prüfen könnten, sie müssen sich also auf unser Wort verlassen."

„Wir sollen die Behörden anlügen?", japste Irena.

„Das müssen wir, wenn wir möchten, dass Jakub keine Gefahr droht."

Irena riss die Augen auf. Ihr Luka, dieser anständige, korrekte, grundehrliche Mann, schlug vor, einen Meineid zu leisten und der Regierung gegenüber so zu tun, als sei Jakub wirklich mit ihnen verwandt? Es war eine Sache, die Eltern in der Schule anzulügen mit vagen Andeutungen, dass Jakub der Sohn einer entfernten Cousine war. Aber ins Meldeamt zu marschieren, Adoptionspapiere einzureichen und zu schwören, dass er ihr Verwandter war?

„Werden sie uns nicht bestrafen?"

„Sie werden es nie erfahren." Luka starrte die Wand hinter ihr an. „Es ist ... Wir würden das Gesetz brechen, aber ..."

Sie wusste, womit er zu kämpfen hatte, denn er liebte den Jungen genauso sehr wie sie. „Was, wenn wir ihn in gute Hände geben?"

„Wessen Hände? Du hast nicht dasselbe gesehen und gehört wie ich. Diese Transporte sind die Hölle."

„Und was ist mit den Leuten vom Roten Kreuz? Sie könnten ihn begleiten."

„Die ertrinken in Arbeit. Ich habe im Hospital mit einer Mitarbeiterin gesprochen und sie meinte, dass es noch nicht klar ist, wo diese Menschen hingebracht werden. Nur, dass es ein Flüchtlingslager irgendwo in Deutschland sein wird."

Irena erschauderte. Ihr süßer Junge ganz allein in einem Lager, weit weg von ihr und Luka, ohne jemanden, der über ihn wachte. Er war nun seit mehr als einem Jahr bei ihnen, ohne Nachricht von seiner Mutter oder anderen Verwandten. Müsste er dann seine Kindheit im Waisenhaus eines Flüchtlingslagers verbringen und auf jemanden warten, der vielleicht nie auftauchte? Heftig schüttelte sie den Kopf. „Nein."

„Nein was?" Luka legte seine Hand auf die ihre.

„Wir sorgen dafür, dass er bei uns bleiben kann. Egal was dafür nötig ist, sogar wenn wir die Behörden anlügen müssen", sagte sie mit wilder Entschlossenheit, angestachelt von mütterlicher Liebe.

Luka nickte. „Das Rote Kreuz hat seine Mutter bisher nicht gefunden und es kann sein, dass sie das nie werden. Wir müssen uns entscheiden, ob er bei uns ein liebevolles Zuhause bekommen soll oder ob wir ihn in die Ungewissheit schicken."

Die Entscheidung war einfach zu treffen. Am nächsten Tag ersuchten sie um Jakubs Adoption und erhielten bald darauf offizielle Dokumente, die ihn als ihren Sohn identifizierten.

Wochen vergingen, dann Monate. Niemand klopfte an die Tür und allmählich erschrak Irena nicht mehr jedes Mal, wenn unerwartet Besuch kam.

Luka hatte sie gedrängt, das Rote Kreuz noch zweimal aufzusuchen, aber das Ergebnis war immer dasselbe: „Nein, wir haben seine Eltern noch nicht gefunden. Sie müssen sich gedulden. Es gibt immer noch jede Menge Kinder, die von ihren Familien getrennt sind."

Irena hatte kein Problem damit, sich zu gedulden. Jakub war in jeder Hinsicht ihr Sohn und sie betete, dass sich das niemals ändern würde.

Der Junge hatte ihnen so viel Freude geschenkt. Sie liebte es, ihn am Morgen zu wecken, ihm Frühstück zu machen, ihn zum Abschied zu küssen und ihm mittags etwas zu kochen, wenn er aus der Schule heimkam. Es schien, als hätte Gott ihren innigsten Wunsch endlich erfüllt und ihr das Kind geschenkt, für das sie immer gebetet hatte.

An manchen Tagen empfand sie Gewissensbisse, denn sie hätte sich mehr darum bemühen sollen, seine Mutter zu finden oder wenigstens jemanden, der heimlich mit ihm Deutsch sprach, um die Erinnerung wachzuhalten. Andererseits war das Leben im Nachkriegspolen schwierig genug: Irena hatte alle Hände voll zu tun, ihrer Arbeit im Hospital nachzukommen, den Haushalt zu führen und sich um die beiden Männer zu kümmern, die sie so sehr liebte. Die Tage waren einfach zu kurz, um alles zu erledigen.

Am letzten Tag von Jakubs erstem Schuljahr kam er durch die Tür gerannt und grinste übers ganze Gesicht, während er sein Zeugnis durch die Luft schwenkte. „Sieh dir meine Noten an!"

Ihr Herz quoll über vor Liebe und sie küsste ihn auf beide Wangen, bevor sie das Papier in die Hand nahm. „Wie wundervoll! Lauter Einser und eine Zwei. Das muss gefeiert werden."

„Gehen wir in den Zoo?", fragte Jakub mit leuchtenden Augen.

„Ich muss erst mit Luka darüber sprechen." Jakub wollte schon seit geraumer Zeit in den Zoo, aber bisher hatte sich keine Gelegenheit ergeben, weil Luka fast rund um die Uhr arbeitete. Irena hoffte, dass er sich ein Wochenende freinehmen konnte, um das hervorragende Zeugnis ihres Sohnes zu feiern.

Als Luka an diesem Abend nach Hause kam, schlief Jakub bereits und Irena erwartete ihren Mann mit einer warmen Mahlzeit.

„Heute war der letzte Schultag."

„Ich weiß", seufzte Luka. „Ich wünschte, ich könnte mehr Zeit mit euch beiden verbringen. Aber die neue Verwaltung hat alle mit deutschen Wurzeln entlassen, sodass wir unterbesetzter sind als jemals zuvor. Es sieht leider auch nicht so aus, als würde sich das in der nächsten Zeit ändern."

Tapfer ignorierte sie ihre Enttäuschung. „Jakubs Lehrerin sagt, dass er einer der besten Schüler in der Klasse ist. Sieh dir nur sein Zeugnis an."

Luka nahm es zur Hand und ein breites Grinsen erschien auf seinem Gesicht, während er die Noten und Bemerkungen gründlich durchlas. „Das ist mein Sohn! Ich bin nicht überrascht. Weißt du noch, wie schnell er Polnisch gelernt hat? Wenn er sich weiterhin für Medizin interessiert, wird er es vielleicht sogar zum Arzt schaffen."

Irena wusste, dass Luka sich aus dem Hospital zurückziehen und seine eigene Praxis aufmachen wollte. Es war sein Wunsch, einen Sohn zu haben, der einmal in seine Fußstapfen trat. Sie hatte es sich bisher nicht gestattet, langfristig zu denken, da die Gefahr allgegenwärtig war, dass jemand kommen und ihnen Jakub wegnehmen könnte. „Denkst du ... Ich meine ... Glaubst du ...?"

Luka wusste, was sie zu sagen versuchte. Sein Daumen strich über ihre Handfläche. „Ich weiß es nicht. Niemand weiß es. Ich kann nur sagen, dass die Wahrscheinlichkeit, dass das Rote Kreuz seine Mutter findet, mit jedem Tag geringer wird. Wir können nur von einem Tag auf den anderen leben."

„Es ist so schwer. Wann immer ich höre, wie die anderen Eltern über die Zukunft sprechen, wenn sie Pläne für ihre Söhne machen, in die Fußstapfen der Väter zu treten ... Ich traue mich nicht zu träumen. Unsere Situation ist so unsicher. Er kann uns jederzeit weggenommen werden. Es kommt mir vor, als seien unsere Tage gezählt."

Mit einem Mal sah Luka sehr alt aus. „Das ist alles, was wir haben. Deshalb müssen wir jeden Tag, der uns vergönnt ist, genießen und hoffen, dass es nicht der letzte mit ihm sein wird."

„Du hast recht." Sie neigte den Kopf zur Seite und entschied, ihn beim Wort zu nehmen: „Jakub würde gerne in den Zoo gehen, um sein hervorragendes Zeugnis zu feiern. Ich habe gesagt, dass ich erst mit dir sprechen muss."

„Ich glaube nicht ..." Er unterbrach sich mitten im Satz und sah sie eine Weile an, bevor er zustimmte. „Ich sollte meinen eigenen Rat beherzigen und die Zeit mit ihm genießen, denn sie könnte bald enden. Ich werde versuchen, nächste Woche zwei Tage freizubekommen und dann können wir gemeinsam in den Zoo gehen und vielleicht auch zum See. Es wird Zeit, dass ich ihm das Schwimmen beibringe."

„Das würde ihm sehr gefallen", sagte Irena.

„Und dir?"

„Mir auch. Solange ich mit den zwei Männern zusammen sein kann, die mir am meisten bedeuten, bin ich glücklich." Irena hatte das Schwimmen nie erlernt und traute sich nicht, ins Wasser zu gehen, aber sie saß gerne am Ufer auf einer Picknickdecke und sah den beiden beim Planschen zu. Es war eine seltene Gelegenheit, einen Sommertag wie eine ganz normale Familie zu verbringen.

KAPITEL 31

Friedland Flüchtlingslager

„Sophie? Sophie, wo bist du?" Emma stürmte in die Wohnbaracke, ein Papier in der Hand schwenkend.

„Sie malt draußen mit Kreide. Was sind Sie denn so hektisch?", fragte eine der Frauen.

„Wir fahren morgen mit dem Zug nach Aachen", antwortete Emma, vor Aufregung ganz aus dem Häuschen.

Bereits seit sechs Monaten lebten sie im Durchgangslager und Emmas anfängliche Euphorie, es endlich erreicht zu haben, hatte allmählich nachgelassen. Es war nicht die Schuld der Briten, sie taten ihr Bestes. Doch mit Dutzenden anderer Flüchtlinge in einer Nissenhütte ohne jegliche Privatsphäre zu wohnen, zehrte an ihr.

Der Internationale Freiwilligendienst arbeitete hart, um den Kindern so etwas wie ein Zuhause zu bereiten. Sogar ein Schulzelt hatte man aufgestellt, in dem mehr oder weniger regelmäßig unterrichtet wurde.

Trotzdem war das Lager kein guter Ort, um ein Kind aufzuziehen, schon gar nicht ein so traumatisiertes wie Sophie, die erst ihren Bruder und dann Hans verloren hatte, als seine Familie nach Aachen gezogen war. Es fiel ihr schwer, sich mit

Gleichaltrigen anzufreunden, und oft beklagte sie sich darüber, dass es der Mühe nicht wert war, weil jedes Mal, wenn sie eine Freundin fand, diese das Lager nach kurzer Zeit unweigerlich verließ.

Es stimmte. Familien kamen und gingen. Einige zogen zu Verwandten nach Westdeutschland, andere wurden in andere Lager verlegt oder zu Arbeitseinsätzen geschickt, wenn sie Fähigkeiten besaßen, die für den Wiederaufbau des Landes gebraucht wurden.

Emma hingegen hatte nie etwas anderes gelernt, als eine gute Hausfrau und Mutter zu sein. Nach beidem schien es im Moment keine große Nachfrage zu geben. Da so viele Männer tot oder in Kriegsgefangenschaft waren, bevorzugten die Behörden diejenigen, die einen Beruf erlernt hatten, sei es Bäcker, Näherin, Lehrer oder etwas anderes, solange es nichts mit Kochen, Putzen und Kinderpflege zu tun hatte.

Verbittert presste Emma die Lippen aufeinander. Als Belohnung dafür, dass sie der Nazi-Ideologie einer guten deutschen Frau entsprochen hatte, wurde sie jetzt als nutzlos betrachtet. Sie war wie ein Fossil, das niemand in diesem neuen, von den Alliierten regierten Land haben wollte.

Sie ging nach draußen und fand Sophie einsam hinter der Hütte, wo sie kunstvolle Bilder mit Kreide auf den Boden malte.

„Sophie, komm mal her", rief Emma.

Ihre Tochter hob den Kopf und blickte sie unglücklich an. „Was ist denn?"

„Ich habe gute Neuigkeiten." Emma hatte erwartet, dass Sophie zu ihr gelaufen käme, wenn schon nicht voller Freude, so doch zumindest aus Neugier. Doch sie nickte nur.

Sophie ließ sich Zeit beim Zusammensammeln der Kreidestückchen. Dann stand sie auf, glättete ihr Kleid und schlurfte herüber. Es brach Emma das Herz, ihr ehemals so fröhliches, gehorsames, süßes Mädchen so erbärmlich zu sehen. Das Kleid, das sie bei ihrer Ankunft im Lager erhalten hatte, war schon wieder zu klein und bedeckte kaum ihre Knie. Die Ärmel endeten einige Zentimeter oberhalb der Handgelenke. Doch es war nicht so sehr die materielle Armut, die Emma traf. Das völlige Desinteresse in den Augen ihrer Tochter versetzte ihr einen tiefen Stich ins Mutterherz.

„Agathas Cousine hat endlich Nachbarn gefunden, die bereit sind, uns aufzunehmen", sagte Emma in der Hoffnung, einen fröhlichen Funken in Sophies Augen zurückzuholen.

„Aha."

„Freust du dich nicht?"

„Worüber?"

„Dass wir das Lager verlassen, um in einem richtigen Haus zu leben?"

„Das wird aber kein Zuhause sein." Sophie stampfte mit dem Fuß auf. „Ich bin doch nicht blöd. Diese Nachbarn sind nicht die herzensguten Menschen, für die du sie hältst."

„Bitte, Sophie, du kennst sie doch gar nicht." Emma erkannte ihre sonst so sanftmütige Tochter nicht wieder.

„Das brauche ich auch nicht. Wenn sie anständige Leute wären, dann hätten sie Agathas Bitten schon vor Monaten nachgegeben, meinst du nicht?"

„Es kann alle möglichen Gründe dafür geben, dass ..." Emma zögerte. Anfangs waren sie so voller Zuversicht gewesen, doch Luises erster Brief nach der Ankunft in Aachen hatte Emma wie eine kalte Dusche ernüchtert. Die Cousine hatte die drei offenbar nur widerwillig aufgenommen und rundheraus abgelehnt, es auch nur in Erwägung zu ziehen, Emma und Sophie ebenfalls bei sich unterzubringen.

Sie hatte klipp und klar gesagt, dass sie nicht die Wohlfahrt war und dass die Flüchtlinge hätten bleiben sollen, wo sie herkamen. Emma hätte nichts lieber getan als das, aber es war keine Option. Nach Deutschlands Kapitulation hatte Stalin ihre einstige Heimat für den neuen sowjetischen Satellitenstaat Polen beansprucht.

Aus den Nachrichten und dem Mundfunk, den der stetige Strom von Neuankömmlingen nach Friedland brachte, wusste sie, dass die Polen keine Zeit verloren hatten, jeden mit deutschen Wurzeln aus dem neu erlangten Territorium zu vertreiben. Alle, die nicht aus eigenem Antrieb geflohen waren, waren mit Peitsche und Knüppel verscheucht worden.

„Mutti, ich kann dir sagen, warum die auf einmal so ein gutes Herz haben." Sophie blickte ihre Mutter mit zusammengekniffenen Augen an. „Weil die Siegermächte sie dazu zwingen. Jedes Dorf muss eine bestimmte Anzahl Flüchtlinge aufnehmen. Die Alliierten laufen rum, schauen sich die Häuser an und weisen Flüchtlinge zu, egal ob die Besitzer einverstanden sind oder nicht."

„Woher weißt du das?" Emma erblasste. Es war ihr nicht klargewesen, dass ihre achtjährige Tochter in die schäbigen Details des aktuellen Geschehens eingeweiht war.

„Alle wissen das. Die Leute reden nun mal. Sogar im Radio haben sie das gesagt." Sophie baute sich einen Schritt vor ihrer Mutter mit verschränkten Armen auf. „Ich bin kein Baby mehr."

„Nein, natürlich nicht." Emma lächelte traurig. „Aber egal, ob unsere neuen Gastgeber uns freiwillig aufnehmen oder nicht, es ist bestimmt besser dort zu wohnen als hier. Immerhin werden wir ein eigenes Zimmer haben, das wir nicht mit anderen teilen müssen. Wir können die Küche mitbenutzen, um unser eigenes Essen zuzubereiten, und du kannst auf eine richtige Schule gehen."

„Damit die anderen Kinder mich anspucken, weil sie der Meinung sind, dass ich dahin zurückgehen soll, wo ich herkomme!", schrie Sophie.

„Meine Süße, wer erzählt denn so einen Unsinn? Natürlich werden die anderen Kinder dich akzeptieren, wir sind doch Deutsche, genau wie sie."

„Nicht, wenn's nach denen geht. Für die sind wir Fremde, die gekommen sind, um ihnen wegzunehmen, was ihnen gehört. Das haben schon mehrere Kinder in der Lagerschule erzählt. Die waren auf einer normalen Schule und sind zurückgekommen, weil es dort unerträglich war."

Emma konnte nicht glauben, dass das stimmte. Und selbst wenn, es gab nichts, was sie dagegen hätte tun können, denn sie war nicht willens, auch nur eine Minute länger als nötig in Friedland zu bleiben. Wenn die anderen Kinder in der Schule sie hänselten, dann würde Sophie das durchstehen und damit zurechtkommen müssen, denn so war das Leben nun einmal.

„Wir werden morgen den Zug nach Aachen nehmen." Emma war drauf und dran, auf dem Absatz kehrtzumachen, als sie zögerte und hinzufügte: „Freust du dich nicht darauf, Luise und Hans wiederzusehen? Hans wird bestimmt ganz aus dem Häuschen sein."

„Hans ist ein Baby. Denkst du, ich bin froh darüber, dass mein einziger Freund ein Fünfjähriger ist?" Sophie schmollte.

„Wart doch einfach ab. Es wird bestimmt besser, als du denkst." Emma ging, denn sie hatte viel vorzubereiten. Sie hatte zwar nur wenige Besitztümer zu packen, aber sie musste die neue Adresse beim Suchdienst des Roten Kreuzes hinterlassen, sich von den Frauen verabschieden, mit denen sie sich angefreundet hatte, und versuchen, bei der Kleiderkammer neue Schuhe und ein Kleid für Sophie zu ergattern.

KAPITEL 32

Poznań, August 1947

Jakub hatte sich so sehr auf seinen siebten Geburtstag gefreut. Der einzige Wermutstropfen war, dass er in den Schulferien lag und sein bester Freund Alek bei seinen Großeltern in einer anderen Stadt zu Besuch war. Dafür hatte Irena ihm erlaubt, zwei andere Klassenkameraden für den Nachmittag einzuladen.

Kaum wachte Jakub am Morgen auf, raste er die Treppe hinunter, um schlitternd vor dem Tisch zum Stehen zu kommen. Darauf befanden sich, neben einem runden Kuchen, ein großes und ein kleines Paket, die beide in braunes Papier gewickelt waren.

„Sind das meine Geschenke?", rief er.

Irena kam mit einer Tasse heiße Schokolade und zwei Tassen Kaffee herein. „Ja, die sind für dich. Herzlichen Glückwunsch zum Geburtstag, Jakub!" Luka folgte ihr aus der Küche und umarmte Jakub. „Du bist jetzt ein großer Junge."

„Darf ich sie aufmachen? Bitte?"

„Ja, natürlich." Irena stellte die Tassen auf den Tisch. „Aber willst du nicht zuerst deine Schokolade trinken?"

Wen interessierte heiße Schokolade, wenn es ungeöffnete

Geschenke gab? Er schüttelte den Kopf. „Darf ich? Bitte!" Vor Vorfreude ganz aus dem Häuschen konnte er kaum an sich halten, sie nicht sofort aufzureißen. Als seine Eltern nickten, öffnete er vorsichtig die erste Verpackung. Er wusste, dass Irena das Papier später glatt streichen und in der Schublade neben dem Herd verstauen würde, um es wiederzuverwenden.

„Oh, wie schön!", rief er und hielt einen selbst gebauten Drachen aus feinen Holzstegen und dünnem roten Stoff hoch. Sogar ein langer Schwanz mit Papierschleifen war daran. „Kann ich ihn gleich ausprobieren?"

Luka lachte. „Ich habe mir den ganzen Tag freigenommen. Wir können an den See gehen und ihn am Ufer steigen lassen, bevor deine Gäste heute Nachmittag eintreffen."

„Er ist wunderschön. Vielen, vielen Dank", freute sich Jakub und packte das zweite Päckchen aus, in dem eine Armbanduhr lag. Sie war gebraucht und viel zu groß für sein Handgelenk, trotzdem war er begeistert. Seit seinem ersten Schultag im Jahr zuvor hatte er sich eine Armbanduhr gewünscht.

„Soll ich dir helfen, sie anzuziehen?", bot Irena an.

Er nickte und bewunderte die schöne Uhr an seinem Handgelenk. Damit würde er sich nie wieder verspäten. Luka zeigte ihm, wie man sie alle paar Tage aufziehen musste, damit sie richtig ging.

Jakub blickte zu den beiden Menschen, die er so sehr liebte, und umarmte Irena und Luka, vor Freude völlig überwältigt. „Ich danke dir so sehr, *Mamusia*. Und dir, Papa."

„*Mój synku*", sagte sie und hatte aus irgendeinem Grund plötzlich Tränen in den Augen.

„Was ist los, *Mamusia*?", fragte er.

„Ach, nichts. Es ist nur ... Du hast mich noch nie Mutter genannt."

Er kniff die Augen zusammen, denn ihm erschien das seltsam. Er wusste, dass er irgendwo eine andere Mutter hatte; seine Mutti, die während des Krieges verschwunden war. Bisher war es niemandem gelungen, sie zu finden.

Was ihn betraf, so war Irena jetzt seine Mutter. Er wollte nicht, dass sie traurig war, schon gar nicht an seinem Geburtstag. Deshalb verkündete er fröhlich: „Nun will ich meine heiße Schokolade trinken!"

Sie lächelte wieder und die drei setzten sich an den Tisch, um ein Stück Kuchen zu essen. Er war etwas ganz Besonderes, denn Lebensmittel waren immer noch streng rationiert und Zucker war knapp.

Jakub war das egal. Er hatte seine neue Armbanduhr, einen Drachen und zwei Menschen, die ihn inniglich liebten. Was konnte sich ein siebenjähriger Junge sonst noch wünschen?

Am Abend, nach einem aufregenden Tag, an dem er den Drachen hatte fliegen lassen und mit zwei Freunden Geburtstag gefeiert hatte, fiel er völlig erschöpft ins Bett. Doch der Schlaf wollte sich nicht einstellen. Irgendwo in seinem Hinterkopf nagte eine Erinnerung. Etwas, das er vergessen hatte, kam wieder zum Vorschein und ließ ihn nicht ruhen. Lange starrte er ins Dunkel und lauschte den Geräuschen der Stadt. Als er endlich einschlief, träumte er: Es war sein vierter Geburtstag und er spielte mit Hans, seinem damals besten Freund.

Der andere Junge hatte kein Gesicht, obwohl Jakub deutlich seinen karierten Pullover und die Mütze auf seinem Kopf erkannte. Warum sollte Hans an einem heißen Tag im August eine Mütze tragen? Der Traum ging weiter. Als Jakub am Morgen aufwachte, konnte er sich nur noch an die Mütze auf Hans' Kopf erinnern.

„Hast du gut geschlafen, Jakub?", begrüßte Irena ihn, als er in die Küche schlurfte.

„Ich hatte einen komischen Traum. Mein bester Freund Hans hat mich an meinem Geburtstag besucht und eine Mütze aufgehabt. Warum würde er im Sommer eine Wollmütze tragen, *Mamusia*?"

Sie dachte einen Moment nach, seufzte und gab ihm ein Zeichen, sich an den Tisch zu setzen. Dann nahm sie neben ihm Platz und erklärte: „Als ich dich im Krankenhaus gefunden habe, wusstest du nicht, wann dein Geburtstag ist. Du wusstest nur, dass du vier Jahre alt warst und dein Geburtstag schon eine Weile her war. Später hat ein Kinderarzt dein Alter geschätzt, und wir haben uns für den 15. August entschieden, weil wir in deinen Papieren irgendein Datum angeben mussten."

Vor lauter Schreck verschluckte er sich an seiner Milch. „Du meinst, du weißt nicht genau, wann ich Geburtstag habe? Was passiert, wenn wir herausfinden, dass er nicht gestern war? Muss ich dann meine Geschenke zurückgeben?"

„Aber nein, *mój synku*, natürlich war gestern dein Geburtstag. Und sollten wir je die Wahrheit erfahren ..." Sie hielt inne. „Na, dann feiern wir einfach zweimal. Was hältst du davon?"

Die Vorstellung von zwei Geburtstagen munterte ihn auf, ganz besonders weil er dann zweimal so schnell älter werden würde und bald erwachsen wäre. Dann könnte er wie Luka Arzt werden, und seine Eltern müssten nicht mehr so viel arbeiten, weil er den Lebensunterhalt verdiente.

KAPITEL 33

Aachen, Oktober 1949

Es war Jakobs neunter Geburtstag. Emma schaute aus dem Fenster und blickte in den Himmel. Große flauschige Wolken schwebten fröhlich umher, denn sie wussten nichts von dem Aufruhr in ihrer Brust. Es war nun fast fünf Jahre her, seit sie ihren Sohn das letzte Mal gesehen hatte, aber der lähmende Schmerz war nie gewichen.

Nach ihrer Ankunft in Aachen hatten Emma und Sophie sich nur langsam zurechtgefunden. Emma besuchte zuverlässig einmal im Monat den lokalen Suchdienst des Roten Kreuzes, um nach Jakob zu fragen, denn sie würde die Hoffnung niemals aufgeben.

Das einzige Foto, das sie von ihm besaß, war inzwischen verblasst und abgegriffen. Im vergangenen Jahr hatte sie einen Rahmen gekauft, weil sie Angst hatte, es könnte sonst auseinanderfallen. Still liefen ihr die Tränen über die Wangen, als sie mit dem Finger über Jakobs niedliche Pausbäckchen strich.

Wie er jetzt wohl aussah? Mit neun Jahren war er schon ein großer Junge. Hatte er noch die weißblonden Locken, die sie so oft zerzaust hatte? Leuchteten seine blauen Augen noch immer vor

Aufregung? Oder waren sie trüb und traurig, weil er in einem tristen, lieblosen Waisenhaus vor sich hinvegetierte, nachdem er unvorstellbares Leid erlebt hatte? Ihr Herz zweifelte nicht daran, dass er noch am Leben war. Alles andere wäre unvorstellbar. Also klammerte sie sich mit jeder Faser ihres Seins an die Vorstellung, dass er lebte und es nur eine Frage der Zeit war, bis sie wieder vereint wären.

Zwei Hände legten sich auf ihre Schultern, und sie lehnte sich zurück gegen den warmen Männerkörper hinter ihr. „Wieso schaust du so traurig?", fragte Martin.

Martin arbeitete im nahe gelegenen Schuhgeschäft, und nachdem sie sich über Monate beiläufig gegrüßt hatten, hatte er Emma schließlich um eine Verabredung gebeten. Zunächst hatte sie gezögert, denn sie war damals erst seit zwei Jahren Witwe. Da sie immer noch um ihren gefallenen Mann und ihren vermissten Sohn trauerte, war sie nicht in der Stimmung für eine Liebelei gewesen.

Luise, die in der Nähe wohnte, hatte Emma schließlich davon überzeugt, dass sie einen Mann brauchte, der für sie sorgte und für Sophie ein Vater war, denn Emmas Tochter kam mit den Bedingungen ihres neuen Lebens nicht gut zurecht.

Emma fing an, Martin zu mögen, auch wenn sie nicht dieselbe leidenschaftliche Liebe wie für Herbert empfand. Damals war sie jung, töricht und sorglos gewesen. Nun aber war sie die alleinerziehende Mutter eines rebellischen Backfisches, die als Küchenhilfe der britischen Besatzer kaum genug verdiente, um sich und ihre Tochter über die Runden zu bringen. Den Luxus der Liebe konnte sie sich nicht leisten.

Martin behandelte sie gut und zeigte Sophie gegenüber genau das richtige Maß an Strenge, um sie im Zaum zu halten. Als er Emma vor einem Jahr einen Heiratsantrag gemacht hatte, hatte sie also ja gesagt. Sie und Sophie waren in seine Zweizimmerwohnung gezogen, was eine große Verbesserung zu dem einzelnen Raum darstellte, den sie bei Agathas Nachbarn bewohnt hatten. Dort hatten sie Küche und Badezimmer mit ihren Gastgebern teilen müssen, was zuweilen eine große Herausforderung gewesen war.

Emma drehte sich um und sah ihren neuen Ehemann an. „Ich denke nur nach."

„Über Jakob?"

„Woher weißt du das?"

„Er hat heute Geburtstag. Wie solltest du da nicht an ihn denken?", antwortete Martin, bevor er sie auf die Stirn küsste. Ihr Mann war mit ihrem Bestreben, Jakob zu finden, außerordentlich geduldig, obwohl sie deshalb beständig von Pontius zu Pilates rannte, telefonierte, Briefe schrieb, Suchformulare ausfüllte und vieles mehr. Doch sie hatte Angst, dass seine Geduld mit ihrer Besessenheit, ihren vermissten Sohn zu finden, mit der Zeit schwinden würde.

Sie verdrängte die Traurigkeit und nahm sich vor, dankbar zu sein für das, was sie hatte: einen guten und fürsorglichen Ehemann, eine schöne Wohnung für ihre Familie, ihre Tochter und – sie blickte hinab auf ihren wachsenden Leib – bald auch Martins Kind.

Es würde sie enger aneinanderbinden und ihm der ersehnte eigene Nachwuchs sein. Ihr hingegen würde es die Sicherheit geben, nicht nur von Martin, sondern von seiner ganzen Familie akzeptiert zu werden.

Sophies Verhalten hatte sich merklich gebessert, seit sie bei Martin eingezogen waren und sie nicht mehr die beständige Herablassung ihrer unfreiwilligen Gastgeber ertragen musste. Seit Martin, ein gebürtiger Aachener, Sophie adoptiert hatte, wurde sie auch in der Schule nicht mehr gehänselt. Aus dem ausgestoßenen Flüchtlingskind war ein ganz normales Mädchen geworden.

Das Einzige, was Emma störte, war, dass Sophie sich weigerte, Jakobs Namen in den Mund zu nehmen. Immer, wenn Emma von ihm redete, rollte Sophie mit den Augen und sagte: „Mutti, wann akzeptierst du es endlich? Er ist schon lange tot, sonst hätte ihn doch jemand gefunden."

Emma ließ den Kopf an Martins Brust sinken und entspannte sich in seiner Umarmung. „Ich werde das Gefühl nicht los, dass sein Verschwinden meine Schuld ist. Nachts liege ich wach und überlege, ob ich ihn besser nicht im Krankenhaus gelassen hätte. Oder ob ich in Posen hätte bleiben sollen, um nach ihm zu suchen."

„Du hast getan, was du tun musstest, um dich und Sophie in Sicherheit zu bringen. Es gibt nichts, was du anders hättest machen können. Außerdem hätten dich die SS-Wachen niemals in die Stadt zurückgehen lassen", erinnerte Martin sie.

Emma zuckte zusammen. Sie hatte Martin und auch sonst niemandem erzählt, was nach der Flucht aus Posen wirklich passiert war. Nicht einmal Agatha gegenüber, der dasselbe widerfahren war, hatte sie je wieder erwähnt, was die Russen ihr angetan hatten. Es war das Beste, diese Erinnerung ganz tief in ihrer Seele zu begraben und niemals an die Oberfläche kommen zu lassen.

„Genau das sage ich mir auch. Ich musste in dem Moment an Sophie und Luise denken ... und an mich. Es klingt egoistisch, wenn ich es so sage ..."

„Das ist überhaupt nicht egoistisch. Es war Krieg und du hast dich in einem entsetzlichen Dilemma befunden. Die Entscheidung, die du getroffen hast, war unglaublich schwer, aber auf jeden Fall die richtige. Du konntest nichts für ihn tun, aber du konntest dich selbst und Sophie retten."

„Trotzdem fühle ich mich grässlich deswegen."

„Ich habe eine Überraschung für dich." Martin lächelte.

„Für mich? Es ist doch Jakobs Geburtstag, nicht meiner."

Er sah auf die Uhr und sagte: „Mach mal das Radio an."

„Das Radio?" Sie blickte ihn verwirrt an. Es war zehn Minuten vor zwei. Sie ging hinüber, schaltete es an und hörte den Radiosprecher sagen: „Der Soldat Franz Wolters, geboren am 18. Juni 1912, sucht seine Ehefrau Martina Wolters, zuletzt wohnhaft in ..." Emma blickte zu ihrem Mann auf und fragte sich, wieso er wollte, dass sie sich das tägliche Suchprogramm für vermisste Personen im Radio anhörte.

„Pst, pass auf", sagte er und legte sich einen Finger an die Lippen.

Es gab zwei weitere solche Ansagen, dann sagte der Sprecher: „Emma Kröger, verwitwete Oppermann, sucht ihren Sohn Jakob Oppermann, geboren am 28. Oktober 1940 in Lodz, zuletzt gesehen in Posen, ehemaliger Reichsgau Wartheland. Er hat blondes, lockiges Haar und blaue Augen. – Sie hörten den Suchdienst. Wir bitten die Hörer, die Auskunft über den Verbleib der Genannten geben können, sich an die nächste Suchdienststelle zu wenden."

Sie schenkte ihm ein strahlendes Lächeln. „Das hast du veranlasst? Für mich?"

„Ja."

„Wie hast du das hinbekommen? Ich versuche seit Monaten, Jakob in die Suchansagen zu bekommen, aber es ist praktisch unmöglich, weil sie jeden Tag nur so wenige durchgeben, es aber Hunderttausende vermisste Personen gibt."

Er legte ihr eine Hand auf die Schulter. „Mein Chef kennt jemanden beim Roten Kreuz in München. Als ich ihm erzählt habe, dass ich dir gerne eine Ansage zu Jakobs Geburtstag schenken würde, hat er seine Beziehungen spielen lassen."

„Oh, ich danke dir." Eine Welle der Liebe durchströmte ihren Körper, auch wenn das ungeborene Kind ihr in genau diesem Moment einen festen Tritt verpasste, wie um den Worten seines Vaters Nachdruck zu verleihen.

„Bestimmt erkennt ihn jemand. Der Radiosender behauptet, sie haben eine Erfolgsquote von fünfzig Prozent."

Emma fühlte starke Gefühle in sich aufwallen, die drohten, ihre Selbstbeherrschung ins Wanken zu bringen, deshalb erwiderte sie schnell: „Gib mir bitte einen Moment." Sie ging hinüber zum Fenster, blickte in den Himmel und sprach ein stilles Gebet.

Wo auch immer du bist, mein kleiner Jakob, du sollst wissen, dass ich dich liebe und immer geliebt habe. Ich hoffe so sehr, dass ich dich eines Tages wieder in die Arme schließen kann, aber bis dahin bete ich, dass du jemand anderen hast, der dich mit Liebe und Zuneigung überschüttet. Alles Gute zum Geburtstag, mein lieber Junge. Ich werde dich immer lieb haben. Deine Mutti.

KAPITEL 34

Poznań, Frühling 1951

„Mamusia, darf ich Fußball spielen gehen?" Jakub kam ins Haus gerannt und schmiss seine Schultasche in die Ecke.

„Zieh deine Schuhe aus und bring den Ranzen in dein Zimmer", sagte Irena. „Hast du Hausaufgaben?"

„*Mamusia*, heute war doch der letzte Tag vor den Osterferien, da gibts nie Hausaufgaben."

Irena blickte auf. Sie war voller Stolz auf ihren Sohn, der bereits die fünfte Klasse besuchte. Noch nie hatte er ihr und Luka mit schlechten Noten oder ungebührlichem Verhalten Kummer bereitet. Luka war sehr streng bei den Schularbeiten und übte oft Kopfrechnen mit Jakub. Er nahm ihn auch zum Helfen in die Arztpraxis mit, wo er ihm die anatomische Fachterminologie und andere Dinge beibrachte, die ein zukünftiger Arzt wissen musste. Es bestand kein Zweifel daran, dass Jakub eines Tages in Lukas Fußstapfen treten und die Praxis seines Vaters übernehmen würde. Luka hatte sie eröffnet, nachdem er vor zwei Jahren seine Stelle im Hospital mit den anstrengenden Nacht- und Wochenendschichten aufgegeben hatte.

„Bring deinen Schulranzen trotzdem auf dein Zimmer, wasch dir die Hände und dann deck den Tisch. Das Mittagessen ist fast fertig."

„Muss ich etwas essen? Meine Freunde warten schon."

„Sie werden warten müssen, bis du aufgegessen hast."

„Aber was, wenn sie ohne mich anfangen?", jammerte Jakub.

„Ihre Mütter werden bestimmt auch darauf bestehen, dass sie zuerst etwas essen."

Er schmollte, zog jedoch seine Schuhe aus und tat, worum sie gebeten hatte. Irena musste ihr Lächeln vor ihm verbergen. Sie verstand seine Aufregung über die einwöchigen Ferien sehr gut, aber er war der Erste, der sich beschweren würde, sobald er Hunger bekam.

Als er während des Krieges bei ihnen eingezogen war, und auch noch einige Jahre danach, hatte es nie genug zu essen gegeben. Zum Glück lag diese beschwerliche Zeit hinter ihnen. Zwar litt das kommunistische Polen noch immer unter vielen Entbehrungen, aber Hunger gehörte nicht dazu. Die Auswahl an Lebensmitteln war begrenzt, doch gab es immer genug Brot oder Kartoffeln, um auch den größten Hunger zu stillen.

„Kommt Papa auch?", fragte Jakub, als er die Küche betrat.

„Ich denke, ja." Seit Luka nicht mehr im Hospital arbeitete, war er zum Mittag- und Abendessen meistens zu Hause. Er arbeitete immer noch viel und machte abends und an den Wochenenden Hausbesuche, doch er verbrachte inzwischen deutlich mehr Zeit mit seiner Familie.

Irena arbeitete weiter tageweise im Krankenhaus und half manchmal in der Praxis aus, wenn Luka eine zweite Person benötigte. Das Geräusch des Schlüssels verriet ihr, dass er nach Hause gekommen war, und sie sagte: „Jetzt aber schnell, dein Vater ist da."

Sie verteilte die Piroggen auf drei Teller und gab Jakub zwei davon, damit er sie zum Tisch brachte.

„Hallo, mein Schatz." Luka kam herein und küsste sie, bevor er Jakubs Haar zerzauste. „Wie wars in der Schule?"

„Prima, Papa. Wir haben nächste Woche Ferien."

„Ich weiß. Ich konnte mir das Wochenende freinehmen. Hast du Lust, Oma zu besuchen?"

„Au ja! Wann fahren wir?" Jakub hüpfte vor Freude auf und ab. Lukas Mutter lebte etwa eine Stunde mit dem Zug entfernt in einem kleinen Dorf. Jakub liebte es, dort hinzufahren und mit den Dorfjungen die Wälder und Felder zu durchstreifen.

Als Irena ihre beiden Männer beobachtete, wie sie mit großem Appetit aßen, dachte sie darüber nach, wie viel Glück sie hatte. In ihrer trostlosesten Stunde hatte der liebe Gott ihr diesen wundervollen Jungen geschickt, den sie wie ihr eigen Fleisch und Blut liebte. Nach allem, was sie durchgemacht hatte, war mit Jakub die Sonne in ihr Leben zurückgekehrt. Sie schloss die Augen und sandte ein stilles Gebet gen Himmel, um Gott für dieses kostbare Geschenk zu danken.

Während der letzten fünf Jahre war Jakub ein fester Bestandteil der Familie geworden und sie konnte sich ein Leben ohne den quirligen Jungen nicht mehr vorstellen. Einmal im Jahr ließen sie ihn fotografieren und gaben das Bild dem Suchdienst des Roten Kreuzes, aber davon abgesehen verschwendete sie kaum noch einen Gedanken an seine Vergangenheit.

Gelegentlich verspürte sie Gewissensbisse, weil er seine leibliche Familie vergessen zu haben schien. Doch weder sie noch Luka wussten etwas über sie, sodass sie seine Erinnerung nicht lebendig halten konnten. Und was für einen Sinn hätte es überhaupt, wenn er eine Familie vermisste, die er nie wiedersehen würde?

Jakub aß seinen Teller in Rekordzeit leer und fragte: „Darf ich jetzt mit meinen Freunden spielen?"

„Du darfst", sagte sie und sah ihm nach, als er davonrannte. „Sei um sechs zu Hause!", rief sie ihm hinterher.

„Er ist groß geworden", sagte Luka.

„Ja, er ist ein großer Junge. Wir müssen ihm schon wieder neue Sachen kaufen."

„Ich frage mich, von wem er seine Körpergröße geerbt hat. Von uns beiden jedenfalls nicht." Luka sah sie an und lachte. „Ich neige dazu, es zu vergessen."

Sie legte eine Hand auf die seine. „Mir geht es genauso. Der Herr hat unsere Gebete erhört, als er ihn zu uns gesandt hat."

KAPITEL 35

Aachen, Frühling 1952

„Mutti, da ist jemand an der Tür für dich", rief Sophie durch die Wohnung.

Emma warf einen kurzen Blick zur kleinen Liesl, bevor sie das neue elektrische Bügeleisen ausschaltete. Auf dem Weg zur Wohnungstür richtete sie sich schnell die Frisur.

Sie war überrascht, einen Mann und eine Frau in Rotkreuz-Uniformen dort stehen zu sehen. Eine Vielzahl der Gefühle überkam sie, während sie versuchte, ihre Mienen zu lesen. Das letzte Mal, als jemand vom Roten Kreuz nach ihr gesucht hatte, war sie vom Tod ihres ersten Mannes unterrichtet worden. Bei der Erinnerung daran stürzte die Mauer ein, die sie sorgsam um ihr Herz errichtet hatte, und Emma wankte wie unter einem Aufprall. Kaum in der Lage, die Fassung zu wahren, erwog sie, den beiden die Tür vor der Nase zuzuschlagen, denn sie war nicht bereit, dasselbe über ihren Sohn zu erfahren.

Nein, oh nein! Nach all diesen Jahren und Emmas fortwährenden Bemühungen, ihn ausfindig zu machen, würde sie es diesen Leuten nicht gestatten, das Einzige, was sie am Leben erhielt, zu vernichten. Laut Martin war ihre Suche nach Jakob zu einer Obsession geworden. Selbst Luise hatte ihr nahegelegt, sich mit der Situation abzufinden, sonst fände sie sich bald nicht nur ohne Sohn, sondern auch ohne ihre Töchter und ihren Mann wieder.

Emma ballte die Hände zu Fäusten, bis sich die Nägel schmerzhaft in die Handballen gruben, als sie sich an die unverblümte und unangenehme Unterhaltung mit ihrer treulosen besten Freundin erinnerte.

„Es ist sieben Jahre her. Meinst du nicht, es ist Zeit loszulassen?", hatte Luise gesagt.

„Wie kannst du es wagen! Er ist mein Sohn! Ich werde nicht ruhen, bis wir wieder vereint sind. Und wenn es das Letzte ist, was ich tue."

„Das könnte durchaus passieren. Siehst du nicht, was du mit deiner Besessenheit anrichtest?"

„Es ist keine Besessenheit! Wieso versteht mich denn niemand? Würdest du dein Kind einfach so aufgeben, obwohl du weißt, dass es irgendwo da draußen ist?"

Luise hatte traurig gelächelt. „Das weißt du doch gar nicht."

„Was willst du damit sagen? Dass er tot ist?"

„Nein. Nur dass du dir sämtliche Beziehungen seinetwegen kaputtmachst."

„Aha. Jetzt ist es also meine Schuld, dass mich niemand versteht?" Emma war aufgebracht gewesen.

„Natürlich nicht. Ich will nur, dass du merkst, wie du dich von deinem Mann und Sophie entfremdest, indem du Jakob über alles andere stellst."

„Bitte geh jetzt. Ich brauche keine vermeintlichen Freundinnen, die nicht auf meiner Seite sind", hatte Emma voller Zorn ausgestoßen. Es war das letzte Mal, dass sie mit ihrer ehemals besten Freundin gesprochen hatte. Später hatte sie ihre harten Worte natürlich bereut, war jedoch zu stolz, Luise um Entschuldigung zu bitten.

„Frau Kröger?"

Als sie ihren Namen hörte, richtete sie ihre Aufmerksamkeit wieder auf die beiden Besucher.

„Ja? Was kann ich für Sie tun?", fragte sie und musterte das Paar.

„Könnten wir bitte einen Moment mit Ihnen sprechen?", fragte der Mann.

„Ja, natürlich." Emma wandte sich zur Wohnung und rief: „Sophie, passt du bitte ein paar Minuten auf Liesl auf? Ich bin im Wohnzimmer." Dann bat sie die Rotkreuz-Mitarbeiter herein.

„Bitte, setzen Sie sich." Sie zeigte auf das Sofa, das sie erst kürzlich gekauft hatten. Dank des Wirtschaftsaufschwungs der letzten Jahre hatte Martin eine eigene Filiale des Schuhgeschäfts eröffnet. Er verdiente nun beträchtlich mehr, sodass er seiner Familie ein recht komfortables Leben bieten konnte.

„Was führt Sie zu mir?" Emma zitterte innerlich. Sie würde, nein, sie konnte einen negativen Ausgang nicht akzeptieren. Jakob war am Leben. Er musste es einfach sein.

„Es geht um Ihre Vermisstenanzeige." Die Dame reichte ihr das Bild eines Jungen, der etwa elf Jahre alt sein musste. „Wir glauben, wir haben Ihren Sohn gefunden. Erkennen Sie ihn?"

Obwohl sie saß, schwankte Emma unter dem Ansturm der Gefühle. War das die Antwort auf all ihre Gebete? Sie streckte eine zitternde Hand aus, fast ängstlich, das Bild an sich zu nehmen, denn eine weitere Enttäuschung würde sie nicht durchstehen.

Der Junge sah so erwachsen aus mit seiner ernsten Miene. Sein weißblondes Haar hatte einen dunkleren Ton angenommen, doch die Augen waren unverkennbar die seinen. Zutiefst erschüttert strich sie mit dem Finger über die Fotografie. Er war es. Daran gab es keinen Zweifel. *Mein geliebter Sohn.* Ihr Finger streichelte seine Wange, während sie sich die niedlichen Grübchen vorstellte, wenn er lachte.

Ihre Gedanken eilten in die Zukunft. Sie malte sich aus, wie er sich in ihre offenen Arme warf und sie ihn herumwirbelte, während sie ihn ganz fest hielt. Sie würde ihn nie wieder loslassen. Endlich wäre sie wieder heil, glücklich und selig.

„Er ist es, ganz sicher", sagte sie.

„Er lebt in Polen unter dem Namen Jakub Pawlak, ist jedoch als Jakub Opamahn beim Suchdienst registriert."

„Opamahn?" Bevor Emma Martin geheiratet hatte, war ihr Nachname Oppermann gewesen.

„Ja, wir sind uns bewusst, dass es keine hundertprozentige Übereinstimmung ist, aber das lässt sich auf eine schlechte Aussprache zurückführen." Die Dame warf Emma einen entschuldigenden Blick zu. „Ihr Sohn war noch sehr jung und vermutlich nicht in der Lage, seinen Namen zu buchstabieren. So etwas kommt öfter vor und erschwert unsere Arbeit sehr. Deshalb kann es manchmal lange dauern, bis vermisste Kinder mit ihren Eltern zusammengeführt werden."

Emma nickte. Sie wusste alles über die Suche nach vermissten Personen, besonders nach Kindern. Es war nicht die Schuld des Roten Kreuzes, das Tag für Tag sein Bestes gab. Deren Arbeit wurde nicht nur durch die mangelhafte Datenlage behindert, vor allem wenn es um kleine Kinder ging, sondern auch dadurch, dass der Eiserne Vorhang immer undurchdringlicher wurde. Zeitweise war es fast unmöglich, Informationen auszutauschen, und es hatte schon Fälle gegeben, in denen man die Kinder zwar eindeutig identifizieren konnte, sie jedoch trotzdem Monate oder gar Jahre auf ihre Ausreisepapiere warten mussten.

Emma wusste aus erster Hand, wie schwierig es war, denn sie hatte jahrelang vergeblich versucht, eine Reiseerlaubnis für Polen zu erhalten, um selbst nach Jakob zu suchen. Die verbohrten Bürokraten der polnischen Handelsvertretung in Frankfurt am Main hatten sich von ihren flehentlichen Bitten nicht beeindrucken lassen und ihr stets aufs Neue ein Visum verweigert.

Anfangs hatte Martin sie unterstützt. Doch er hatte einen Schlussstrich gezogen, als sie vorschlug, er möge seinen Chef um eine eidesstattliche Erklärung bitten, dass sie eine wichtige Handelsvertreterin der Schuhladenkette sei, die offiziell nach Polen reise, um dringend benötigte Schuhe dorthin zu exportieren.

„... Er soll in der Nacht vor der russischen Eroberung von Poznań in einem evakuierten Krankenhaus gefunden worden sein. Bei der Befragung hat er seine Mutti und eine Schwester namens Sophie erwähnt."

„Er ist es, eindeutig." Emma verschränkte die Finger, um sich zu beruhigen. Was ihr Herz in dem Augenblick gewusst hatte, als sie das Foto sah, wurde nun durch Fakten bestätigt. Niemand konnte behaupten, dass es ein Zufall war. „Ich wusste, dass er nicht tot ist."

„Wir sind uns sehr sicher, dass er es ist. Sogar sein Geburtstag ähnelt dem, den Sie angegeben haben."

„Er ähnelt ihm nur?" Die Hochstimmung, die sie gerade noch verspürt hatte, fiel in sich zusammen.

Dieses Mal erhob der Mann das Wort. „Das ist nicht ungewöhnlich. Kleine Kinder erinnern sich oft nicht an ihren Geburtstag. Sie wissen, wie alt sie sind und ob er im Sommer oder im Winter liegt. Vielleicht erinnern sie sich sogar an den Monat."

„Aber ich habe ihm seinen Geburtstag eingedrillt, genauso wie seinen Namen und seine Adresse." Sie verspürte plötzlich das Bedürfnis, sich zu rechtfertigen. „Weil er für Ausweispapiere zu jung war, habe ich mit ihm geübt, was er tun soll, sollte er sich jemals verirren."

„Hören Sie, das ist nicht Ihre Schuld." Die Frau schien Emma zu verstehen. „Sie haben bestimmt alles getan, was Sie konnten. Sie müssen bedenken, dass Ihr Sohn unter großem Stress stand, nachdem er von Ihnen getrennt worden war. Außerdem wissen wir nicht, was er im Krankenhaus erlebt hat."

Emma wurde blass bei der Erinnerung an die kaltblütig ermordeten Patienten, die sie dort gesehen hatte.

Die Dame fuhr fort: „Viele Kinder vergessen Dinge, wenn sie traumatisiert sind. Hinzu kommt die Sprachbarriere."

Emma nickte und wrang aufgewühlt die Hände. Einerseits wollte sie vor Freude schreien, andererseits durfte sie nicht zu optimistisch sein, denn Jakob befand sich noch in Polen, wo herzlose Bürokraten über sein Schicksal entschieden. Schließlich fragte sie: „Wie geht es nun weiter?"

„Na ja, wir haben noch ein paar Fragen zu stellen. Zum Beispiel, hat er einen Freund erwähnt namens ..."

„Hans! Er war sein bester Freund und wohnt auch in Aachen", unterbrach Emma sie. Langsam fing sie an zu glauben, dass die Zeit des Wartens wirklich ein Ende fand.

Die Frau lächelte. „Genau. Und das ist doch eine gute Nachricht. Gibt es sonst noch etwas, das sie uns sagen können? Es ist eine folgenschwere Entscheidung, ihn aus der Pflegefamilie zu nehmen und ihn mit Ihnen zusammenzuführen, deshalb möchten wir natürlich keine Fehler machen."

„Dann ist er nicht im Waisenhaus?" Ein Stein fiel Emma vom Herzen, denn die Vorstellung, dass er zusammen mit Dutzenden anderer unglücklicher Kinder von hartherzigen, strengen Nonnen aufgezogen wurde, war eine ihrer größten Ängste.

„Nein, eine Krankenschwester hat ihn nach der Evakuierung im Hospital gefunden und mit nach Hause genommen. Offenbar ist sie am nächsten Tag dorthin zurückgekehrt, aber alles war zerstört. Seitdem hat sie ihn aufgezogen. Sie und ihr Gatte haben ihn sogar adoptiert."

„Adoptiert? Wie kann das sein? Er ist doch mein Sohn!" Emma konnte sich kaum zurückhalten, sich nicht über den Tisch zu beugen und die Frau zu erwürgen. Wie, um Himmels willen, konnte eine Regierung jemandem erlauben, ihren Sohn zu adoptieren? Er war doch keine Waise, er hatte eine Mutter, nämlich sie. Und sie hatte gewiss niemals zugestimmt, dass er von irgendwelchen dahergelaufenen Leuten adoptiert wurde.

Es lief ihr kalt über den Rücken, als sie darüber nachdachte, was das bedeutete. Wenn dieses Paar ihren Jakob offiziell adoptiert hatte, würde es dann zustimmen, dass er zu ihr, seiner leiblichen Mutter, zurückkehrte? Hatte sie überhaupt ein Recht darauf, ihn zurückzubekommen? Wie sie die herzlosen Bürokraten der polnischen Handelsvertretung kannte, so würden die sich bestimmt ins Fäustchen lachen und behaupten, ihr Sohn

MARION KUMMEROW

sei nun ein polnischer Bürger. Dann würden sie es ihm unter keinen Umständen gestatten, den Eisernen Vorhang zu passieren.

Als Emma blinzelte, um die beunruhigenden Bilder zu vertreiben, hörte sie den männlichen Rotkreuz-Mitarbeiter sagen: „Frau Kröger, es ist wirklich nicht so schlimm, wie es aussieht. Sie müssen die Umstände bedenken. Für die Pawlaks, Jakobs Pflegeeltern, war es ein Risiko, einen deutschen Jungen aufzunehmen, deshalb haben sie vorgegeben, er sei das Kind einer entfernten Cousine. Sie hatten Angst, die Rote Armee könnte ihm sonst etwas antun oder dass die polnischen Behörden sie zwingen könnten, ihn ganz allein in eines der Durchgangslager zu schicken."

Emma sank in die Polster ihres Sessels zurück. Durcheinanderwirbelnde Gefühle drohten, sie zu verschlingen, und sie schnappte nach Luft wie eine Ertrinkende. „Aber ..." Wäre es besser gewesen, wenn er in ein Flüchtlingslager geschickt worden wäre? Hätte sie ihn dann früher gefunden? Vielleicht sogar schon vor Jahren?

Die Dame lehnte sich vor. „Es muss ein Schock für Sie sein, aber glauben Sie mir: Zu der Zeit war es die beste Entscheidung für ihn. Sie waren selbst im Lager Friedland. Nach dem Krieg hat ein solches Chaos geherrscht; der arme Junge hätte so viel mehr gelitten. In Poznań wohnte er wenigstens bei Leuten, die sich liebevoll um ihn gekümmert haben."

Eine Träne trat in Emmas Auge und sie wischte sie verstohlen weg, denn sie wollte nicht undankbar erscheinen. „Wie kommt er hierher?"

„Unsere Kollegen in Polen werden seine Familie aufsuchen." Emma zuckte beim Wort „Familie" zusammen und presste die Lippen zu einem dünnen Strich aufeinander, um die Frau nicht zu unterbrechen. „Anhand der Informationen, die Sie uns gegeben haben, werden sie die Details ein letztes Mal prüfen. Dann beantragen wir eine Sondergenehmigung von der polnischen Regierung, mit der Jakob auswandern kann."

„Auswandern?" Emma sog scharf die Luft ein. Jeder wusste,

dass die Länder hinter dem Eisernen Vorhang ihren Bürgern nicht gestatteten, das Land zu verlassen. Und wie es schien, war ihr Sohn durch die Adoption zu einem Bürger Polens geworden. Wieder schoss lähmende Angst durch Emmas Adern. „Was, wenn sie ihn nicht gehen lassen?"

„Es gibt keinen Grund zur Sorge. Das Rote Kreuz hat gute Kontakte zu den Behörden und wir haben schon viele Kinder mit ihren leiblichen Familien vereint. Es ist eine reine Formalität und wird höchstens ein paar Monate dauern."

Ein paar Monate? Emma japste, schalt sich dann aber selbst. Sie hatte sieben Jahre gewartet. Ein paar Monate mehr oder weniger machten keinen Unterschied. „Kann ich ihm einen Brief schreiben?"

„Natürlich", sagte die Frau und holte ein Blatt Papier aus ihrer Tasche. „Das hier ist die Adresse des Roten Kreuzes in Poznań. Die Mitarbeiter werden sich darum kümmern, dass er den Brief erhält." Sie schien Emmas Enttäuschung zu spüren und fügte hinzu: „Damit soll nur sichergestellt werden, dass sämtliche Protokolle eingehalten werden. Wir möchten auf keinen Fall die Behörden verärgern und so riskieren, dass sie bei der Rückführung vermisster Kinder nicht mehr mit uns kooperieren."

Emma nahm es kaum wahr, als die beiden gingen. Ungewöhnlich unhöflich blieb sie einfach im Wohnzimmer sitzen und starrte auf das Papier mit der Adresse in Poznań.

Wurde ihr größter Wunsch wahr? Würde sie ihren kleinen Liebling bald wieder im Arm halten? Nach sieben langen Jahren?

Plötzlich stand Sophie im Raum und wiegte ihre kleine Schwester in den Armen. Als sie Emmas Gesicht sah, runzelte sie die Stirn. „Wer war das? Was wollten diese Leute?"

Es dauerte einige Sekunden, bis Emma verstand, was ihre Tochter fragte. „Man hat Jakob gefunden", stieß sie aus. „Ist das nicht wundervoll?"

„Ach ja? Nach so langer Zeit? Und die sind sich sicher, dass er es ist?"

„Ja, alles passt zusammen. Seine Beschreibung, wo er

gefunden wurde, dass seine Schwester Sophie und sein bester Freund Hans heißt."

„Und? Wann besuchen wir ihn?"

„Besuchen?" Emma starrte ihre Tochter ungläubig an. „Nein, er kommt nach Hause."

„Er soll bei uns wohnen? Hier? Wir haben doch nicht mal ein Zimmer für ihn", wandte Sophie pragmatisch ein.

„Raum ist in der kleinsten Hütte." Emma kümmerte sich nicht um die praktische Seite. „Ihr könnt euch ein Zimmer teilen."

„Aber ... Das soll er lieber mit Liesl teilen, die ist inzwischen schon fast so alt wie er."

Emma runzelte die Stirn und musterte das Gesicht ihrer Tochter, die es ernst zu meinen schien. „Du weißt schon, dass er auch älter geworden ist, oder? Er ist keine vier mehr, sondern gerade elf geworden."

„Um Gottes willen, nein!" Sophie schien ernsthaft erschrocken. „Ich kann doch nicht mit einem Jungen in dem Alter das Zimmer teilen!"

„Er ist dein Bruder."

„Den ich gar nicht kenne." Sophie seufzte theatralisch, setzte Liesl auf dem Boden ab und stampfte aus dem Zimmer. Emma blieb hilflos zurück und hoffte, dass ihr Mann mehr Begeisterung an den Tag legen würde.

KAPITEL 36

Poznań

Irena kam zur gleichen Zeit aus dem Hospital nach Hause, als Jakub die Straße heruntergerannt kam.

„Hallo, mein Schatz, wie war die Schule?", fragte sie, nachdem sie ihm die blonden Locken zerzaust hatte.

„Gut."

„Hast du Hausaufgaben?"

„Nein, *Mamusia*. Die habe ich schon in der Schule gemacht."

Sie warf ihm einen strengen Blick zu, während sie einen Umschlag aus dem Briefkasten fischte. In der Ecke prangte der Rotkreuz-Stempel und Irena steckte ihn schnell in die Tasche.

„Darf ich Fußball spielen gehen?", stellte Jakub seine übliche Frage. Vor Jahren war er einem Fußballverein beigetreten und verbrachte seine gesamte Freizeit auf dem Platz, entweder beim Training oder mit seinen Freunden.

„Nach dem Mittagessen. Und zuerst will ich mich vergewissern, dass du deine Hausaufgaben wirklich schon gemacht hast."

Er zog einen Schmollmund. „Das habe ich wirklich, *Mamusia*. Was gibts zu essen?"

Jakub war ein aufgeweckter Junge, der so gut wie nie schlechte Noten nach Hause brachte, leider auch die Angewohnheit hatte, seine Hausaufgaben nicht gewissenhaft zu erledigen, weil er wusste, dass er sich im Unterricht durchmogeln konnte. Seine Eltern und Lehrer waren darüber gleichermaßen unzufrieden.

Nach dem Essen zog Jakub seine Sportsachen an und rannte zum Fußballplatz, um seine Freunde zu treffen. Irena wusch und trocknete das Geschirr ab, bevor sie den Umschlag mit zitternden Händen hervorholte. Er war an sie und Luka adressiert, trug außer dem Roten Kreuz jedoch keinen Absender.

Zu gern wäre sie direkt in Lukas Praxis hinübergelaufen, um den Brief gemeinsam mit ihm zu öffnen, aber sie wusste, dass er am Nachmittag Hausbesuche machte. Deshalb hätte sie ihn vermutlich nicht angetroffen.

Mit einem tiefen Seufzer öffnete sie den Umschlag und zog ein Blatt Papier heraus.

Verehrte Pan und Pani Pawlak,

wir freuen uns, Ihnen mitzuteilen, dass aufgrund Ihrer Suchanzeige die Mutter von Jakob Oppermann gefunden wurde. Bei diesem handelt es sich um das unter dem Namen Jakub Opamahn gemeldete Kind ...

Der Rest des Briefes verschwamm ihr vor Augen. Sie musste sich setzen, unfähig, das Gelesene zu erfassen. Sie wusste nicht, wie lange sie dort gesessen hatte, als es an der Tür klopfte und sie aufstand, um aufzumachen. Vor ihr stand eine ältere Dame, eine von Lukas Patientinnen.

„Wie kann ich Ihnen helfen?", fragte Irena.

„Ich bin gekommen, um Ihnen das hier zu bringen. Als Dankeschön an Ihren Mann." Die Frau hielt ihr einen frischgebackenen Apfelkuchen hin.

„Oh, ich danke Ihnen." Irena nahm das Geschenk entgegen und konnte ein Ächzen nicht unterdrücken, als sie daran dachte, wie gern Jakub Kuchen aß.

„Stimmt etwas nicht?" Die Miene der Alten war ernsthaft besorgt.

„Ach, es ist nichts, nur ein trauriger Fall bei der Arbeit." So sehr Irena sich auch ein offenes Ohr wünschte, sie wollte die Frau nicht mit ihren Sorgen belasten. Davon abgesehen wusste so gut wie niemand, dass Jakub nicht der war, für den sie ihn ausgaben.

„Nun, dann richten Sie dem Herrn Doktor bitte meinen Dank aus. Ohne ihn gäbe es mich nicht mehr."

„Das werde ich tun. Noch mal vielen Dank für den Kuchen."

Irena ging wieder nach drinnen und beschäftigte sich mit der Hausarbeit. Es gab immer mehr als genug zu tun: waschen, fegen, putzen, Lukas weiße Kittel stärken und plätten, kochen.

Beim Abendessen folgte sie geistesabwesend der Unterhaltung zwischen Luka und Jakub, und sprach selbst kein Wort. Luka warf ihr mehrere besorgte Blicke zu, fragte sie jedoch nicht nach dem Grund. Das tat er erst, als Jakub im Bett war und die beiden es sich auf dem kürzlich erworbenen Zweisitzer im Wohnzimmer gemütlich machten.

„Was bedrückt dich?"

Sie reichte ihm den Brief, den sie den halben Tag in der Schürze herumgetragen hatte. Mit brechender Stimme berichtete sie von seinem niederschmetternden Inhalt: „Das Rote Kreuz hat Jakubs Mutter gefunden."

„Wirklich?" Im Gegensatz zu ihrer blieb seine Stimme fest, ohne seine Gefühle zu offenbaren. Er griff nach dem Brief, um ihn zu lesen. „Wir sollen mit Jakub ins Rotkreuz-Büro kommen. Es ist anscheinend eine reine Formalität, aber sie möchten die Sache ein letztes Mal prüfen."

Tränen strömten ihr übers Gesicht und ihr gesamter Körper zitterte stark. „Können wir den Brief nicht einfach ignorieren?"

Er sah sie an, den Blick voller Herzschmerz. „Dann wird einfach ein neuer geschickt. Oder wir bekommen Besuch. Ich fürchte, wir müssen hingehen. Wir wussten, dass dieser Tag kommen könnte."

„Aber ... Was sollen wir denn nur ohne ihn tun?" Irena spürte bereits die Heftigkeit des Verlustes. Erinnerungen an Gefühle, von denen sie dachte, dass sie sie längst überwunden hatte, stiegen auf und erschwerten ihr das Atmen. Sie ähnelten stark der

Hoffnungslosigkeit nach dem Verlust ihres Babys und fühlten sich doch so anders an.

Der Herr hatte sie aus ihrem Elend erlöst, indem er ihr Jakub als Antwort auf ihre verzweifelten Gebete gesandt hatte, nur um ihn ihr wieder grausam zu entreißen. Ihr ganzes Leben schien in sich zusammenzufallen wie ein Turm aus Bauklötzen unter der Hand eines neugierigen Kindes.

Wie sollte ihre Seele diesen zweiten großen Verlust verkraften? Wie sollte sie damit weiterleben? Die Gefühle überwältigten sie mit solcher Gewalt, dass ihr Sterne vor den Augen tanzten, dann wurde es schwarz.

„Geht es dir gut?" Sie lag auf dem Boden, Lukas geliebtes Gesicht über ihr.

„Was ist passiert?", fragte sie.

„Du bist ohnmächtig geworden. Bleib noch eine Minute liegen. Ich hole dir einen Drink." Er eilte in die Küche. Als sie ihm nachsah, verstärkte sich das Gefühl des Verlusts weiter, drückte auf ihre Lungen, ihr Herz, den Verstand und ihre Seele, sodass atmen zu einer übermenschlichen Anstrengung wurde.

Als Luka zurückkam, half er ihr, sich aufzusetzen. Dann hielt er ein Glas an ihre Lippen und sie nippte an der klaren Flüssigkeit. Der Wodka brannte in der Kehle, wärmte ihren Magen und erweckte ihre Lebensgeister, aber auch den überwältigenden Schmerz.

„Geht es dir besser?", fragte Luka und streichelte ihren Rücken.

„Ich liebe ihn so sehr."

„Ich auch. Und ich schätze, seine Mutter auch. Da steht, dass sie die ganze Zeit nach ihm gesucht hat und dass sie ihn unbedingt wiedersehen möchte."

„Aber sie hat ihn im Stich gelassen! Sie ist nicht zurückgekehrt, um nach ihm zu suchen!", rief Irena aus, obwohl sie wusste, dass sie Jakubs Mutter unrecht tat. Die Situation während der letzten Kriegstage war gelinde gesagt chaotisch gewesen, und viele Kinder waren von ihren Eltern getrennt worden, ohne dass eine der beiden Seiten dafür die Schuld traf. Nach Kriegsende hatten Irena und Luka wegen der Feindseligkeiten gegen die Deutschen um Jakubs Leben gefürchtet. Er war nur ein unschuldiger Vierjähriger gewesen und sie wusste, dass es einem Erwachsenen weit schlimmer ergangen wäre.

Tief in ihrem Inneren hatte sie gehofft und darum gebetet, dass seine Mutter nicht mehr am Leben war oder zumindest ihren Sohn für tot hielt. Dass sie niemals auftauchte und ihre kleine glückliche Familie zerstörte, indem sie Jakub aus ihr herausriss.

Aber ach, ihre Gebete waren nicht erhört worden und nach all diesen Jahren war das Schlimmste eingetreten: Jakubs leibliche Mutter wollte ihn zurückhaben.

„Wir müssen zu ihnen ins Büro gehen. Wir haben immer gewusst, dass das passieren kann."

„Aber er ist doch jetzt auch unser Sohn! Wir haben ihn adoptiert, zählt das denn gar nicht? Sie können uns doch nicht zwingen, ihn aufzugeben. Er ist mein Sohn, und ich liebe ihn!", schluchzte Irena.

Luka umarmte sie fest. „Irena, du weißt, dass wir das nicht tun können. Wir müssen tun, was das Richtige ist, sonst können wir Jakub nie wieder in die Augen sehen. Er verdient es, seine leibliche Familie kennenzulernen."

„Ich darf ihn nicht verlieren", schluchzte sie an seiner Brust.

„Er hat uns nicht für immer gehören sollen, nur für eine Weile. Wir sollten dankbar sein für die glücklichen Jahre, die uns mit ihm vergönnt waren." Er drückte sie an sich. „Er kann uns bestimmt besuchen kommen und wir können Briefe schreiben."

„Das ist nicht dasselbe." Endlich ebbten Irenas Schluchzer ab. Lange saßen sie eng umschlungen da, bis Luka sagte: „Wir sollten schlafen gehen. Wir müssen morgen beide früh raus."

Irena nickte stoisch. Ihr blieb nichts anderes übrig. Als sie im Bett lag, verfluchte sie den Tag, an dem sie zum Roten Kreuz gegangen waren, um Jakub als vermisstes Kind zu registrieren. Hätten sie es nicht getan, wäre dieser entsetzliche Brief nie gekommen.

Während sie Lukas gleichmäßigem Atem lauschte, kamen die Tränen zurück, und still weinte sie in ihr Kissen. Schon jetzt spürte sie den Verlust ihres geliebten Sohnes mit einer Heftigkeit, als sei ihr eine Gliedmaße amputiert worden.

Am nächsten Morgen umarmte sie Jakub besonders fest und drückte ihm einen Kuss auf die Wange, als sie ihn zur Schule schickte.

„Was ist denn los, *Mamusia*?" Er verzog das Gesicht ob der übertriebenen Liebesbekundung.

„Nichts, mein süßer Liebling. Ich will nur, dass du weißt, dass ich dich über alles liebe. Vergiss das nie."

Wie alle Elfjährigen hasste er es, bemuttert zu werden, und verzog das Gesicht. „Darf ich jetzt gehen?"

„Ja." Irena beobachtete, wie er den Ranzen schulterte, zur Tür hinausrannte und die Straße hinunter, um seine Freunde zu treffen. Sie würde ihn so schrecklich vermissen.

Dann ging sie zum Rotkreuz-Büro, wo sie bereits erwartet wurde.

„*Pani* Pawlak, schön Sie zu sehen. Wir haben ein Foto und einen Brief der mutmaßlichen Mutter erhalten und möchten, dass Sie den Knaben identifizieren, wenn das möglich ist."

Die Dame reichte ihr das alte verblasste Bild eines einjährigen Jungen, und Irenas Herz setzte für mehrere Schläge aus. Dies war ihre Chance, alles abzustreiten und der Frau zu sagen, dass der Junge auf dem Foto nicht Jakub war; dass sie mit der Suche fortfahren mussten. Dann könnte sie ihren Sohn behalten.

Doch in dem Augenblick, als sie das Bild in Händen hielt, wusste sie, dass sie das nicht tun konnte. Es bestand kein Zweifel an seiner Identität. Es war dasselbe lockige Haar, die leuchtenden Augen, die niedlichen Grübchen in seinen Wangen. Er war jetzt viel älter, aber selbst ein Blinder musste erkennen, dass es derselbe Junge war.

Ihr Instinkt schrie ihr zu, wegzulaufen und sich zu verstecken, alles zu tun, um das Unvermeidliche nicht geschehen zu lassen. Gleichzeitig erkannte sie tief im Inneren, dass die andere Frau,

Jakubs leibliche Mutter, denselben Schmerz und Kummer fühlen musste. Irena musste das Richtige tun, auch wenn es sich anfühlte, als spräche sie ihr eigenes Todesurteil aus.

Ihr Herz zersprang in eine Million Stücke, als sie das Bild zurückgab und mit tonloser Stimme sagte: „Er ist es."

„Das muss eine große Erleichterung für Sie sein", sagte die Rotkreuz-Mitarbeiterin viel zu fröhlich.

„Nein. Ich liebe ihn so sehr." Irena konnte kaum die Tränen zurückhalten.

„Oh." Die junge Frau hatte offenbar nie in Erwägung gezogen, dass es noch eine andere Seite der Zusammenführung vermisster Kinder mit ihren leiblichen Familien gab, ganz besonders nach so langer Zeit.

Die Pflegeeltern, die sich um diese Kinder gekümmert hatten, mit ihnen gelacht und geweint hatten, die kleinen und großen Probleme mit ihnen durchlitten, ihre ängstlichen kleinen Hände gehalten, sie bei Krankheit gepflegt hatten, diese Mütter und Väter, die ihre Schützlinge von ganzem Herzen liebten, wurden nun ihrer kostbaren Kinder beraubt.

„Und jetzt?" Irenas Stimme klang selbst in ihren eigenen Ohren schroff.

„Wir kümmern uns um alles und geben Ihnen dann Bescheid." Die junge Frau lächelte. „Hier ist ein Brief seiner Mutter an Sie und Ihren Mann. Er ist auf Polnisch verfasst."

„Danke." Irena traute sich nicht, den Brief vor anderen zu lesen, deshalb steckte sie ihn ein und verließ das Rotkreuz-Büro. Draußen schien die Sonne, doch sie bemerkte es nicht. Ihre Seele war in tiefe Dunkelheit getaucht, schlimmer noch als an dem Tag, an dem sie ihr Baby verloren hatte.

Mit jedem Schritt schien die Last, die auf ihr ruhte, schwerer auf sie niederzudrücken. Als sie endlich das Haus erreichte, brach sie auf der Bank neben dem Kachelofen zusammen – Jakubs Lieblingsplatz, an dem die beiden unzählige Male beisammengesessen hatten.

Sie holte den Brief hervor und begann zu lesen.

Lieber Pan Pawlak, liebe Pani Pawlak,

bitte entschuldigen Sie mein nicht ganz perfektes Polnisch. Seit ich Lodz verlassen habe, hatte ich nicht viel Gelegenheit zum Üben.

Ich möchte mich von ganzem Herzen bei Ihnen dafür bedanken, was Sie für meinen Sohn getan haben. Seit dem schicksalhaften Tag, an dem ich Jakob im Krankenhaus lassen musste, damit er die lebensnotwendige Behandlung erhalten konnte, habe ich mich jeden Tag um sein Wohlergehen gesorgt. Es ist schwer zu erklären, aber tief im Herzen wusste ich, dass er noch lebt. Jede Nacht habe ich gebetet, dass er nicht allein ist oder in einem lieblosen Waisenhaus aufwächst.

Die Tage in Poznań habe ich wieder und wieder durchlebt in dem Versuch herauszufinden, was ich anders hätte machen können. Sie können sich meine Erleichterung nicht vorstellen, als das Rote Kreuz mir sagte, dass er bei Ihnen aufgewachsen ist und es ihm nie an etwas gefehlt hat.

Bitte denken Sie nicht, dass ich ihn freiwillig zurückgelassen habe. Ich bin am nächsten Tag zum Krankenhaus zurückgekehrt, obwohl die Soldaten versuchten, mich in die Evakuierungszüge zu treiben. Als es mir am späten Nachmittag endlich gelang, das Krankenhaus zu erreichen, war es bereits leer und verlassen.

Ich werde die entsetzlichen Dinge, die ich dort gesehen habe, nicht niederschreiben, aber Sie sollen wissen, dass meine Dankbarkeit, dass Sie Jakob vor diesem Schicksal bewahrt haben, grenzenlos ist. Ich werde für immer in Ihrer Schuld stehen, weil Sie meinem geliebten Jungen das Leben gerettet haben.

Mir ist bewusst, dass Sie nach all diesen Jahren selbst starke Gefühle haben müssen, und deshalb werden Sie auch verstehen, dass ich meinen Sohn aus tiefstem Herzen liebe. Ich wünsche mir, dass er nach Deutschland kommt und mit seiner Schwester und mir wiedervereint wird. Mein erster Ehemann, sein Vater, ist im Krieg gefallen. Ich bin jetzt wieder verheiratet und habe noch eine weitere Tochter (zwei Jahre alt). Der Tag, an dem Jakob zu uns kommt und die Familie vervollständigt, wird der glücklichste Tag meines Lebens sein. Er ist das fehlende Puzzleteil, der Kummer, der mich in den letzten sieben Jahren des Nachts wachgehalten hat.

Vielen Dank, dass Sie meinem Sohn Liebe geschenkt und während meiner Abwesenheit als seine Ersatzeltern eingesprungen sind. Ich hoffe, dass ich Sie eines Tages kennenlernen und Ihnen persönlich danken kann. Mein Dank lässt sich nicht in Worte fassen.

Emma Kröger

Als sie den Brief zu Ende gelesen hatte, konnte Irena sich nicht länger zurückhalten und brach schluchzend auf der Bank zusammen. Schauer durchliefen ihren Körper und die Tränen strömten ihr übers Gesicht. Eine davon fiel auf den Brief und verschmierte die Schrift. Ihr war es egal. Nichts war mehr wichtig, jetzt, da sie wusste, dass Jakub ihr wirklich entrissen wurde.

Dass seine leibliche Mutter ihn inniglich zu lieben schien und ihn gut behandeln würde, war kein großer Trost. Alles, was zählte, war der grauenhafte Schmerz in ihrer Seele, der sich in ihrem ganzen Körper ausbreitete und sie in ein schluchzendes Häufchen Elend verwandelte.

KAPITEL 37

Jakub kam nach dem Fußballtraining nach Hause. „'n Abend, *Mamusia.* Was gibts zu essen?"

„*Zrazy.*"

Er hob den Kopf, um den unverwechselbaren Duft von Rindsrouladen mit Kartoffeln und Rotkohl zu schnuppern. Normalerweise machte seine Mutter sein Lieblingsgericht nur sonntags. „Mmh, das riecht lecker."

„Hast du deine Hausaufgaben gemacht?", fragte sie mit leicht heiserer Stimme.

„Ich bin noch nicht dazu gekommen ..." Er machte sich auf die unausweichliche Schelte gefasst, denn er sollte seine Hausaufgaben erledigen, bevor er zum Fußball ging. Doch nichts geschah. Seine Mutter zuckte nur mit den Achseln und sagte: „Na, dann wasch dir die Hände und mach dich gleich daran. Das Essen ist in zwanzig Minuten fertig."

Es war das erste Mal, dass sie ihn so leicht davonkommen ließ, und er rannte drei Stufen auf einmal nehmend nach oben, um die Schularbeiten rechtzeitig zu beenden, während er bequemerweise das Händewaschen vergaß. Um nichts in der Welt wollte er *Zrazy* verpassen.

Als er später hinunterkam, standen seine Eltern in der Küche und tuschelten leise miteinander. Ein plötzliches Unbehagen erfasste ihn, denn ein solches Verhalten bedeutete normalerweise, dass sie einem seiner Streiche auf die Schliche gekommen waren und ihn jeden Moment ausschimpfen würden. Er zerbrach sich den Kopf, was er dieses Mal angestellt haben könnte, aber es fiel ihm nichts ein. Von dem Frosch, den er im Ranzen eines Klassenkameraden versteckt hatte, konnten sie doch nichts wissen – oder?

Als sein Vater sich umdrehte und ihn mit ernster Miene ansah, rutschte ihm das Herz in die Hose. Es musste um etwas Ernstes gehen, viel ernster als ein versteckter Frosch. Aber wieso dann *Zrazy*? Oder hatte seine Mutter noch nichts von seinen Faxen gewusst, als sie mit dem Kochen begonnen hatte? Aber egal worum es ging, er straffte die Schultern und hoffte, glimpflich davonzukommen.

„Jakub, wir müssen mit dir über etwas Wichtiges reden. Setzen wir uns an den Tisch", sagte sein Vater.

Die Sache war äußerst beunruhigend. Jakub spürte es deutlich und machte sich aufs Schlimmste gefasst. Wortlos folgte er seinen Eltern in die Stube, wo er sich an den bereits gedeckten Tisch setzte.

Sein Vater legte die Finger aneinander und blickte ihn lange prüfend an. „Du erinnerst dich, dass du zu uns gekommen bist, nachdem Irena dich im Hospital gefunden hat, richtig?"

„Ja." Jakub blickte zwischen seinen Eltern hin und her. Das war nichts Neues. Seine leibliche Mutter hatte ihn im Stich gelassen und war aus dem Land geflohen. Er konnte sich nicht einmal an ihren Namen, geschweige denn ihr Aussehen erinnern. Das Einzige, an was er sich manchmal erinnerte, war die unbeschreibliche Angst, die er gehabt hatte, bevor Irena ihn mitgenommen hatte, und ein Gefühl völliger Verzweiflung, das nicht einmal sein Stofftier Affi hatte lindern können.

„Das kommt jetzt vielleicht etwas überraschend." Sein Vater räusperte sich auf der Suche nach den richtigen Worten, was ihm ganz und gar nicht ähnlich sah. „Das Rote Kreuz hat heute bestätigt, dass es deine Mutter ausfindig gemacht hat."

„Was? Nach so langer Zeit?" Jakub stockte der Atem. Diese verabscheuungswürdige Frau, die ihn sich selbst überlassen hatte, wagte es, jetzt aufzutauchen?

Irena holte tief Luft. „Dein richtiger Name ist Jakob Oppermann. Die Leute vom Roten Kreuz denken, dass es so lange gedauert hat, weil wir deinen Namen auf der Suchanfrage falsch buchstabiert haben."

„Deine Mutter hat wieder geheiratet und heißt jetzt Emma Kröger. Sie lebt in Aachen in Westdeutschland zusammen mit deiner Schwester Sophie und einer weiteren Tochter namens Liesl." Luka zog ein Stück Papier hervor und fügte hinzu: „Sie hat dir einen Brief geschrieben."

Jakub starrte den Umschlag an, als wollte dieser ihn beißen. Sein Vater schob ihn zu ihm und nickte. „Hier. Lies ihn selbst. *Mamusia* und ich werden dann alle deine Fragen beantworten."

Jakub entfaltete zögernd den Brief und las den ersten Absatz, bis ihm die Tragweite seines Tuns klar wurde. Nein, an dieser Sache würde er sich nicht beteiligen! Er schmiss den Brief auf den Boden.

„Jakub, mein Schatz ...", versuchte Irena, ihn zu beruhigen.

„Wer glaubt diese Frau eigentlich, wer sie ist? Sie hat mich in einem fremden Hospital zurückgelassen bei Leuten, die ich nicht einmal verstehen konnte." Obwohl er wusste, dass er seinen Eltern gegenüber nicht in so einem respektlosen Ton reden durfte, brach sich der Zorn einen Weg und er brüllte: „Ich hasse sie! Sie hat mich im Stich gelassen! Ich will nichts mit ihr zu tun haben!"

Luka erhob die Stimme: „Jakub, du musst dich beruhigen. Ich verstehe, dass du aufgewühlt bist, aber sie trägt keine Schuld."

„Dann war es wohl meine Schuld?" Er sprang auf und versuchte, seine Tränen zu verbergen, als seine Welt in Fetzen gerissen wurde. Was kümmerte ihn diese Frau, von der er seit Jahren nichts gesehen oder gehört hatte?

„Bitte setz dich hin." Luka zeigte auf den Stuhl.

„Es tut mir leid, Vater." Irgendwie gelang es Jakub, an seinen
Manieren festzuhalten. Er setzte sich wieder, obwohl sein Zorn
wie eine Trommel durch den Raum dröhnte.

„Da ist leider noch mehr. Sie möchte dich zurückhaben. Das
Rote Kreuz wird sich um die Formalitäten kümmern und euch
zusammenführen."

„Wie? Ihr wollt mich auch loshaben?", schrie Jakub und verlor
den Kampf gegen die Tränen.

Irena stand auf und trat hinter ihn. Sie streichelte seinen
Rücken. „Das wollen wir nicht, aber es muss sein. Sie ist deine
leibliche Mutter. Sie hat ein Recht darauf, dich
zurückzubekommen."

„Ich geh da nicht hin. Ihr könnt mich nicht zwingen, bei
Fremden zu leben! Das dürft ihr nicht! Ich will hierbleiben, bei
euch ..." Er fing an, untröstlich zu schluchzen, während seine
Mutter – diejenige, die er als seine wahre Mutter betrachtete und
die sich all die Jahre um ihn gekümmert hatte – hinter ihm stand,
ihre Arme um seine Schultern schlang und ihm beruhigende
Worte ins Ohr flüsterte.

Er hörte sie nicht. Alles, was er wahrnahm, war das große
brennende Loch in seiner Brust, als er die Schrecken noch einmal
durchlebte, die er damals ganz allein im Krankenhaus
durchgemacht hatte. Die Angst, der Zorn, die Schuldgefühle – all
diese Gefühle kamen zurück, spülten über ihn hinweg und
brachten ihn zum Schluchzen. Nein, er würde das nicht noch
einmal durchmachen. Er würde nicht zulassen, dass eine Fremde
ihn von den einzigen Eltern trennte, die er kannte, die ihn all die
Jahre geliebt hatten und die er mit solcher Macht zurückliebte,
dass jede Zelle seines Körpers schmerzte.

Nach einer Weile ließen die Schluchzer nach und er blieb in
einem Zustand der Verzweiflung zurück. Nicht einmal die
tröstenden Worte seiner Mutter oder die *Zrazy* konnten die dunkle
Wolke durchdringen, die sich auf ihm niedergelassen hatte. Er
wollte sein Zuhause nicht verlassen, um bei irgendeiner Familie
zu leben, an die er sich kaum erinnerte.

Erst nach dem Essen, als er seiner Mutter beim Abwasch half, merkte er, dass auch sie weinte. Das brach auch den letzten Rest seines Herzens in kleine Splitter. Wieso musste die Welt so grausam sein? Wieso konnte er nicht einfach bei seinen Eltern bleiben, wenn sie gar nicht wollten, dass er sie verließ?

Sein Vater kam in die Küche und sagte: „Jakub, du und ich sollten ein Gespräch zwischen Männern führen. Hol deine Jacke."

Jakub tat wie geheißen. Der Respekt für seinen Vater beruhigte seinen inneren Aufruhr zumindest für den Moment. Draußen gingen sie im Gleichschritt schweigend zum See hinunter, wie sie es hundert Male gemeinsam getan hatten, nie jedoch in solch bedrückter Stimmung.

Erst nach der Hälfte des Weges erhob sein Vater die Stimme: „Deine Mutter und ich, wir sind beide von dieser Nachricht am Boden zerstört. Du weißt, dass wir dich mehr lieben als alles andere auf der Welt.

Anfangs war ich besorgt, als Irena dich vom Hospital nach Hause gebracht hat. Ich dachte, wir würden dafür bestraft werden, dem Feind geholfen zu haben, auch wenn es nur ein vierjähriges Kind war. Aber du warst so krank. Allein hättest du die Nacht auf der kalten Station nicht überlebt.

Und als Irena am nächsten Tag zurückgegangen ist, um nach deiner Mutter zu suchen, hat sie Dinge gesehen ... Wir haben nie erfahren, ob es die Deutschen oder die Russen waren, aber wir wussten beide, dass es die richtige Entscheidung gewesen war, dich mitzunehmen."

Jakub schluckte und schob die Hände tiefer in die Taschen. Obwohl er erst elf war, war er schon fast größer als seine Mutter und reichte seinem Vater bis zur Schulter.

„Da wir keine eigenen Kinder haben konnten, nachdem ..."

„Nachdem was?" Jakub wandte den Kopf, um den Mann anzusehen, der all die Jahre sein Vater gewesen war.

„Bevor wir dich aufgenommen haben, war Irena mit unserem ersten Kind schwanger. Wir waren überglücklich, doch dann ... Sie wurde von den Nazis so schwer zusammengeschlagen, dass sie das Baby verloren hat und selbst beinahe gestorben wäre. Um ihr das Leben zu retten, mussten die Ärzte ihr die Fähigkeit nehmen, jemals wieder Kinder zu bekommen."

„Das wusste ich nicht." Diese Neuigkeit über die Frau, die er *Mamusia* nannte und von ganzem Herzen liebte, machte Jakub fassungslos.

„Wir reden nicht darüber. Jedenfalls war sie nach dieser Sache lange Zeit sehr niedergeschlagen, und dann war auch noch Krieg. Es waren schwere Zeiten. Dich zu finden war die Antwort auf unsere Gebete, so als hätte Gott selbst uns ein Geschenk gemacht: ein Kind, das wir hegen und pflegen dürfen." Luka räusperte sich. „Wir haben dich schnell als unseren Sohn betrachtet ... und wir lieben dich über alles."

Jakubs Kopf schwirrte ob all der Enthüllungen des Tages.

„Wir wussten immer, dass deine leibliche Mutter vielleicht eines Tages gefunden wird und dass wir dich dann zurückgeben müssen. Aber das hat uns nicht davon abgehalten, vor allem nicht Irena, dir unser Herz zu öffnen. Sie liebt dich so bedingungslos, wie nur eine Mutter es vermag. Sie hat sich von der Bedrohung nie abschrecken lassen, dass ihr Herz gebrochen werden könnte, wenn du gehen müsstest. Sie war so unglaublich glücklich darüber, dich ihren Sohn nennen zu dürfen, egal wie kurz oder lang das sein mochte."

Sie hatten den See erreicht und Luka bedeutete seinem Sohn, sich auf eine der Bänke zu setzen.

„Mit den Jahren war die Möglichkeit, deine leibliche Mutter zu finden, in immer weitere Ferne gerückt. Gleichzeitig hat sich das politische Klima geändert und der Hass auf die Deutschen schien immer größer zu werden. Deshalb haben wir dich adoptiert und allen erzählt, dass du das Waisenkind einer entfernten Cousine bist, um dich und uns zu schützen."

„Ich verstehe." Jakub wusste nicht, was er sonst sagen sollte, denn seine gesamte Welt war innerhalb weniger Stunden auf den Kopf gestellt worden. Natürlich hatte er gewusst, dass er adoptiert war und früher Deutsch gesprochen hatte, aber erst jetzt wurde ihm klar, dass er kein Pole war, sondern einer der Deutschen, die alle so sehr hassten. Ein erschreckender Gedanke kam ihm: Würden seine Freunde noch mit ihm reden, wenn sie wussten, dass er Deutscher war?

Dann ließ er die Schultern hängen. Es spielte keine Rolle. Er würde seine Freunde vermutlich nie wiedersehen, wenn seine Eltern, die gar nicht seine Eltern waren, ihn wegschickten.

„Muss ich wirklich weggehen und bei dieser Frau leben?", fragte Jakub.

Luka lächelte traurig. „So sehr ich mir wünschte, es wäre anders, ich fürchte, das musst du."

„Ich will aber nicht. Mir gefällt es hier", protestierte Jakub.

„Leider liegt diese Entscheidung weder bei dir noch bei mir. Jetzt, da die Behörden Bescheid wissen, haben sich die bürokratischen Mühlen in Bewegung gesetzt und nichts kann sie mehr aufhalten." Luka verstummte für eine Weile und starrte aufs Wasser, bevor er wieder sprach. „Betrachte es als Chance. Westdeutschland geht es momentan viel besser als Polen und unter den Kommunisten wird es hier nur noch schlimmer werden. Du wirst mehr Wohlstand haben, als Irena und ich dir je bieten könnten."

„Das Geld ist mir egal." Jakub trat gegen einen Kiesel und beobachtete, wie er ins Gras rollte.

„Und Freiheit. In Westdeutschland kannst du jeden Beruf wählen, jedes Buch lesen und überall hinreisen." Im kommunistischen Polen war das Reisen stark eingeschränkt und normale Bürger erhielten nur selten ein Visum für ein kapitalistisches Land.

Endlich hellte sich Jakubs Stimmung auf. „Kann ich euch besuchen kommen?"

„Darüber wären wir sehr froh."

Besänftigt fügte Jakub hinzu: „Ich will nicht gehen, aber ich will euch auch keine Probleme bereiten."

„Du kannst so oft schreiben, wie du möchtest, und wir werden jeden deiner Briefe beantworten."

Das war nicht dasselbe, wie wirklich bei seinen Eltern zu sein, aber es stellte dennoch einen Hoffnungsschimmer dar. Jakub entschied, das Ganze als Abenteuer zu betrachten. Wenn er seine neue Familie ganz und gar nicht mochte, konnte er immer noch weglaufen und zu Irena und Luka zurückkehren. Seinem Vater wollte er von diesem Plan lieber nichts erzählen, denn er wusste, dass dieser ihn nicht gutheißen würde.

„Wann muss ich weg?"

„Das wissen wir nicht. Ich denke, es dauert noch ein paar Wochen. Du brauchst erst eine Ausreisegenehmigung und wer weiß, was noch alles."

Wenigstens sah es so aus, als könnte Jakub noch einige Wochen bei den Menschen bleiben, die ihm mehr als alles andere auf der Welt bedeuteten, und als könnte er sich von seinen Freunden verabschieden. Jakub seufzte. „Gut, dann gehe ich eben. Aber wenn es mir in Aachen nicht gefällt, komme ich zu euch zurück."

Luka schenkte ihm ein trauriges Lächeln.

KAPITEL 38

Etwa zwei Monate später

I rena tat ihr Bestes, damit ihre Gefühle nicht die Oberhand gewannen, als sie auf dem Bahnsteig auf Jakubs Zug warteten. Luka stand hinter ihr, während Jakub sich an ihre Hand klammerte. Sie blickte zu ihm und bemerkte, dass er tapfer versuchte, nicht zu weinen. Trotzdem rannen immer wieder einzelne Tränen seine Wange hinab, die er eilig wegwischte.

Eine Rotkreuz-Mitarbeiterin würde ihn durch Polen und Ostdeutschland bis zur innerdeutschen Grenze begleiten, um ihn dort ihrem westdeutschen Pendant zu übergeben, das ihn bis nach Aachen brachte.

„Alles einsteigen!", kam zehn Minuten später die Aufforderung.

Jakub drehte sich um und schlang seine Arme fest um Irena. „Ich will nicht weg, *Mamusia*."

Irena konnte ihre Tränen nicht zurückhalten. Sie befürchtete, ihren Sohn nie wieder zu sehen. Zärtlich streichelte sie ihm über den Kopf. „Ich weiß, mein Liebling, ich weiß. Ich hab dich so lieb."

Luka sagte: „Mach uns stolz, mein Sohn. Und vergiss nicht zu schreiben. Wir werden darauf warten, von dir zu hören."

„Ja, Vater." Jakub war überraschend ruhig, als er Luka umarmte.

Die Rotkreuz-Mitarbeiterin nahm Jakubs kleinen Koffer und tippte ihm auf die Schulter. „Wir müssen einsteigen."

Jakub nickte und folgte ihr. Bevor er auf die Stufen des Zuges stieg, drehte er sich um und rief: „Ich liebe euch, *Mamusia* und Papa. Ich werde immer an euch denken."

„Schreib uns, so oft du kannst!", rief Irena zurück und warf ihm eine Kusshand zu, während sie mit der anderen nach Lukas Hand griff. Sie hatte Angst, zu einem schluchzenden Häufchen Elend zusammenzubrechen, wenn er sie nicht aufrecht hielt.

Jakub verschwand im Zug und tauchte am Fenster seines Abteils wieder auf. Er schob das Fenster nach unten, schaute heraus und winkte ihr. Doch viel zu schnell fuhr die Lokomotive an, zog den Zug aus dem Bahnhof und trug ihren geliebten Sohn davon.

Irena vergrub ihr Gesicht an Lukas Schulter und schluchzte untröstlich, bis er sie sanft vom Bahnsteig führte.

„Er ist weg", jammerte sie. „Wie soll ich ohne ihn zurechtkommen? Ich kann das einfach nicht. Ich liebe ihn so sehr."

Luka hatte keine tröstenden Worte für sie. Sie wusste, dass sie das Richtige taten. Jakub hatte ihnen nie gehört, sie hatten ihn nur von seiner leiblichen Mutter ausgeliehen, um ihn mit Liebe zu überschütten, ihn aufzuziehen und sich um ihn zu kümmern.

Und jetzt war eingetreten, wovor sie sich die ganzen Jahre lang gefürchtet hatte. Genauso plötzlich, wie er damals in ihr Leben getreten war, war er nun daraus verschwunden.

„Es ist nicht für immer", sagte Luka in dem Versuch, sie zu beruhigen. „Bestimmt kann er uns bald besuchen kommen."

Doch beide wussten, dass es so gut wie unmöglich war, den Eisernen Vorhang zu passieren, selbst als Tourist. Hätte seine Mutter in Ostdeutschland gelebt, hätte es eine realistische

Möglichkeit gegeben. Doch nun, da Jakub in der feindlichen Welt des Kapitalismus leben würde?

Trotzdem klammerte sich Irena an die Vorstellung, dass er jeden Sommer zu Besuch käme, denn nur so konnte sie das entsetzliche Gefühl des Verlustes verkraften, das sie durchströmte.

„Komm, die Leute schauen schon." Luka legte ihr einen Arm um die Schultern und zog sie vom Bahnsteig weg, weg von dem Ort, an dem sie ihren Sohn das letzte Mal in den Armen gehalten hatte.

„Wie soll ich nur ohne ihn leben?", murmelte sie.

„Wir schaffen das zusammen. Wir haben ja noch uns", beruhigte Luka sie.

„Ich weiß, aber es tut so schrecklich weh. Am liebsten würde ich in den nächsten Zug springen und ihm hinterherfahren." Sie wusste, dass es unmöglich war, denn sie bekäme niemals ein Visum für ein kapitalistisches Land.

„Er ist doch nicht tot. Er wird uns schreiben."

Statt sie zu trösten, sandten Lukas Worte eine weitere heftige Welle des Schmerzes durch ihren Körper, und sie rief: „Jetzt hat er sogar an einem anderen Datum Geburtstag! Wann soll ich ihm denn ein Geschenk schicken?"

„Der Kummer lässt dich Unsinn reden." Obwohl ihr Mann selbst trauerte, war er gefasst wie immer. Er zog sie fester an sich und brachte sie nach Hause, wo er sie aufs Sofa setzte und dann in die Küche ging, um Tee zu kochen.

Als er ihr eine Tasse brachte, reichte er ihr auch eine Pille und sagte: „Hier, das wird dich beruhigen. Nimm sie und geh schlafen."

„Ich will sterben", heulte sie.

„Du musst stark sein. Für mich." Luka blickte sie so voller Liebe und Schmerz an, dass ihr endlich bewusst wurde, dass sie nicht die Einzige war, die vor Kummer verging.

„Ich vermisse ihn jetzt schon so furchtbar."

„Ich doch auch."

KAPITEL 39

Aachen

Zum hundertsten Mal an diesem Morgen nahm Emma den Staublappen in die Hand und wischte über den Wohnzimmerschrank. Alles sollte perfekt sein, wenn Jakob eintraf.

„Wann, glaubst du, sind sie hier?", fragte sie Martin, der sich zur Feier des Tages freigenommen hatte.

Er lächelte nachsichtig. „Der Zug müsste vor etwa einer Stunde angekommen sein, aber ich gehe davon aus, dass sie zuerst zum Rotkreuz-Büro mussten, um den Papierkram zu erledigen. Ich würde sagen, dass er jeden Moment hier sein dürfte."

„Wäre es nicht besser gewesen, ihn am Bahnhof zu treffen? Sollten wir hingehen und nachsehen? Nur für den Fall?"

„Emma, das ist der normale Ablauf. Das Rote Kreuz will bestimmt keine Szene in aller Öffentlichkeit auf dem Bahnsteig."

Emma drehte sich um und betrachtete das Wohnzimmer, um sicherzustellen, dass alles blitzblank war. Jakob sollte sich bei ihnen gleich wie zu Hause fühlen. Sehr zum Leidwesen ihrer älteren Tochter hatte Emma sogar Liesl in Sophies Zimmer einquartiert, damit er sein eigenes Zimmer hatte.

Nach einem weiteren Blick auf die Uhr auf der Anrichte ging

MARION KUMMEROW

sie zum Fenster und sah auf die Straße hinunter. Nichts. Sie
wandte den Blick zu ihrem Mann, der in einem Sessel saß und die
Zeitung las. Wie um Himmels willen konnte er an einem so
wichtigen Tag still sitzen und lesen? Ihre eigenen Nerven waren
bis zum Zerreißen angespannt.

„Was, wenn sie das Haus nicht finden?", fragte sie.

Martin seufzte und ließ die Zeitung sinken. „Das Rote Kreuz
war schon viermal hier. Es ist mehr als unwahrscheinlich, dass sie
plötzlich vergessen haben, wo wir wohnen."

„Aber ... Sie müssten doch schon längst hier sein. Glaubst du,
dass etwas passiert ist? Vielleicht ein Unfall? Oder der Zug hatte
Verspätung?"

„Du musst aufhören, so einen Wirbel zu machen. Er wird jeden
Moment hier eintreffen." Wie immer war Martin ruhig und
gelassen, was Emma ihm ein wenig übel nahm. Es war nicht *sein*
seit Langem vermisster Sohn, deshalb brachte er kein Verständnis
für ihren Gemütszustand auf.

Sie nahm den Staubwedel, um auch die schwer erreichbaren
Stellen hinter dem Heizkörper zu säubern, als es an der Tür
klingelte. Panisch hielt Emma mitten in der Bewegung inne und
stand wie angewurzelt im Raum.

„Willst du nicht aufmachen?", fragte Martin.

„Ich?" Sie starrte ihn an, unfähig, sich zu rühren.

Bevor sie etwas sagen konnte, faltete er seufzend die Zeitung
zusammen und stand auf. Emma hörte, wie er die Tür öffnete. Der
folgende Wortwechsel riss sie aus ihrer Reglosigkeit. Sie warf den
Staubwedel beiseite, als wäre er vergiftet, und rieb sich schnell die
Hände am Rock ab, während sie einen Blick auf ihre Reflexion in
der Glastür der Wohnzimmervitrine warf, um sich zu
vergewissern, dass ihre Frisur tadellos saß.

Sie hatte sich gewünscht, dass Sophie dem großen Moment
beiwohnte, aber Martin hatte darauf bestanden, dass dies kein
Grund war, die Schule zu versäumen. Sophie würde in den
kommenden Jahren noch ausreichend Zeit mit ihrem Bruder
verbringen.

244

Emma hatte diese Entscheidung zunächst missfallen, doch nun erkannte sie, dass Martin ihr Zeit mit Jakob allein geben wollte. Es war schwer genug, mit den eigenen Gefühlen zurechtzukommen, da brauchte sie nicht auch noch einen Backfisch mit einem Hang zum Drama.

Schritte klackten auf dem Linoleum im Flur – und dann war er da.

„Jakob", rief sie, als sie sein Gesicht trotz der vergangenen Jahre sofort wiedererkannte. Eilig durchschritt sie die wenigen Meter zwischen ihnen und schloss ihn in die Arme. „Mein lieber, süßer Junge. Ich habe dich so sehr vermisst!"

Er versteifte sich in ihrer Umarmung und kaum hatte sie ihn losgelassen, machte er einen Schritt zurück. Verlegen stand er im Raum und sagte dann mit starkem Akzent: „Guten Tag, mein Name ist Jakob Oppermann."

Schreck lähmte sie, während ihr Blick zwischen ihm und dem Rotkreuz-Mitarbeiter hin- und herschoss. Erst jetzt bemerkte sie, dass es nicht die junge Frau war, die sie kannte, sondern ein älterer Herr. Dieser streckte die Hand aus und sagte mit dem Akzent, den Emma aus ihrer Heimat Lodz kannte:

„Guten Tag, Frau Kröger. Ich bin Gottfried Heller. Es ist mir eine Freude, bei dieser Familienzusammenführung behilflich zu sein. Das Rote Kreuz hat mich gebeten, anwesend zu sein, weil Jakob", er warf einen Blick auf den Jungen, „kein Deutsch spricht."

Eine Schockwelle erfasste Emma und ließ sie wanken. Was dieser Mann sagte, war unmöglich. Wie konnte es sein, dass ihr Sohn seine Muttersprache nicht sprach?

„Wollen wir uns nicht setzen?", fragte Herr Heller.

Emma nickte, ohne wirklich zu verstehen, was vor sich ging. Erst als Martin ihr etwas ins Ohr flüsterte, erinnerte sie sich an ihre Pflichten als Gastgeberin und fragte: „Darf ich Ihnen etwas zu trinken anbieten? Vielleicht ein Glas Limonade?"

„Ja, sehr gern", sagte Herr Heller und wandte sich dann an Jakob, um ihn dasselbe auf Polnisch zu fragen.

MARION KUMMEROW

Auf dem Weg zur Küche, um das vorbereitete Getränk aus dem nigelnagelneuen Kühlschrank zu holen, kam es ihr vor, als würde sie durch eine dicke Dunstwolke schreiten. Zurück im Wohnzimmer lauschte sie nur mit halbem Ohr Hellers Erklärungen, während sie Jakobs Gesicht studierte.

Ihr erstes Zusammentreffen war ganz anders, als sie es sich vorgestellt hatte. In ihren Träumen war es voller Liebe, Freude und Aufregung gewesen. Die Wirklichkeit aber war fürchterlich unangenehm. Jakob sah aus, als wäre er lieber woanders, egal wo, Hauptsache nicht hier. Sie glaubte, so etwas wie Trotz in seinen Augen zu erkennen.

„Ich werde täglich vorbeikommen, um mit der Sprache zu helfen", sagte Herr Heller in diesem Moment.

Endlich gelang es ihr, sich aus dem festen Griff der Verwirrung zu befreien. „Das ist sehr freundlich von Ihnen, aber es wird nicht nötig sein. Ich spreche ganz gut Polnisch. Es ist zwar ein wenig eingerostet, aber es wird ausreichen."

Er nickte. „Das ist gut zu wissen. Auf jeden Fall sollte Jakob Deutschunterricht nehmen."

Emma schüttelte ungläubig den Kopf. Ihr eigener Sohn musste seine Muttersprache neu erlernen? Nicht einmal in ihren kühnsten Albträumen hätte sie sich das vorstellen können. Sie wandte sich an Jakob und sagte auf Polnisch: „Willkommen zu Hause. Ich weiß, das ist bestimmt nicht leicht für dich, aber ich werde dir dabei helfen, dich an dein Deutsch zu erinnern. Komm, ich zeige dir dein Zimmer."

In gestelztem Ton antwortete er: „Das ist sehr freundlich, *Pani* Kröger."

Dass er sie als „Frau Kröger" ansprach, versetzte ihr einen Stich ins Herz. „Du brauchst mich nicht *Pani* Kröger nennen, ich bin doch deine Mutter."

„Irena Pawlak ist meine Mutter. Sie sind die Frau, die mich im Stich gelassen hat", antwortete Jakob mit so eisiger Stimme, dass Emma zurückwich.

„Kannst du mich wenigstens Emma nennen? Bitte?"

Er nickte kurz und nahm seinen kleinen Koffer, bevor er fragte: „Wo ist mein Zimmer?"

Nachdem sie ihn in seinem Zimmer zurückgelassen hatte, kehrte sie ins Wohnzimmer zurück, wo sich Herr Heller und Martin unterhielten. Was der glücklichste Tag ihres Lebens hätte werden sollen, hatte sich zu einer Katastrophe entwickelt.

„Bitte lassen Sie sich nicht entmutigen, Frau Kröger", sagte Herr Heller. „Es dauert oft eine Weile, bis die Kinder sich an ihre früheren Familien gewöhnt haben. Genau aus diesem Grund setzt das Rote Kreuz Freiwillige wie mich ein, um in der Übergangszeit zu helfen. Jakob wurde aus seinem Leben in Polen herausgerissen, alles hier ist neu und fremd für ihn. Geben Sie ihm etwas Zeit."

In der folgenden halben Stunde besprachen Martin und Herr Heller die Formalitäten, aber Emma konnte sich nicht konzentrieren. Zu viele widersprüchliche Gefühle wirbelten in ihrer Brust durcheinander. Dankbar, dass sie sich auf ihren Ehemann verlassen konnte, lehnte sie sich zurück und fragte sich, ob sie etwas hätte anders machen sollen.

Hatte Jakob recht, wenn er ihr vorwarf, sie hätte ihn im Stich gelassen? Wenn sie früher zum Krankenhaus gegangen wäre? Darauf bestanden hätte, über Nacht bei ihm zu bleiben? Hätte sie ihn nicht dort lassen, sondern zum Flüchtlingslager mitnehmen sollen? Oder hätte sie in Posen bleiben und Sophie mit Agatha fliehen lassen sollen? Hätte sie irgendetwas tun können, um ihn früher zu finden? Hätte sie wissen müssen, dass er sein Deutsch vergessen hatte, und hätte sie dafür Vorkehrungen treffen müssen?

Sie biss sich auf die Lippen, mit einem Mal erschöpft.

Einige Minuten später standen die beiden Männer auf, um sich voneinander zu verabschieden. Erst als Martin ihr einen Stups gab, erinnerte sie sich an ihre guten Manieren und erhob sich ebenfalls, um Herrn Hellers Hand zu schütteln. „Haben Sie vielen Dank. Wir wissen Ihre Hilfe wirklich zu schätzen."

„Er wird sich bald eingewöhnen. Die Reise war anstrengend. Geben Sie ihm etwas Zeit."

KAPITEL 40

Es war noch schlimmer, als Jakob es sich vorgestellt hatte. Außer Gottfried Heller und der Frau, die darauf bestand, seine Mutter zu sein, und ihn zwang, sie Emma zu nennen, sprach niemand an diesem verdammten Ort Polnisch.

Sein neuer „Vater" Martin schien ganz nett zu sein, sagte aber kaum ein Wort und war sowieso fast den ganzen Tag bei der Arbeit. Und seine Schwester Sophie, an die er sich kaum erinnerte, nahm es leicht mit den zickigsten Mädchen seiner Klasse zu Hause auf. Bei ihr war er sogar froh, dass er nicht verstand, was sie sagte.

Auch seine neuen Klassenkameraden waren grässlich. Sie starrten ihn unverhohlen an, zeigten mit dem Finger auf ihn und sprachen hinter seinem Rücken schlecht über ihn. Er brauchte sie nicht zu verstehen, um zu wissen, dass sie sich über ihn lustig machten.

Zu Hause war er ein guter Schüler gewesen, aber hier war das einzige Fach, in dem er sich hervortat, der Sportunterricht – sofern ihn die Jungs in seiner Klasse mitspielen ließen. Normalerweise sorgten sie dafür, dass er nie den Ball bekam, wenn er in ihrer Mannschaft war. Nach einem weiteren grauenhaften Schultag mit zusätzlichem Deutschunterricht am Nachmittag kam er nach Hause, um Emma in Eile vorzufinden.

„Oh, gut, dass du da bist. Ich muss eine Besorgung machen. Könntest du bitte auf Liesl aufpassen? Ich bin bald zurück."

„Ja", stimmte er zu. Er hatte ja sowieso keine Freunde, mit denen er sich hätte treffen können. Liesl machte wenigstens keine spöttischen Bemerkungen über ihn. Er nahm das kleine Mädchen bei der Hand und fragte auf Polnisch: „Was möchtest du spielen?"

Trotz der Sprachbarriere schien sie ihn immer zu verstehen. Ihre Augen leuchteten, als sie vor sich hinplapperte und ihn in die Spielecke in ihrem und Sophies Zimmer führte, wo ihre Bauklötzchen verstaut waren.

„Bau mir Turm!", verlangte sie und er gehorchte bereitwillig. Als er fertig war, warf sie ihn um und lachte fröhlich über die Unordnung.

Jakob baute einen weiteren Turm und dachte an die Zeit, als er und Luka dasselbe getan hatten. Luka hatte ihm so viel beigebracht. Schnell verdrängte er die Erinnerungen, denn an seine Eltern zu denken, drohte immer, ihn zum Weinen zu bringen.

„Nicht traurig sein", sagte seine Halbschwester und kletterte auf seinen Schoß.

Er konnte nicht anders, als sich durch ihre Anwesenheit getröstet zu fühlen. Auch wenn ihn sonst niemand hier mochte, war wenigstens sie ein echter Sonnenschein in seinem Leben. Er bemühte sich, mit ihr auf Deutsch zu sprechen. „Es ist so schwer."

„Nich schwer. Noch mal. Ich werf nich um." Sie schenkte ihm ihr süßestes Lächeln und dachte offensichtlich, dass er traurig war, weil sie seinen Turm zerstört hatte.

„Bau du ihn und ich werfe alles um." Er gab ihr einen Stups, damit sie ihm dabei half, noch einen Turm zu bauen.

In den kommenden Monaten verbesserte sich die Lage nicht. Außer seiner kleinen Schwester Liesl schien ihn niemand zu mögen. Sogar

Emma nörgelte ständig wegen irgendwelcher Kleinigkeiten an ihm herum. Immerzu verbesserte sie seine Aussprache und seine Grammatik, sodass er es aufgab, Deutsch zu sprechen.

Inzwischen verstand er das meiste, was gesagt wurde, aber er weigerte sich, in dieser Sprache zu antworten. Er wollte weder ihr noch seinen Lehrern das Gefühl geben, sie hätten gewonnen. Wenn Emma ihn so sehr hasste, wieso hatte sie dann darauf bestanden, dass er herkam? Wieso hatte sie ihn nicht bei seinen Eltern gelassen, die ihn wirklich liebten und wo er glücklich war?

Meistens ging er direkt nach dem Abendessen in sein Zimmer. Dort lag er auf dem Bett, starrte an die Decke und wünschte sich nach Hause zurück. Dicke Tränen kullerten ihm über die Wangen, wenn er von seinen Freunden in Poznań träumte. Er malte sich aus, wie er mit ihnen Fußball spielte oder nach der Schule zum See ging. Dann verfluchte er sein Pech, dass er hier so unglücklich sein musste.

Gerade träumte er davon, wie seine *Mamusia* sein Lieblingsessen *Zrazy* zubereitete, als laute Stimmen seine Aufmerksamkeit weckten. Wahrscheinlich stritten Sophie und Emma mal wieder miteinander. Seit seiner Ankunft lagen sich die beiden täglich in den Haaren. Er zuckte mit den Schultern. Die Mätzchen seiner Schwester interessierten ihn nicht. Doch als er seinen Namen hörte, spitzte er die Ohren.

Er stand auf, schlich auf Socken zur Zimmertür und öffnete sie leise einen Spaltbreit. Es gab eine Unterbrechung im Streit, dann seufzte Emma und sagte: „Was ist denn nur los mit dir? Du bist so eigensinnig geworden. Immerzu widersprichst du mir, schwänzt die Schule, machst deine Hausarbeiten nicht. Wieso?"

„Was interessiert dich das überhaupt? Du redest doch sowieso immer nur von Jakob. ‚Jakob hier, Jakob da. Ich mach mir Sorgen um Jakob, ich muss mit Jakob Deutsch lernen, ich glaub, Jakob geht es nicht gut.' Was ist mit mir? Schert sich irgendwer in dieser Familie auch mal um mich?"

„Aber natürlich, mein Schatz."

„Nein, das tust du nicht. Niemand tut das. Ich bin gut genug, auf Liesl aufzupassen und im Haushalt zu helfen, während Jakob wie ein Prinz behandelt wird. Wie wärs mit einem Dienstmädchen statt einer Tochter? Der wäre es egal, wenn man auf ihr herumtrampelt."

„Sophie, bitte. Das stimmt doch nicht. Jakob hatte es so schwer, seit er hergekommen ist ..."

„Siehst du? Wieder geht es nur um Jakob. Wieso sind seine Gefühle so viel wichtiger als meine? Wieso machst du immer so viel Aufhebens um ihn und vergeudest keinen Gedanken an mich? Ich wette, wenn ich hier und jetzt tot umfiele, würdest du es erst merken, wenn du jemanden zum Aufräumen brauchst, weil man von diesem kostbaren Jakob nicht erwarten kann, auch nur einen Finger zu krümmen!"

Es gab eine lange Pause, bevor Emma antwortete: „Ich sehe ein, dass ich dir zu viel aufgebürdet habe. Ich habe dich wie eine Erwachsene behandelt, aber ich verstehe jetzt, dass du noch ein Kind bist und mich brauchst. Ich werde dafür sorgen, dass ich ab jetzt mehr Zeit für dich habe. Vielleicht können wir jemanden finden, der einmal in der Woche auf Liesl aufpasst, und dann können wir zusammen etwas Schönes unternehmen, nur du und ich. Wie wäre das?"

Emmas Stimme klang äußerst müde, ja richtiggehend erschöpft. Schuldgefühle überkamen Jakob. Es war seinetwegen, dass Emma und Sophie ständig miteinander stritten. Seinetwegen hatte Emma so viel zusätzliche Arbeit und war immerzu müde.

„Ich wünschte, er wäre bei seinen Adoptiveltern in Polen geblieben, die er so schrecklich zu vermissen scheint. Alles war besser, bevor er hier aufgetaucht ist", sagte Sophie.

Ein verärgerter Seufzer war die Antwort. „Das kannst du nicht wirklich denken. Er ist dein Bruder."

„Wieso denn nicht? Wir waren doch glücklich ohne ihn, oder nicht? Ich wünschte wirklich, er würde wieder gehen."

Jakob hatte genug gehört. Leise schloss er die Tür und rollte sich schluchzend auf dem Bett zusammen. Nach einer Weile trocknete er seine Tränen, setzte sich an den Schreibtisch und nahm Stift und Papier zur Hand. Er schrieb einen Brief an seine *Mamusia*, die ihn tatsächlich liebte, und teilte ihr mit, wie schlecht es ihm ging. Darin flehte er sie an, ihn wieder nach Hause zu holen.

Er klebte den Brief zu und brachte ihn am nächsten Morgen zur Post. Als er das Schulgebäude betrat, war ihm schon viel leichter ums Herz, denn er war sich sicher, dass Irena und Luka ihm zu Hilfe eilen würden. Zurück bei den beiden wäre er endlich wieder glücklich.

KAPITEL 41

Nachdem Sophie sich in ihr und Liesls Zimmer verzogen hatte, wartete Emma aufgewühlt darauf, dass Martin von der Arbeit nach Hause käme, um ihm von dem Streit zu erzählen. Er blieb in letzter Zeit oft länger im Laden, um die Buchhaltung selbst zu machen und so die Personalkosten niedrig zu halten.

„Sophie ist einfach nur eifersüchtig. Sie beruhigt sich bestimmt wieder", meinte er.

„Aber Jakob ist so unglücklich. Er denkt, ich merke es nicht, aber er weint sich jeden Abend in den Schlaf."

„Er ist ein Junge; er wird schon bald lernen, nicht zu weinen." Martin rieb ihre Schultern.

Sie wünschte, sie könnte genauso gelassen sein wie er, aber der Herzschmerz ihrer Kinder brannte quälend in ihrer Seele. „Ich möchte, dass er glücklich ist."

„Du wirst sehen, das ist nur eine Phase, bis er sich eingewöhnt hat. Die Erfahrung wird ihm später im Leben von Nutzen sein." Wie die meisten Männer hatte Martin keine Zeit auf Gefühle zu verschwenden.

„Er hasst es, hier zu sein, das hat er selbst gesagt. Weißt du, dass er seinem Deutschlehrer erzählt hat, dass er sich zu Weihnachten nichts sehnlicher wünscht, als zu seinen Eltern in

Polen zurückzukehren?" Dann fasste sie die Schuldgefühle, die sich über Monate in ihrer Brust aufgestaut hatten, in Worte: „Meinst du, es war egoistisch von mir, ihn herzuholen?"

„Egoistisch? Wir bringen eine Menge Opfer, um ihm ein angenehmes Leben zu ermöglichen. Wir alle müssen dafür Verzicht üben: Sophie muss ihr Zimmer mit Liesl teilen, ich mache Überstunden, um die Zusatzkosten zu decken, und du ... Du hast eine Menge Arbeit mit drei statt zwei Kindern und dem Haushalt, sodass ich kaum noch Zeit mit dir allein verbringen kann." Martin äußerte die gleichen Beschwerden wie Sophie.

„Hast du das Gefühl, dass ich dich vernachlässige?"

„Ich hätte es nicht so ausgedrückt, aber ja. Du bist dieser Tage oft geistesabwesend. Ich dachte, es würde dich glücklich machen, Jakob hier zu haben, aber das Gegenteil scheint der Fall zu sein. Du machst dir unentwegt Sorgen."

„Es ist nur ... Ich fühle mich so unzulänglich. Er vermisst Irena und Luka sehr, betrachtet mich nicht als seine Mutter, er und Sophie verstehen sich überhaupt nicht und er hat immer noch keine Freunde in der Schule gefunden. Die Einzige, die er zu mögen scheint, ist Liesl."

„Das ist doch immerhin ein Anfang, oder nicht?"

Sie dachte einen kurzen Moment nach und fragte dann: „Meinst du, wir sollten ihn zurückschicken?"

„Bitte was?" Martin machte ein verdattertes Gesicht.

„Du hast doch selbst gesagt, alle waren vor seiner Ankunft glücklicher."

Martin ging zum Wohnzimmerschrank, um zwei Gläser Schnaps einzuschenken. „Hier."

„Danke." Aus Erfahrung wusste sie, dass sie ihn nicht unterbrechen sollte, weil er über eine Antwort nachdachte. Er war einfach so, er sagte nie etwas Unüberlegtes. Es dauerte nicht lang.

„Pass auf. Ich verstehe, dass die Situation schwierig ist. Für alle, insbesondere für dich. Mir ist auch klar, dass du das Richtige für ihn tun möchtest und dir über seinen Gemütszustand Gedanken machst. Aber das Leben hier ist bedeutend besser als in

Polen. Hier hat er Möglichkeiten, die sich ihm dort niemals bieten würden. Das fängt mit dem Wohlstand an und geht weiter mit der freien Berufswahl, dem Reisen, der Freiheit ganz allgemein. Die Pawlaks würden sicher zustimmen, dass er hier besser dran ist als bei ihnen."

„Aber –"

„Kein Aber. Niemand, der klar bei Verstand ist, würde ein Kind zurück hinter den Eisernen Vorhang schicken. Es wäre ausgesprochen grausam, ihm die Zukunft zu verbauen, nur weil er in der Gegenwart ein paar Anpassungsschwierigkeiten hat."

Emma nickte müde. Auch wenn sie voller Schuldgefühle war, wollte sie tief im Herzen ihren Jakob seiner anderen Mutter nie wieder zurückgeben.

Martin kippte den Schnaps hinunter und goss sich noch ein Pinnchen ein. Dann sah er sie eindringlich an. „Sogar wenn wir ihn zurückschicken wollten, wäre es höchstwahrscheinlich gar nicht möglich."

„Wieso nicht?"

„Weil Polen, oder genau genommen alle kommunistischen Nationen, die Einreiseregeln weiter verschärft haben. Es ist so gut wie unmöglich, ein Besuchsvisum zu bekommen, geschweige denn ein Aufenthaltsvisum."

„Aber er ist doch auch hierhergekommen."

„Das war eine Ausnahme, die das Rote Kreuz auf Grundlage internationaler Verträge arrangiert hat. Und es war auch nur deshalb möglich, weil wir beweisen konnten, dass er ein deutscher Staatsbürger ist, der während des Krieges als vermisst gemeldet wurde. Du glaubst doch nicht allen Ernstes, dass die polnische Regierung ihn zurücknimmt? Einen Staatsangehörigen des Erzfeindes? Einen Deutschen und noch dazu Kapitalisten?" Er schnaubte spöttisch. „Das würden diese korrupten stalinistischen Marionetten niemals tun. Obwohl ..." Er hielt inne und sah sie mit zusammengekniffenen Augen an. „Vielleicht würden sie es doch tun. Aber wenn sie es täten, dann kann ich dir garantieren, dass sie Jakob als Paradebeispiel für den misslungenen Versuch, zum

MARION KUMMEROW

Klassenfeind überzulaufen, benutzen würden. Sie würden ihn herumzeigen und aus ihm den berühmten Jungen machen, der aus dem kommunistischen Paradies fliehen wollte und es dann im Westen so unerträglich fand, dass er zurückgekehrt ist. Sie würden ihn zum Aushängeschild für alles machen, was bei uns schlecht ist, und sie würden unsere verkommene Moral für seine Rückkehr verantwortlich machen. Würdest du das wirklich wollen? Möchtest du, dass Jakob von den roten Drecksäcken als Propagandamedium missbraucht wird?"

„Martin!", zischte sie, denn sie hieß eine solche Sprache nicht gut.

„Aber es stimmt doch, oder nicht? Sie machen uns nichts als Probleme. Auf jeden Fall ist es völlig ausgeschlossen, Jakob zurückzuschicken, sogar wenn sie ihn, was unwahrscheinlich ist, wieder aufnehmen würden. Er muss hierbleiben und wir alle müssen das als Tatsache akzeptieren."

„Ich schätze, du hast recht."

Martins Erläuterungen hatten zwar ihre Probleme nicht gelöst, aber zumindest ihre Schuldgefühle gelindert. Es gab nichts, was sie tun konnte. Das Kind war bereits in den Brunnen gefallen.

KAPITEL 42

Poznań

I rena machte einen Freudensprung, als sie in der Post einen Brief von Jakub fand. Obwohl er regelmäßig schrieb, wirkten seine Briefe immer gestelzt und distanziert. Sie schob es auf das ungewohnte Kommunikationsmittel, weil er sonst nie Briefe schrieb, schon gar nicht an seine Eltern.

Sie machte sich einen Tee und setzte sich auf die Bank am Kachelofen, bevor sie den Umschlag öffnete und das Papier entfaltete.

Beim Anblick seiner ordentlichen Handschrift rollte eine Welle der Liebe durch ihren Körper. Egal wie weit weg er sein mochte, er würde immer ihr geliebter Sohn bleiben. Immer noch vermisste sie ihn jeden Tag mit unverminderter Intensität, obwohl sie sich inzwischen damit abgefunden hatte, dass in Westdeutschland bei seiner leiblichen Mutter ein viel besseres Leben vor ihm lag. Und sie war dankbar für die Jahre, die Gott ihr mit Jakub geschenkt hatte, in denen sie sich um ihn gekümmert und ihn zu dem jungen Mann aufgezogen hatte, auf den sie so stolz war.

Liebste Mamusia,

ich kann Dir gar nicht sagen, wie entsetzlich mein Leben hier ist.

Niemand mag mich. Meine Klassenkameraden lästern über mich und die Lehrer tun nichts dagegen. Alle halten mich für dumm, weil mein Deutsch noch immer nicht sehr gut ist.

Obwohl ich die Sprache ziemlich gut verstehe, habe ich aufgehört, sie zu sprechen, weil alle sich über mich lustig machen, wenn ich einen Fehler mache. Emma, die Frau, die behauptet, meine Mutter zu sein, schimpft mich jeden Tag bei jedem noch so kleinen Fehler.

Und Sophie, meine Schwester ... Ich weiß gar nicht, wo ich anfangen soll. Sie ist so grässlich. Sie hasst mich aus tiefstem Herzen. Heute hat sie zu Emma gesagt, dass es ihr am liebsten wäre, wenn ich nie zu ihnen gekommen wäre.

Bitte, Mamusia, wenn Du mich auch nur ein kleines bisschen lieb hast, kannst Du nicht kommen und mich zurückholen?

Jakub

Ihre Hand, die den Brief hielt, sank in ihren Schoß, als ihr Herz erneut zersprang. Alles, was sie sich je für ihren geliebten Jakub gewünscht hatte, war, dass er glücklich war. Hatten sie eine ungeheure Sünde begangen, als sie ihn weggeschickt hatten? Hätten sie ihn niemals beim Roten Kreuz registrieren sollen? Oder hätten sie nach der Adoption so tun sollen, als sei Jakub ein anderer Knabe?

Als Luka zur Tür hereinkam, saß sie immer noch mit dem Brief auf dem Schoß dort.

„Um Himmels willen, Irena, was ist passiert?" Er kniete neben ihr nieder und wortlos reichte sie ihm den Brief.

„Das klingt nicht gut", murmelte er.

„Es ist alles meine Schuld. Ich habe ihn im Stich gelassen."

Er setzte sich neben sie und legte einen Arm um ihre Schultern. „Nein, das hast du nicht. Wir hatten keine Wahl. Wir mussten ihn seiner leiblichen Mutter zurückgeben."

„Aber er klingt so verzweifelt."

„Ich weiß."

„Können wir ihn zurückholen?", fragte sie mit einem Anflug von Hoffnung in der Stimme. Ihr innigster Wunsch würde sich damit erfüllen.

„Dir ist klar, dass das nicht möglich ist, oder? Polen ist inzwischen wie ein riesiges Gefängnis. Niemand kann rein oder raus."

Heftige Schluchzer erschütterten ihren Körper. „Gibt es denn gar nichts, was wir tun können?"

„Ich werde ihm schreiben, ihn daran erinnern, stark zu sein und einen Tag nach dem anderen zu nehmen."

„Können wir ihn nicht anrufen?"

Luka rieb sich das Kinn. „Das könnten wir. Aber es ist ein Auslandsgespräch, deshalb müssen wir dafür aufs Postamt gehen. Wollen wir das nächste Woche tun?"

Sie wischte sich die Tränen weg und nickte tapfer. „Ja, bitte. Aber schreib den Brief trotzdem sofort."

KAPITEL 43

Aachen

Täglich wartete Jakub darauf, dass Irena erschien, um ihn zu holen. Eine Woche verging, ohne dass etwas geschah. Dann erhielt er einen Brief von ihr, den sie offensichtlich geschrieben hatte, bevor sie seinen Hilferuf erhalten hatte. Die Post zwischen Polen und Deutschland war langsam und unzuverlässig, zumindest hatten Emma und Martin die langen Verzögerungen so erklärt.

Also entschied Jakub, die Sache selbst in die Hand zu nehmen. Eines Morgens eröffnete Emma ihm, dass sie Martins alte Tante in einer anderen Stadt besuchen müsse und erst am Abend wieder zu Hause sein würde.

„Sophie ist heute Nachmittag bei einer Freundin. Ich habe dir etwas zum Mittagessen vorbereitet. Es steht im Kühlschrank, du brauchst es nur aufzuwärmen. Kommst du zurecht?"

„Ja, natürlich", sagte er und fragte sich, wieso sie nicht vorschlug, dass er mitkam.

„Gut. Dann trödle nicht rum, sonst kommst du zu spät zur Schule. Bis heute Abend."

„Auf Wiedersehen." Er vermisste die Art, wie seine *Mamusia* ihn immer auf die Wange geküsst und sein Haar zerzaust hatte, bevor sie ihn zur Schule geschickt hatte. Emma tat weder das eine noch das andere. Sie war wie eine Fremde für ihn.

In der Schule entschied er, dass die Gelegenheit zu günstig war, um sie verstreichen zu lassen. Sobald der Unterricht vorbei war, raste er nach Hause, leerte den Inhalt seiner Schultasche auf den Schreibtisch und packte sie mit seinen liebsten Besitztümern. Er steckte das bisschen Geld ein, das er besaß, und ging in die Küche, um sich belegte Brote zu schmieren, die er zusammen mit einer Feldflasche voll Wasser ebenfalls in die Tasche steckte. Luka hatte sie ihm für die lange Fahrt nach Aachen gegeben.

Mit einem letzten Blick auf den Ort, den er zu hassen gelernt hatte, nahm er seine Jacke vom Haken und zog die Tür hinter sich zu. Dann marschierte er zum Bahnhof, wo er eine Fahrkarte nach Köln kaufte. Er wusste, dass die Stadt eine Zugstunde Richtung Osten lag. Dort angekommen würde er sich überlegen, wie es weitergehen sollte. Wenn er es geschickt anstellte, würde der Schaffner nichts bemerken, und er könnte bis zur Endstation in Berlin im Zug bleiben. Von dort schaffte er es vielleicht sogar zu Fuß.

Auf der Landkarte im Schulatlas sah die Strecke zwischen Berlin und der Grenze recht kurz aus. Er war ein guter Läufer, deshalb rechnete er damit, dass er leicht siebzig bis achtzig Kilometer am Tag zu Fuß zurücklegen konnte. So würde er die Grenze erreichen, lange bevor irgendwer auf die Idee kam, so weit weg nach ihm zu suchen.

Wenn Emma am Abend nach Hause kam, nahm sie bestimmt nicht an, dass er für immer verschwunden war. Und falls doch, wäre sie vermutlich insgeheim erleichtert, ihn los zu sein, und machte sich gar nicht erst die Mühe, nach ihm zu suchen.

Tapfer schob er Angst und Traurigkeit beiseite und straffte die Schultern. Sobald er erst in Polen war, wäre der Rest ein Klacks. Er konnte das Postamt in Poznań anrufen, wo ihn alle kannten, und dann kämen ihn seine Eltern abholen. Er freute sich bereits darauf, wieder nach Hause zu kommen, entspannte sich auf seinem Platz und betrachtete die vorbeiziehende Landschaft.

Alles lief nach Plan bis etwa drei Stunden nach Abfahrt. Ein neuer Schaffner wollte seine Fahrkarte sehen und mit nur einem Blick erkannte er, dass Jakub das Fahrziel, für das er bezahlt hatte, längst hinter sich gelassen hatte.

Jakub tat so, als hätte er verschlafen, aber der Schaffner wurde misstrauisch. Beim nächsten Halt übergab er ihn einem Kollegen, der ihn zur Bahnhofspolizei brachte. Nun saß Jakub einem ziemlich einschüchternden Polizeibeamten gegenüber, der ihn ausfragte.

„Wo wolltest du hinfahren?"

„Ich habe Ihnen doch schon gesagt, dass ich Verwandte in Aachen besucht habe und nun auf der Rückreise bin."

„Wo wohnst du?"

Er wollte schon Poznań sagen, besann sich aber eines Besseren. Der Polizist würde ihm ja doch nicht glauben. Er überlegte schnell und antwortete dann: „In Köln."

„Deine Adresse?"

„Ich, äh ... erinnere mich nicht mehr."

Der Polizist warf ihm einen misstrauischen Blick zu, ließ das Thema jedoch fallen. „Wie war gleich dein Name?"

Sie hatten seinen Namen schon zweimal aufgenommen und er war so schlau gewesen, seinen polnischen Namen anzugeben, weil er nicht wollte, dass sie Emma Bescheid sagten. Wenn er sie überzeugen konnte, ihn einfach gehen zu lassen, konnte er nötigenfalls die polnische Grenze von hier aus auch zu Fuß erreichen.

„Jakub Pawlak."

„Das ist ein polnischer Name."

„Ich bin ja auch Pole. Ich bin hergekommen, um Verwandte in Köln zu besuchen, und muss jetzt zurück nach Polen."

„Hast du nicht gerade gesagt, dass du Verwandte in Aachen besucht hast?"

Kalter Schweiß lief ihm über den Rücken. Er hätte nie gedacht, dass auszubüxen so schwierig war. Was scherte sich dieser Mann überhaupt um ihn? In Aachen mochte ihn doch sowieso niemand. Alle dort wären ohne ihn besser dran. „Äh, ja, das waren andere Verwandte. Erst habe ich die in Köln besucht und dann die in Aachen."

„Ganz allein?" Der Polizist nickte ihm freundlich zu, aber Jakub war auf der Hut.

„Es ist nicht so weit, deshalb hat meine Tante mir die Fahrkarte gegeben."

„Wie alt bist du?"

„Elf."

„Und wann bist du geboren?"

Er nannte das Datum, an dem er den Großteil seines Lebens Geburtstag gefeiert hatte, zumal er immer noch nicht so ganz akzeptiert hatte, dass er eigentlich erst zwei Monate später zur Welt gekommen war.

„Nun, deine Tante muss außer sich sein vor Sorge. Sollten wir ihr nicht sagen, wo du bist?"

„Nein!", schrie Jakub. „Ich meine ... Sie ist jetzt nicht zu Hause und hat auch kein Telefon."

„Dann haben wir ein Problem." Der Polizist kratzte sich am Kopf. „Deine Tante hat kein Telefon und du erinnerst dich nicht an ihre Adresse. Erinnerst du dich wenigstens an ihren Namen?"

Bevor er sich selbst davon abhalten konnte, schüttelte Jakub den Kopf.

Der Polizist legte die Fingerspitzen aneinander. „Ich sag dir mal was. Du bist nicht der erste Ausreißer, der mir unterkommt. Deine Mutter ist bestimmt krank vor Sorge. Warum sagst du mir nicht, wie du wirklich heißt und wo du wohnst, dann schicke ich einen Kollegen hin, um ihr zu sagen, dass es dir gut geht? Was hältst du davon?"

Jakub fing an zu schluchzen. „Sie verstehen das nicht. Sie ist nicht meine Mutter. Sie hat mich im Stich gelassen. Ich war glücklich bei meinen Eltern in Polen. Alles war gut, bis das Rote Kreuz gekommen ist und mich gezwungen hat, zu ihr zu gehen.

Sie mag mich gar nicht. Meine Schwester Sophie hasst mich, alle in meiner Klasse hassen mich. Sogar die Lehrer. Warum können Sie mich nicht einfach wieder nach Hause gehen lassen? Ich war glücklich dort! *Mamusia* und Papa wären heilfroh, mich wiederzuhaben." Er wusste, dass sie das wären.

Der Polizist erhob sich und rief etwas auf den Gang hinaus, bevor er zurückkam, um herauszufinden, warum Jakub bei einer Frau lebte, die angeblich nicht seine Mutter war.

Zwischen Schluchzern erzählte Jakub seine ganze traurige Geschichte. Irgendwann kam eine junge Frau mit einem Becher mit heißem Kakao und einem Butterbrot herein. „Du hast bestimmt Hunger."

„Danke", sagte Jakub, bevor er das Essen verschlang. Er hatte gar nicht bemerkt, wie hungrig er war. „Wie spät ist es?"

„Fast zehn Uhr", antwortete sie.

„Du bist wahrscheinlich der seltsamste Fall, der mir je untergekommen ist", meinte der Polizist, nachdem die junge Frau gegangen war. „Es tut mir leid, dir das sagen zu müssen, aber du kannst unmöglich zurück nach Polen. Die Grenze ist zu. Polen ist schon seit Jahren abgeriegelt und erst kürzlich hat zudem die ostdeutsche Regierung die innerdeutsche Grenze vollständig geschlossen. Keinerlei Verkehr außer für Regierungsfunktionäre und den einen oder anderen Händler ist mehr gestattet."

„Ich bin aber vor nicht mal sechs Monaten hergekommen."

„Mithilfe des Roten Kreuzes, richtig?" Der Polizist rieb sich das Kinn. „Ich schätze, es gibt spezielle Programme, um vermisste Kinder mit ihren Familien zusammenzuführen."

„Ich war gar kein vermisstes Kind! Ich war glücklich bei meinen Eltern zu Hause."

„Daran habe ich keinen Zweifel. Tatsache ist jedoch, dass du nicht zurückkannst. Nicht einmal, wenn ich bereit wäre, dir dabei zu helfen."

Jakubs Stirn sank auf den Tisch und er weinte vor sich hin, bis der Polizist sagte: „Wenn du mir den Namen und die Adresse deiner Mutter in Aachen gibst, sage ich ihr Bescheid, und wir setzen dich in den ersten Zug morgen früh."

Es brachte nichts, sich querzustellen. Wenn der Polizist die Wahrheit sagte – und Jakub hatte keinen Grund, daran zu zweifeln – würde er seine geliebte *Mamusia* niemals wiedersehen. Er würde in sein unglückliches Dasein bei der Familie zurückkehren müssen, die ihn nicht mochte.

Eine weitere Welle von Schluchzern schlug über ihm zusammen. Als sie nachließen, schrieb er Emmas Namen und Adresse nieder.

Trotzdem hatten ihm die Worte des Polizisten viel Stoff zum Nachdenken gegeben. Vielleicht hatte er sich nicht genug bemüht, das Beste aus der Situation zu machen?

KAPITEL 44

Hektisch schritt Emma auf und ab.

„Kannst du dich bitte beruhigen?", bat Martin.

„Wie denn? Jakob ist weg und keiner seiner Klassenkameraden weiß etwas."

„Er taucht bestimmt bald wieder auf. Wahrscheinlich hat er einfach die Zeit vergessen." Martin war wie immer die Ruhe selbst; das genaue Gegenteil von Emma, die fürchtete, den Verstand zu verlieren.

„Es ist schon dunkel."

„Die Straßen sind beleuchtet und er kennt den Weg."

„Wie kannst du so ... so ... gleichgültig sein?", schrie sie ihren Mann an.

„Ich versuche nur, vernünftig zu bleiben. Statistisch gesehen kehren neunzig Prozent der Ausreißer innerhalb von vierundzwanzig Stunden zurück –"

„Glaubst du wirklich, dass mich eine Statistik beruhigen kann?" Emma ließ sich aufs Sofa fallen. Ihr ganzer Körper zitterte bei der Erkenntnis, dass sie ihren kleinen Jungen vielleicht ein zweites Mal verloren hatte. Sie war sich nicht sicher, ob sie einen solchen Schlag überleben würde, ob sie noch einmal die Angst, den Herzschmerz, die Schuldgefühle ertragen konnte.

Im Zimmer herrschte Stille bis auf das Ticken der Uhr auf der Anrichte. Tick-tack, tick-tack. Emmas Augen wurden wie magisch vom Sekundenzeiger angezogen. Es fühlte sich an, als schwände ihr Lebenselixier mit jeder Bewegung des Zeigers. Tick-tack, tick-tack.

Sie sprang auf, um erneut auf- und abzugehen. Vor Martin blieb sie stehen. Scheinbar ungerührt saß er in seinem Sessel und las Zeitung. Sie legte den Kopf zur Seite und musterte ihn. Er war nicht die Liebe ihres Lebens. Das war Herbert, der herzliche, lebensfrohe Herbert, der irgendwo in Polen an der Front gefallen war.

Trotzdem liebte sie Martin. Sie liebte seine Gemütsruhe, die ihr während der turbulenten Zeit nach ihrer Ankunft in Aachen eine dringend benötigte Stütze gewesen war. Er hatte sie bei jedem Schritt des langwierigen Vorgangs unterstützt, Jakob zu finden und nach Hause zu holen, und sie hatte seine Bemühungen, ein weiteres Kind anzunehmen, das nicht sein eigenes war, nie ganz zu schätzen gewusst.

Während der vergangenen Monate hatte sie diese Gemütsruhe für Gleichgültigkeit gehalten, was ihr viel Kummer bereitet hatte. Als sie jetzt in sein Gesicht blickte, erkannte sie jedoch, dass er alles andere als gefühllos war. Eine steile Sorgenfalte stand ihm auf der Stirn und aus dem starren Blick seiner Augen schloss sie, dass er gar nicht las.

„Es tut mir leid." Sie kniete sich neben seine Füße und legte den Kopf auf sein Knie.

„Es muss dir nicht leidtun."

„Es ist alles meine Schuld. Ich hätte ihn bei den Pawlaks lassen sollen. Dort ging es ihm gut."

Martin legte die Zeitung beiseite. „Das glaube ich persönlich nicht. Selbst wenn es so wäre, ist es jetzt zu spät für Reue. Der Eiserne Vorhang ist gefallen, die letzten Schlupflöcher sind geschlossen. Der gesamte kommunistische Block ist faktisch ein streng bewachtes Gefängnis und niemand darf hinein oder hinaus." Er faltete die Zeitung zusammen und sah auf die Uhr. „Es ist Mitternacht. Wir sollten zur Polizei gehen."

„Zur Polizei?", kreischte sie. „Jakob ist doch kein Verbrecher."

„Wir werden ihn als vermisst melden. Wenn ihn jemand aufgreift, wissen sie, wer er ist. Ich nehme besser ein aktuelles Foto von ihm mit."

„Nein, das kannst du nicht tun", murmelte sie. „Er ist nicht vermisst, wir haben ihn doch gerade erst wiedergefunden. Es ist kein Krieg mehr. Ich kann das nicht noch einmal durchstehen. Ich ..." Sie brach in Schluchzen aus und war dankbar, als Martin sie sanft aufs Sofa drückte.

„Bleib du hier bei den Mädchen, falls er zurückkommt. Ich gehe zur Polizeiwache." Er zog Mantel und Hut an, nahm Jakobs Bild von der Anrichte, steckte es in die Tasche und ging.

Kaum schloss sich die Tür hinter ihm, kam es Emma vor, als würde ihr ganzes Wesen explodieren. Sie war so von Schmerz ergriffen, dass sie die Schritte nicht hörte, bis Sophie direkt vor ihr stand, die Augen vor Schreck aufgerissen.

„Mutti, warum ist Papa weggegangen?"

„Es ist nichts."

„Kommt Papa wieder?"

„Natürlich."

„Warum weinst du dann?", beharrte Sophie.

Emma wischte sich die Tränen aus dem Gesicht. „Es ist Jakob. Er ist noch nicht zu Hause."

„Jakob! Immer Jakob! Er macht nichts als Ärger! Warum kann er nicht einfach dahin zurückgehen, wo er hergekommen ist?"

Als sie die hasserfüllte Rede ihrer Tochter hörte, die diese offensichtlich in der Schule aufgeschnappt hatte, wo Vorurteile gegen Flüchtlinge aus dem Osten grassierten, hatte Emma eine Erleuchtung. „Ich glaube, genau das versucht er. Er ist weggelaufen, um zu seinem früheren Leben zurückzukehren."

„Wirklich?" Sophie klappte die Kinnlade nach unten.

„Ich glaube schon."

„Dann hat er mehr Mumm, als ich ihm zugetraut habe."

Sophie kuschelte sich zu ihrer Mutter aufs Sofa. „Mach dir keine Sorgen. Der wird schon bald wieder da sein. Wenn ihn sonst nichts aufhält, dann spätestens die Grenze. Ich habe gehört, dass die Ostdeutschen entlang der gesamten innerdeutschen Grenze Selbstschussanlagen aufgebaut haben."

Ein Schwindelgefühl überkam Emma bei der Vorstellung, wie ihr lieber Junge in blutige Fetzen gerissen wurde, wenn er auf eine Landmine trat.

Sophie schien es zu merken, denn sie legte eine Hand auf Emmas Arm. „Mach dir keine Sorgen, Mutti. Er wird lange vorher aufgegriffen."

„Hoffentlich."

Die beiden mussten eingeschlafen sein, denn plötzlich stand Martin mit einem breiten Grinsen vor ihnen. „Man hat ihn gefunden. Er war im Zug nach Berlin, fest entschlossen, nach Poznań zu reisen."

„Gott sei Dank! Wo ist er jetzt?"

„Noch in Dortmund. Ein Polizist wird ihn morgen früh nach Aachen zurückbegleiten und ihn direkt zu uns bringen."

„Dem Himmel sei Dank!"

Am darauffolgenden Morgen hielt ein Streifenwagen vor dem Haus und ein sehr kleinlauter Jakob trat auf den Gehsteig. Emma eilte nach unten. Er blieb vor ihr stehen und murmelte: „Es tut mir leid, dir Kummer bereitet zu haben." Dann verschwand er in seinem Zimmer.

Emma war sich seines inneren Aufruhrs bewusst und versuchte nicht, ihn aufzuhalten. Stattdessen bat sie den Polizeibeamten, der zusammen mit einer Sozialarbeiterin erschienen war, ins Wohnzimmer. „Danke, dass sie ihn nach Hause gebracht haben."

„Gern geschehen. Ihr Sohn hat ernsthafte Probleme."

Emma nickte. „Ich weiß. Wir wurden während der letzten Kriegstage voneinander getrennt. Das Rote Kreuz hat ihn erst vor sechs Monaten gefunden. Es ist für uns alle nicht einfach."

Die Sozialarbeiterin nickte. „Ja, das sehen wir öfter, besonders bei Kindern, die noch sehr jung waren und sich kaum an ihre Eltern erinnern. Das klingt jetzt ein bisschen zynisch, aber denen, die in liebevollen polnischen Familien aufgewachsen sind, fällt es natürlich viel schwerer als denen, die in Waisenhäusern gelandet sind. Es wird eine Weile dauern, aber mit der Zeit wird er sich eingewöhnen."

Emma hoffte, dass sie recht hatte.

Als die beiden gegangen waren, klopfte sie an Jakobs Tür.

„Herein." Er stand an seinem Schreibtisch. Seine Ohren brannten vor Scham, während er den Blick zu Boden gerichtet hielt. „Es tut mir leid, Emma. Ich wollte niemandem Kummer bereiten."

Ihr Herz quoll über vor Liebe für ihren Sohn, der so sehr litt. „Mach dir keine Gedanken, mein Liebling. Ich bin einfach nur froh, dass du heil wieder zurück bist." In seinem Gesicht sah sie Verwirrung, Zorn, Schmerz und Traurigkeit. „Ich wusste, dass es dir nicht gut geht, aber mir war nicht bewusst, wie sehr du deine Pflegeeltern vermisst."

Es hatte eine Weile gedauert, diese Tatsache zu akzeptieren, denn sie hatte die Möglichkeit nie in Betracht gezogen, dass ihr Sohn eine andere Frau „Mutter" nennen könnte oder dass Jakob und seine andere Mutter sich so bedingungslos lieben könnten, wie Emma ihn liebte.

Jakob legte den Kopf zur Seite. „Meine *Mamusia*, Irena, war für mich da, als ich sonst niemanden hatte. Sie hat mich aus dem Hospital gerettet und mich nach Hause mitgenommen trotz der Probleme, die sie deswegen gehabt haben muss. Ich war so wütend auf dich, weil du mich damals im Stich gelassen hast. Ich hatte in dieser Nacht so schreckliche Angst, das werde ich nie vergessen. Und ich habe dir nie dafür verziehen."

Emma wollte widersprechen, aber bevor sie etwas sagen konnte, unterbrach er sie mit einer Handbewegung.

„Ich weiß jetzt, dass es nicht deine Schuld war. Du hattest wahrscheinlich genauso viel Angst wie ich."

„Die hatte ich, mein Liebling, und ich habe damals alles

versucht, um dich zu sehen. Einmal ist es mir gelungen, mich auf die Station zu schmuggeln, aber du warst nicht da. Deshalb habe ich Affi für dich zurückgelassen. Gibt es den noch?"

„Ich habe ihn bei *Mamusia* gelassen, damit jemand auf sie aufpasst und sie tröstet, wenn ich nicht da bin."

Eine Welle der Liebe durchfuhr Emma angesichts dieser wundervollen Geste. Sie sehnte sich danach, Jakob in die Arme zu schließen, aber sie widerstand, denn sie wollte ihm die Freiheit geben, den ersten Schritt zu tun.

Jakob fuhr fort. „Ich weiß nicht mehr viel aus den ersten Jahren nach dem Krieg, nur dass Irena mit mir mehrmals zum Roten Kreuz gegangen ist, um sich nach meiner Mutter zu erkundigen. Aber als die Jahre vergingen und nichts geschah, habe ich meine Vergangenheit vergessen." Diese Worte versetzten Emma einen Stich, und sie hielt den Atem an, wie es weitergehen würde. „Ich war ziemlich beschäftigt mit dem Polnischlernen, der Schule, meinen Freunden und dem Fußballspielen. Es ging mir richtig gut." Die Traurigkeit in seinem Blick schmerzte ihr in der Seele. „Ja, wir hatten nicht so einen Luxus wir ihr hier mit dem Kühlschrank und dem Telefon in der Wohnung. Wir konnten uns auch keine neuen Schuhe oder schicke Kleider leisten. Aber wir hatten immer genug zu essen und ich war glücklich."

„Es tut mir so leid", sagte Emma. „Es ist mir nie in den Sinn gekommen ... Ich habe immer gedacht, dass du mich genauso vermisst wie ich dich. Dass du die ganze Zeit darauf wartest, dass ich dich finde, dass du schrecklich leidest. Deshalb habe ich auch nicht verstanden, wieso du so zurückhaltend warst, als du hier angekommen bist. Es hat mich tief verletzt, dass du mich nicht Mutti nennen wolltest. Denn ich habe nie aufgehört, dich zu lieben. Ich dachte, du wärst noch derselbe, aber ..." Sie hielt inne, um ihre Gefühle zu ordnen, und wählte die nächsten Worte mit Bedacht. „Was der glücklichste Tag meines Lebens hätte werden sollen, der Tag, an dem wir wiedervereint werden, war am Ende eine Katastrophe. Und danach wurde es immer schlimmer. Egal was ich gesagt oder getan habe, nichts schien zu dir durchzudringen. Es hat mir das Herz gebrochen, denn ich wollte nie, dass du unglücklich bist. Ich wollte immer nur das Beste für dich." Sie biss sich auf die Unterlippe, um nicht zu weinen.

„Niemand hat mich je gefragt, was ich will", flüsterte er.

„Das ist mir jetzt klar", sagte Emma. „Die Schuldgefühle, dich wieder im Stich gelassen und dich unglücklich gemacht zu haben, haben an mir gezehrt. Ich habe sogar darüber nachgedacht, dich zu den Pawlaks zurückzuschicken."

„Wirklich?" Ein strahlendes Lächeln erschien auf seinem Gesicht, verschwand jedoch sofort wieder. „Der Polizist hat gesagt, dass das nicht geht."

Wie gerne hätte sie die Hand ausgestreckt und seine Wange gestreichelt. „Das stimmt leider. Martin und ich haben lange darüber gesprochen. In der aktuellen politischen Situation ist es keine Option. Es ist nicht möglich, dass du nach Polen zurückkehrst." Sie schüttelte traurig den Kopf. „Ich hatte so gehofft, dass du dich hier eingewöhnst."

„Warum hast du mir das nicht gesagt? Ich habe es nicht einmal versucht, weil ich alles hier gehasst habe und dachte, dass mich niemand mag, nicht einmal du", räumte er ein.

„Oh, Jakob, das stimmt nicht! Ich habe dich immer geliebt, von dem Moment an, als ich wusste, dass ich schwanger bin. In all den Jahren ohne ein Lebenszeichen von dir habe ich nie aufgehört, dich zu lieben. Auch nicht, als alle anderen gesagt haben, ich soll mich damit abfinden, dass du tot bist. Ich habe die Hoffnung nie aufgegeben, dich eines Tages wiederzufinden." Sie lächelte und streckte die Hand aus, um ihm das Haar zu zerzausen. „Fast wünschte ich mir, ich hätte dich nicht gefunden, denn dann wärst du immer noch glücklich."

„Sag das nicht." Jakob kämpfte sichtlich darum, die Fassung zu bewahren. „Mir war nie bewusst, dass du auch gelitten hast. Ich dachte, du hast mich vergessen oder du wärst tot."

„Wie sollte ich dich je vergessen?", sagte Emma, und endlich trat er näher und schlang seine Arme um sie. Es war eine unbeholfene Umarmung, die ihr das Herz mehr erwärmte als alles andere in den letzten Jahren.

„Ich will versuchen, glücklich zu sein", wisperte Jakob.

„Zusammen schaffen wir das." Sie betupfte sich die Augen, bevor sie fortfuhr: „Übrigens habe ich den Pawlaks geschrieben, um zu fragen, ob wir sie über ein öffentliches Telefon anrufen können, damit du wenigstens ein paar Mal im Jahr mit ihnen sprechen kannst. Und wer weiß, vielleicht werden die Reisebeschränkungen irgendwann wieder aufgehoben. Sobald das der Fall ist, kannst du sie besuchen fahren, ich verspreche es. Was hältst du davon?"

„Wundervoll ... Mutti. Ich danke dir so sehr."

Ihr Herz war voller Freude, weil er sie Mutti genannt hatte. Trotzdem sagte sie: „Du brauchst mich nicht Mutti nennen, wenn du nicht möchtest."

„Aber ich will. Ich glaube, es ist an der Zeit, dass ich mich mehr anstrenge." Er schenkte ihr ein schiefes Lächeln. „Es gibt da ein paar Sachen, an die ich mich erinnere, aus der Zeit, bevor wir getrennt wurden, vor allem daran, wie glücklich ich zu Hause war. Ich weiß noch, wie du Sophie und mir vor dem Schlafengehen vorgelesen hast. Ich will dieses Gefühl wiederhaben."

KAPITEL 45

Poznań, März 1989

Zusammen mit seinen zwei Töchtern Maria und Claudia stieg Jakob in Poznań aus dem Zug. Er hatte sich auf diesen Moment gefreut, seit die polnische Regierung zwei Monate zuvor den freien Reiseverkehr zwischen ihrem Land und Westdeutschland gestattet hatte.

Sein Herz pochte heftig. Maria bemerkte seine Nervosität und ergriff seine Hand. „Holt Irena uns vom Bahnhof ab, Papa?"

Seine Älteste war gerade zwanzig geworden und studierte in Aachen. Er hatte gewartet und seinen ersten Besuch bei der Frau, die sieben Jahre lang seine Mutter gewesen war, in die Osterferien gelegt, damit Irena seine beiden Töchter kennenlernen konnte. Wobei er, wenn er ehrlich war, auf die moralische Unterstützung der zwei bei dieser Herzensangelegenheit angewiesen war.

So sehr er Irena immer noch liebte, so sehr bangte ihm vor dem Treffen, weil er Angst hatte, dass er und sie sich auseinandergelebt hatten und das Wiedersehen eine große Enttäuschung sein könnte.

„Nein, wir müssen ein Taxi nehmen. Irena verlässt nicht mehr oft das Haus", antwortete Jakob. In den letzten siebenunddreißig

Jahren war er mit seinen Pflegeeltern in Kontakt geblieben, zunächst fast ausschließlich per Brief, bis sie vor einigen Jahren endlich einen Telefonanschluss in ihrem Haus bekommen hatten.

Auslandsgespräche waren zwar unverschämt teuer, trotzdem hatte er es sich zur Gewohnheit gemacht, sie einmal im Monat anzurufen, um sie über die Veränderungen in seinem Leben auf dem Laufenden zu halten. Luka war überglücklich, als sich Jakob für ein Medizinstudium entschieden hatte, und die beiden hatten lange Briefwechsel über medizinische Themen geführt.

In den sechziger Jahren, pünktlich zum Abschluss seines Studiums, hatte Jakob zwei identische Super-8-Kameras gekauft und eine an Luka geschickt, um seinen Eltern die Möglichkeit zu geben, mit ihm selbstgedrehte Filme über ihr Leben auszutauschen und so enger miteinander verbunden zu sein.

Fünfundzwanzig Jahre später, als Witwer und Vater zweier erwachsener Kinder, schätzte er immer noch das monatliche Telefonat mit seinen Pflegeeltern und freute sich jedes Mal darauf.

Die plötzliche Änderung des politischen Klimas und die damit einhergehende Gewährung der Reisefreiheit durch die polnische Regierung waren ein Geschenk des Himmels, denn nicht einmal in seinen kühnsten Träumen hätte er damit gerechnet, Irena noch einmal in die Arme schließen zu dürfen. Für Luka war diese Wende jedoch zu spät gekommen, denn er war nur ein Jahr zuvor im Alter von fünfundsiebzig Jahren gestorben.

Das Taxi fuhr durch die Straßen Poznańs, während Jakob sich bemühte, Vertrautes zu entdecken. Die Straßen sahen so trist und trostlos aus – ein krasser Gegensatz zu den neuen, schicken Städten Westdeutschlands. Schließlich hielten sie vor Irenas Haus.

Jakob stieg aus. Er war in Gedanken so sehr von der Vergangenheit gefangen, dass er alles um sich herum vergaß. Das Haus sah viel kleiner aus als in seiner Erinnerung. Trotzdem schoss ein warmes, behagliches Gefühl durch seine Adern, das allerdings vermischt war mit Angst. Jeden Augenblick würde er die Frau wiedersehen, die er trotz der Entfernung von über achthundert Kilometern und dem Eisernen Vorhang zwischen ihnen sein ganzes Leben lang innig geliebt hatte.

Das Knattern eines Auspuffs holte ihn in die Gegenwart zurück, und als er sich umdrehte, fuhr das Taxi gerade davon.

„Keine Sorge, ich habe ihn bezahlt", beruhigte Claudia ihn. Maria stand mit dem Gepäck neben ihr.

„Danke", sagte Jakob und griff nach seinem Koffer, aber Maria schob ihn sanft weg. „Warum gehst du nicht und klingelst?"

Er wusste, dass sie ihm ein wenig Zeit mit Irena allein geben wollten, und war dankbar dafür. Er wollte nicht, dass sie die Tränen sahen, die er bereits kommen spürte. Deshalb nahm er seinen ganzen Mut zusammen und ging zur Haustür.

Irena musste das Auto gehört haben, denn die Tür öffnete sich, noch bevor er den Klingelknopf drücken konnte. Gealtert, mit weißen Haaren und Falten im Gesicht, stand sie in der Tür, trotz allem unverwechselbar. Mit einem Mal fühlte Jakob sich in der Zeit zurückversetzt.

„*Mamusia*", flüsterte er, als er die Arme um sie schlang. Es war eine seltsame Umkehr der Rollen, denn er war fast zwei Köpfe größer als sie.

„*Mój synku*", murmelte sie, wie sie es immer getan hatte, als er noch klein war. „Das muss der glücklichste Tag meines Lebens sein, an dem ich dich wiedersehe."

„Ich habe dich so sehr vermisst. Jeden einzelnen Tag." Es stimmte. Auch wenn er nicht nur seine leibliche Mutter Emma und seinen Stiefvater Martin, sondern auch seine Schwestern Sophie und Liesl lieb gewonnen hatte, so war es niemandem gelungen, Irenas Platz in seinem Herzen einzunehmen.

„Ich habe dich auch vermisst, mein lieber Junge." Nach einer Weile blickte sie auf und sah die Mädchen hinter ihm stehen. „Das müssen Claudia und Maria sein. Was für hübsche Mädchen. Kommt herein!"

Seine Töchter hatten beide einen Intensivkurs in Polnisch besucht, als klar wurde, dass sie zu Besuch kommen durften. Ihr

Polnisch war zwar alles andere als fließend, aber sie beherrschten es gut genug für eine einfache Unterhaltung.

Als sie Irena in deren Muttersprache begrüßten, leuchteten ihre Augen vor Stolz auf die Mädchen, die sie als ihre Enkeltöchter betrachtete.

„Ich bin so froh, dass ich euch endlich persönlich kennenlerne. Aber kommt rein, ich zeige euch euer Zimmer. Ihr werdet alle drei in Jakubs altem Zimmer schlafen müssen."

Sie redete viel zu schnell, um ihre Nervosität zu verbergen, deshalb nahm Jakob ihre Hand und sagte: „Das ist prima."

„Ich habe leider nicht viel zu bieten."

„Du hast mehr als genug Liebe", antwortete Jakob. In seinem alten Zimmer, das in Lukas Arbeitszimmer umfunktioniert worden war, fiel sein Blick sofort auf ein ziemlich fadenscheiniges Stofftier. „Affi!"

„Er hat mich in all den Jahren immer getröstet, wenn meine Sehnsucht nach dir zu groß wurde." Irenas Stimme war nur ein heiseres Flüstern.

„Ich wusste, dass er das tun würde." Jakob rang um Fassung. Um sich abzulenken, schnupperte er in die Luft. „Ich rieche selbstgekochtes Essen."

Irena schenkte ihm ein Lächeln. „Ich habe *Zrazy* für dich gekocht."

„Das wird ein Schmaus! In Deutschland bekommt man nirgends anständige *Zrazy*, nicht solche, wie du sie machst."

„*Mamusia*, kann ich dich wirklich nicht überreden, das Haus zu verkaufen und zu mir nach Deutschland zu ziehen?" Während des zweiwöchigen Besuchs hatte Jakob versucht, sie genau dazu zu überreden, aber sie wich nicht von ihrer Entscheidung ab.

„Nein, und jetzt hör auf, mir damit auf die Nerven zu gehen. Deine reizenden Töchter warten schon. Ich habe mich so gefreut, sie kennenzulernen. Du bist ein guter Papa." Irena tätschelte seine Wange.

„Du könntest sie viel öfter sehen, wenn du bei uns wohnen würdest", ließ er nicht locker.

„Jakub, einem alten Hund kannst du keine neuen Tricks beibringen. Ich will auf polnischem Boden sterben und neben Luka begraben werden. Nimm mir das nicht."

„Ich mache mir nur Sorgen, weil du allein lebst. Du wirst nicht jünger."

„Mir geht es gut. Was würde ich denn in Aachen tun, ohne ein Wort Deutsch zu sprechen?"

Er nickte bei der Erinnerung daran, wie furchtbar er sich in seinem ersten Jahr dort gefühlt hatte. Für sie wäre es noch viel schwieriger, weil sie ihr ganzes Leben am selben Ort verbracht hatte. „Wenigstens hast du ein Telefon, und ich kann dir jeden Monat Geld schicken, damit es dir an nichts mangelt."

„Ich komme gut zurecht", protestierte sie.

„Die Dinge ändern sich. Der Kommunismus ist tot und Polen wird starke Veränderungen durchmachen, die wir uns nicht einmal vorstellen können. Es ist das Mindeste, was ich für dich tun kann. Bitte erlaube es mir." Er wusste, dass sie gerade so über die Runden kam, denn mit der Wende hatte der polnische Zloty an Wert verloren. Die schicken neuen Sachen, die aus dem Westen importiert wurden, waren nur für die ganz Reichen erschwinglich oder für diejenigen, die in harten Devisen bezahlten.

„Na gut, wenn du darauf bestehst."

„Das tue ich. Und ich komme dich im Sommer wieder besuchen."

„Ich kann es kaum erwarten!"

Sie umarmte ihn fest, bis Claudia sagte: „Papa, wenn wir jetzt nicht gleich zum Bahnhof fahren, verpassen wir den Zug."

„Ich liebe dich, *Mamusia*."

„Ich liebe dich auch, mein Sohn."

„Bis bald." Jakob umarmte sie ein letztes Mal, küsste sie auf die Wange und lief dann zum Taxi, um auf die Rückbank zu rutschen. Er sah aus dem Rückfenster, bis das kleine Haus aus seinem Blick verschwand.

Es hatte lange gedauert, aber als er den Zug bestieg, war er endlich mit sich im Reinen. Er mochte von Geburt Deutscher sein, doch ein Stück seines Herzens würde für immer genau hier in Polen bei Irena bleiben.

ANMERKUNGEN DER AUTORIN

Liebe Leserin, lieber Leser,

vielen Dank, dass Sie **Flüchtlingskind** gelesen haben. Wenn es Ihnen gefallen hat und Sie über meine Neuerscheinungen auf dem Laufenden bleiben möchten, melden Sie sich einfach unter dem folgenden Link für meinen Newsletter an. Ihre E-Mail-Adresse wird nicht weitergegeben und Sie können sich jederzeit wieder abmelden. https://marionkummerow.de/

Die Inspiration für meine Romane bekomme ich oft, wenn ich ein berührendes Bild sehe oder über ein interessantes historisches Detail stolpere. Mit Jakobs Geschichte war das nicht anders.

Bei meinen Recherchen für mein Buch Heftige Strafe, in dem es um einen Wehrmachtssoldaten in russischer Gefangenschaft geht, besuchte ich das Museum Friedland über das dortige Durchgangslager an der innerdeutschen Grenze in der Nähe von Göttingen. Während meines sechsstündigen Aufenthalts im Museum stieß ich auf viel mehr als nur die benötigten Fakten über die Kriegsgefangenen, die zwischen 1945 und 1955 durch dieses Lager kamen.

Besonders beeindruckt war ich vom Suchdienst des Roten Kreuzes. In ganz Europa wurden mehrere Millionen Menschen entwurzelt und irrten umher auf der Suche nach ihren Familien, Freunden, Verwandten und einem Zuhause. Hunderttausende lebten monate- oder sogar jahrelang in Flüchtlingslagern, wo das Rote Kreuz mit seinem Karteikartensystem begann.

Im Laufe der Jahre verfeinerte es den Suchdienst zu einer ausgeklügelten Operation und veröffentlichte sogar Jahrbücher mit Fotos und Kurzbiografien der vermissten Personen. Mehr über meinen Besuch und den Suchdienst können Sie in meinem englischsprachigen Blog lesen: https://kummerow.info/friedland-camp/.

Dort finden Sie auch das Bild eines kleinen Kindes mit einer Tasche und einem Schild um den Hals, das mich sehr berührt hat. Durch die Begleitausstellung erfuhr ich vom Schicksal mehrerer Tausend unbegleiteter Kinder, die im Lager Friedland von der anderen Seite des Eisernen Vorhangs eintrafen, um mit ihren leiblichen Familien wiedervereint zu werden.

Im letzten Raum der Ausstellung hingen die Fotos und Kurzprofile mehrerer Personen. Einige von ihnen waren Soldaten, andere Kriegsverbrecher; ein Bild jedoch fiel mir ins Auge und regte meine Fantasie an:

Es war die Geschichte eines Jungen, an dessen Namen ich mich nicht erinnere. Er war auf der Flucht von seiner Mutter getrennt und von einem polnischen Ehepaar adoptiert worden. Erst zehn Jahre später wurde seine Mutter gefunden. Als er erfuhr, dass er zu ihr geschickt wird, soll er gerufen haben: „Ich werde auf keinen Fall bei dieser fremden Frau leben."

Wie Sie sich vorstellen können, war ich fasziniert – und so entstand Jakob/Jakub. Abgesehen von den Eckpfeilern seines Lebens ist der Rest dieser Geschichte fiktiv, ebenso die anderen Figuren im Roman.

Ich habe mich für Lodz/Litzmannstadt und Posen/Poznań als Jakobs Heimatstädte entschieden, weil sie in einer Region liegen, in der Polen und Deutsche über Jahrhunderte mal mehr mal weniger friedlich beisammen lebten. Die korrekte Schreibweise ist Łódź, gesprochen wie „wutsch". Für dieses Buch habe ich mich zwecks besserer Lesbarkeit für die deutsche Schreibweise Lodz entschieden.

Lodz wurde am 19. Januar 1945 von der Roten Armee eingenommen, wohingegen Poznań Schauplatz der sogenannten Schlacht um Posen war, die fast einen Monat andauerte, nämlich vom 24. Januar bis zum 23. Februar. Zunächst hieß das polnische Volk die Russen als Befreier willkommen, aber viele änderten schon bald ihre Meinung.

Großer Dank geht an eine Autorenkollegin und polnische Muttersprachlerin, die so freundlich war, sämtliche verwendeten polnischen Ausdrücke zu korrigieren. Sie hat mich darauf aufmerksam gemacht, dass das Wort *Mamusia*, Mutter, dekliniert werden muss. Ich habe die bessere Lesbarkeit der grammatikalischen Korrektheit vorgezogen, weil diejenigen meiner Leserinnen und Leser ohne Polnischkenntnisse vermutlich verwirrt wären, wenn es plötzlich *Mamusiu* hieße.

Die Suchmeldungen im Radio wurden Ende 1945 vom NWDR (Nordwestdeutscher Rundfunk, zu der Zeit der Hauptsender in Nordwestdeutschland) ins Leben gerufen. Täglich sendete er in Zusammenarbeit mit dem Roten Kreuz ein zehnminütiges Suchprogramm.

In meinem Buch überrascht Martin Emma damit, dass er Jakob als vermisste Person durchgeben lässt, aber in Wahrheit war es das Rote Kreuz, welches die Listen zusammenstellte und an den Radiosender weitergab. Nach welchen Kriterien die Vermissten dafür ausgesucht wurden, weiß ich leider nicht.

Laut einer Pressemitteilung wurden mithilfe dieser Durchsagen bis Ende 1951 insgesamt 67.946 Kinder mit ihren Eltern wiedervereint.

Auch bei den Nissenhütten habe ich mir ein wenig künstlerische Freiheit herausgenommen, weil sie erst nach Weihnachten 1945 in Friedland errichtet wurden. Davor mussten die Geflüchteten meist auf freiem Feld lagern.

Als der Krieg in der Ukraine begann, hatte ich das Manuskript für dieses Buch bereits abgeschlossen. In meinen wildesten

Albträumen hätte ich vor dem Angriff nicht gedacht, dass wir Grausamkeiten wie die unterschiedslose Bombardierung von militärischen und zivilen Zielen, ja sogar von Krankenhäusern, noch einmal sehen würden. Vorsätzliche Brutalität gegen Zivilisten, die Erschießung wehrloser Menschen, Gräueltaten wie Folter und Vergewaltigung in großem Maßstab – all dies hatte ich für eine Sache der fernen Vergangenheit gehalten. Die Bilder zu sehen und Geschichten zu hören, bricht mir das Herz. Die Ukraine wird mit diesem Trauma über Generationen zu kämpfen haben.

Doch nicht zuletzt gehört mein Herz den Kindern. Im Krieg sind immer sie es, die am meisten leiden, ohne dass sie ein Mitspracherecht haben. Wie viele Tausende werden ihre Eltern verloren haben, wenn dieser sinnlose Krieg endet? Wie viele werden sich in einer Situation ähnlich der von Jakob wiederfinden, getrennt von ihren Müttern und Vätern? Einige von ihnen mögen liebevolle Pflegeeltern wie Irena und Luka Pawlak finden. Anderen wird vielleicht ein schwereres Los in Waisenhäusern oder bei lieblosen Verwandten beschieden sein.

Mütter könnten in Lager und Gulags in Russland verschleppt werden, um nie wieder auf unserer Seite des neu entstandenen Eisernen Vorhangs aufzutauchen. Sogar während ich dies schreibe, werden Tausende mit ungewissem Ausgang in Filtrationslager verschleppt. Wenn man die Berichte von Augenzeugen bedenkt, müssen wir das Schlimmste befürchten.

Deshalb ist es mein größter Wunsch, dass jeder von uns das Bisschen tut, was er kann, um Frieden und Freude in diese Welt zu bringen, um Schmerz zu lindern und hoffentlich schon bald nicht nur diesen Krieg, sondern alle Kriege dieser Welt zu beenden.

Es muss der Menschheit doch möglich sein, miteinander in Frieden zu leben. Das ist mein Traum.

Marion Kummerow

BÜCHER VON MARION KUMMEROW

Liebe und Widerstand im Zweiten Weltkrieg

- Band 1: Unnachgiebig
- Band 2: Unerbittlich
- Band 3: Unbeugsam

Kriegsjahre einer Familie

- Prequel: Gewagte Flucht
- Band 1: Blonder Engel
- Band 2: Dunkle Nacht
- Band 3: Tödlicher Ehrgeiz
- Band 4: Agentin wider Willen
- Band 5: Beherzte Rettung
- Band 6: Tollkühner Aufstand
- Band 7: Enorme Opfer
- Band 8: Bittere Tränen
- Band 9: Enthüllte Tarnung
- Band 10: Glücklich Vereint
- Band 11: Heftige Strafe
- Spin-off: Nicht ohne meine Schwester

- Spin-off: Nur die Liebe heilt ein Herz

Schicksalhaftes Berlin

- Band 1: Eine Zeit des Aufbaus
- Band 2: Eine Stadt der Hoffnung
- Band 3: Ein Spielball der Mächtigen
- Band 4: Eine Fahrt ins Ungewisse

Margaretes Weg

- Prequel: Neugeboren aus der Lüge
- Band 1: Ein Licht der Hoffnung
- Band 2: Am Ende dunkler Tage
- Band 3: Die Frau im Schatten

KONTAKTINFORMATIONEN

Ich freue mich über jede Zuschrift:

Twitter:
http://twitter.com/MarionKummerow

Facebook:
http://www.facebook.com/AutorinKummerow

Website
https://www.marionkummerow.de

Printed in Great Britain
by Amazon

35685544R00169